KB142129

소원성취 고객센터

마론 장편소설

소
원
성
취

고
객
센
터

팩토리나인

일러두기

노래나 영화 제목은 「」, 책 제목은 『』로 표기했습니다.
인물의 특징을 드러내는 표현은 맞춤법에 맞지 않아도 그대로 표기했습니다.

목차

어긋남이 계속된 하루

아침 일기예보에선 오후의 비 소식을 알렸지만 거리에는 우산을 쓰지 않은 사람들이 제법 눈에 띄었다. 비를 맞는 사람 중엔 근처에 있는 중학교 학생이 많았다. 그들은 일기예보를 흘려들은 죄를 후회하듯 고개를 숙인 채 걸었다. 한소원이 26년을 살면서 남긴 가장 큰 후회도 비슷하다. 우산 가져가라는 엄마 말을 듣지 않았던 것.

작은 틈새가 배를 가라앉힌다고 했던가. 16년 전 그날은 작은 틈새로 시작되었다. 그날 아침 엄마는 현관을 나서는 열 살 소원에게 우산을 챙기라고 했다.

'학교 끝날 때쯤 비 온대.'

소원은 귀찮았다. 엄마 말을 잘 듣는 편이었지만 이미 소원의 손에는 재활용품을 이용한 만들기 과제물이 들려있던 탓이다. 결국 소원은 우산 없이 집을 나섰다. 그것이 첫 번째 벌어진 작은 틈새였다.

학교에 가서 과제물을 제출하자 선생님은 소원을 칭찬했다. 그건 특별한 일이 아니었다. 소원은 공부나 과제물 때문에 칭찬을 자주 받았다. 두 번째 틈새는 그다음에 벌어졌다.

신문지와 포장지, 리본, 단추 등으로 만든 소원의 재활용품 구체관절인형을 본 옆 분단 아이가 생긋 웃으며 말을 걸어왔다.

"진짜 귀엽다. 그 인형 나 주면 안 돼? 나 오늘 생일이거든. 그거 주면 생일파티에 와도 돼."

소원은 말할 수 없이 기뻤다. 다른 애들처럼 스티커를 붙인 정식 초대장을 받진 못했지만 친구가 직접 생일파티에 불러준 건 처음이었다. 지금까지는 엄마가 데려간 파티가 전부였다. 그나마 지난 1년 동안은 한 번도 가본 적이 없다. 소원은 인형을 건넸다. 생일 축하한다는 말도 덧붙이고 싶었지만 그 말을 하진 못했다. 대신 엷은 웃음을 지어보였다. 그나마도 옆 분단 아이가 애들한테 인형을 자랑하느라 소원에게 등을 돌린 후였지만. 그래도 소원은 기뻤다. 두 번째 틈새는 이토록 달콤했다.

엄마 말대로 학교가 끝날 무렵에 비가 내리기 시작했다. 아이들은 우산을 나눠 쓰거나 엄마를 기다렸지만 소원은 학교 현관에서 혼자 서성댔다. 우산을 같이 쓰고 갈 친구가 없었고 엄마는 마트에서 일하는 시간이기 때문이다. 옆 분단 아이는 집에 가서 책가방을 놓고 오라면서 자기 집 주소를 알려주고 가버렸다.

소원은 마음이 급했다. 휴대폰이 없으니 얼른 집에 가서 엄마에게 전화를 걸어 생일파티에 초대받은 일을 알려주고 싶었다. 그래서 우산도 없이 빗속으로 뛰어들었다. 이것이 세 번째 틈새였다. 평소의 소원이라면 상상도 할 수 없던 일이었다. 비를 맞고 다니면 사람들의 눈길을 끌 거란 생각에 몸부터 뻣뻣해지곤 했었다. 하지만 그날은 달랐다. 들뜬 기분 탓에 과감한 선택을 했다.

그 시각, 엄마는 뛰다시피 소원의 학교로 향했다. 어린 딸이 비 때문에 학교에서 나오지도 못하고 동동거리고 있을 거라는 생각에 상사 몰래 마트를 빠져나왔다.

딸과 엄마는 횡단보도 앞에서 마주쳤다. 두 사람은 서로를 발견했다. 순간 놀라운 네 번째 틈새가 생겼다. 횡단보도를 사이에 두고 엄마를 바라보던 소원이 큰 소리로 "엄마!" 하고 부른 것이다. 엄마는 자신의 귀를 의심했다. 쟤가 저렇게 큰 소리를 낼 리가 없잖아. 하지만 소원이 다시 "엄마!" 하고 부르자 숨이 컥 막혔다. 집이 아닌 곳에서 크게 외치는 딸의 목소리를 들은 건 처음이었다.

집에 있을 때 소원은 재잘재잘 떠들기 좋아하는 밝은 아이였다. 하지만 집만 나서면 아이는 입을 꼭 다물었다. 엄마도 처음엔 수줍은 성격 때문이려니 하며 넘겼지만 어린이집 교사가 검사를 권해서 딸을 데리고 병원에 갔다. 의사의 진단은 선택적 함구증. 유난히 예민하고 불안에 취약해서 다른 사람과 소통하는 데 어려움을 겪는 아이가 종종 있다고 했다. 말하기 싫어서 그러는 건 아니고, 얘기를 하고 싶어도 목소리가 목구멍에 달라붙은 것처럼 나오질 않는 거라고 설명해줬다. 고개를 끄덕이거나 감정을 드러내는 표정 짓기도 어려워하고, 누군가 자신을 쳐다보는 것만으로도 불안이 극에 이르기 때문에 간단한 안부 인사도 버거워한다고.

"근데 너무 걱정하진 마세요. 선택적 함구증은 자라면서 대부분 좋아지거든요."

의사의 말에 엄마는 일부러 걱정을 외면했다.

좋아질 거야. 좋아질 거야.

빠듯한 형편 때문에 지속적으로 상담을 받기도 힘들었고, 소통의 어려움 빼고는 별로 걱정할 게 없는 아이였다. 소원은 공부도 잘했고 속도 깊었다. 그저 가끔 아이가, 학교 소풍날 같이 먹을 친구가 없어서 도시락을 먹지도 않고 그대로 갖고 돌아오거나 놀이터에서 혼자 맴도는 걸 볼 때 가끔씩 깊은 한숨을 내쉴 뿐이었다.

그런데 지금 딸이 거리에서 큰 소리로 엄마를 불렀다. 빗소리와 차 소리에 묻히긴 했지만 분명 소원의 목소리였다. 엄마는 눈가가 뜨거워졌다. 마음이 급해졌다. 얼른 달려가 아이를 꼭 끌어안고 싶은 마음뿐이었다. 엄마도 아이를 향해 외쳤다.

"소원아!"

그때 돌이킬 수 없는 마지막 틈새가 생겨나고 말았다.

신호등은 제시간에 딱 맞게 바뀌었지만 엄마는 조금 일찍 발걸음을 뗐고, 횡단보도 앞에서 멈추려던 덤프트럭은 조금 늦게 브레이크를 밟았다.

그 어긋남 때문에 엄마의 몸은 트럭에 부딪혀 으스러졌고 엄마와 딸의 시간은 순식간에 깊고 어두운 심연으로 가라앉아버렸다.

소원의 기억 속에, 그 순간 온 세상이 일제히 커다란 파열음을 냈다. 빗소리는 더욱 거세졌고, 사람들은 비명을 질렀으며, 차들은 일제히 경적을 울려댔다.

오직 소원만이 아무 소리도 내지 못했다. 엄마라고 부르고 싶었지만 숨소리조차 낼 수 없었다. 열 살 아이는 혼자 우두커니 서서 자신의 큰 목소리가 가져온 무시무시한 결과를 온몸으로 받아낼 뿐이었다.

✦

그날 엄마 말을 들었어야 했는데.

16년 전과 다르게 우산을 갖고 나온 소원은 길 한편에 멍하니 서있다. 수백 번 혹은 수천 번쯤 곱씹은 순간들이 한꺼번에 그녀의 머릿속을 통과하고 있었다.

그녀 곁으로 중학생들이 우산을 들고, 혹은 우산 없이 스쳐 지나갔다. 소원의 눈은 그들의 발을 멍하니 따라가다가 이내 멈췄다. 학교 정문에서 멀지 않은 횡단보도 앞 보도블록에 굵은 글자가 새겨져있었다.

좌우를 살펴요. 차 조심!

소원은 '살펴요'라는 글자의 끄트머리를 밟고 섰다. 검은색과 붉은색 페인트로 쓴 투박한 글자들이 빗물에 잠겨 투명하게 빛났다. 심지어 촉촉해 보이기까지 했다. 그래서일까. 건조한 주의 문구에 소원의 가슴 한구석이 찌릿해졌다.

지금 그녀 곁에는 차 조심하라는 판에 박힌 말조차 해주는 사람이 없다. 염려의 말을 들은 기억도 아득했다. 뻔하고 지겹고 따분하지만 걱정이 담긴 목소리가 그리웠다. 보살핌의 손길을 느끼고 싶었다. 소원은 우산을 받쳐 든 오른손 위에 왼손을 겹쳤다. 차갑게 식은 자신의 손을 잡아줄 손은 오로지 자신의 또 다른 손뿐이란 걸 실감하며.

얼마 전 그녀는 자신의 인생에서 빠진 부분이 뭔지 깨달았다. 누군가 자신을 살펴주고, 자신도 누군가를 살펴주는 일. 그녀가 '소원성취' 앱을 만든 건 바로 그 빠진 부분을 채워 넣기 위해서다.

엄마를 잃고 보육원에서 자란 소원이 시설을 떠나야 하는 나이가 됐을 때, 그녀는 대학 진학 대신 자립을 택했다. 중고등학교 시절 다양한 IT 경진 대회에서 상을 받은 덕분에 원하기만 하면 대학을 갈 수도 있었다. 보육원에서도 등록금 후원이 어렵지 않을 것 같다고 했다. 하지만 그녀는 대학엔 관심이 없었다. 하루라도 빨리 자신의 힘으로 살아가길 원했다. 딸을 보며 걱정하던 엄마를 생각하면 얼른 어른이 되고 싶었다. 자립은 생각보다 어렵지 않았다. 아니, 소원의 성공은 자립을 훌쩍 넘어선 수준이었다. 그녀가 개발한 '미래나'라는 서비스가 예상을 훌쩍 뛰어넘는 큰 인기를 얻은 것이다.

'미래나'는 '미래의 나'의 줄임말로, 가입자의 모든 모바일 활동을 분석한 뒤 그 데이터에 기반해서 만들어낸 '미래의 나'가 '현재의 나'를 멘토링하는 서비스였다. 기존 메타버스에서 '되고 싶은 나'이거나 '가상의 나'를 만들어냈다면, 미래나는 철저히 현실의 나를 미러링했다. 지금부터 1년 뒤, 5년 뒤, 10년 뒤의 나를 선택한 뒤, 현실 속 내가 고민에 빠졌을 때 미래나의 충고를 듣는 방식이었다. 그게 좋은 충고인지 나쁜 충고인지는 중요하지 않았다. 자신의 방식을 고집하는 선배나 진심이 의심스러운 동료가 아닌, 바로 나 자신이 해주는 충고라는 점이 사람들을 사로잡았다. 미래나는 여행지를 고르는 사소한 문제부터 진로나 연인 관계를 고민할 때까지 폭넓게 쓰였다. 미래나 캐릭터에 따라 동호회가 만들어지기도 했고, 정당이나 단체 활동에도 활용됐다. 유저들의 모바일 활동 정보를 수집하기 때문에 개인정보 보호 논란이 일어나기도 했지만, 미래나의 열풍을 잠재우진 못했다. 특이한 점은 미래나의 개발자가 누구인지 철저히 비밀에 부쳐졌다는 것이다. 어떤 상황에서도 소원은 세상에 모습을 드러내지 않았다. 사내 극소수 외엔 그녀의 존재를 몰랐고, 미래나의 성공 후엔 대표직에서 조용히 물러났다. 일을 그만둔 뒤 소원은 때가 됐다는 걸 느꼈다. 엄마가 입버릇처럼 말하던 소망에 한 발 다가가는 순간 말이다. 어린 시절 소원이 아이들이 바글대는 놀이터에서 혼자 그네를 타거나 모래놀이를 하고 나면 엄마는 모래를 털어주며 말했다.

"우리 딸이 친구 한 명만 사귀면 엄마는 소원이 없겠다."

엄마가 바라는 건 오직 그것뿐이었지만 끝내 이뤄지지 못했다.

어린 시절 만났던 의사 말대로 선택적 함구증은 차차 좋아져서 이제는 사람들과 대화하는 게 아주 힘들진 않았지만, 여전히 친구라 부를 만한 사람은 없었다. 소원이 사람을 싫어해서도, 친구가 필요 없다고 생각해서도 아니었다. 다만 어떻게 친구를 사귀는지 알 수가 없었다. 엄마가 곁에 있었다면 물어봤겠지만 그럴 수가 없으니 막막했다. 소원은 고민을 털어놓을 만한 유일한 의논 상대를 떠올렸다. 10년 뒤 자신의 미래나를 선택해서 답답한

마음을 털어놓았다.

친구를 사귀고 싶어. 근데 어떻게 해야 할지 모르겠어.

열 살을 더 먹은 소원은 답을 내놓기 전에 물었다.

ㄴ 친구를 사귀려는 이유가 뭔데?

현재의 소원은 잠시 고민하다가 대답했다.

외로워. 내 얘기를 들어줄 사람이 있었으면 좋겠어.
ㄴ 그렇다면 너도 답을 이미 알고 있는 거네. 외롭고 자신의 얘기를
털어놓고 싶어 하는 사람 곁에 있어줘 봐. 친구를 만날 수 있을 거야.

소원은 한동안 그 얘기를 곱씹었다. 자신의 얘기를 털어놓고
싶은 외로운 사람은 누구일까. 어디에 가면 만날 수 있을까.
그러다 문득 엄마의 말을 떠올렸다. 딸이 친구를 사귀면 소원
이 없겠다던 그 말. 비록 엄마는 소원을 이루지 못하고 떠났지만
그토록 간절한 마음을 어루만져주고 싶었다. 그렇게 해서 만든
게 사람들이 바라는 바를 이루게 도와주는 '소원성취' 앱이었다.
남에게 말하기 힘든 소망을 품은 이들의 마음을 어루만져주고

싶었다. 작고 초라해서 남에게 얘기하기도 구차하지만 그래서 오히려 더 애틋한 소망도 있는 법이다. 그런 얘기에 귀 기울이다 보면 누군가와 친구가 될 수도 있지 않을까.

수많은 불면의 밤과 시행착오를 겪고 몇 번의 베타 버전을 시험한 후에 앱을 무료로 선보였다.

#소원성취_앱(광고)

애틋한 소원을 이뤄드립니다

버전 9.5.3
상담을 통해 고객님이 원하는 바를 분석하고 반영해서 개인 맞춤형으로 앱의 기능을 만들어드립니다.

지금 당신이 마주한 어둠은
찬란히 빛나는 별을 보기 위한 장치일지 모릅니다.
다만 너무 짙은 어둠에 별빛의 방향조차 가늠하기 어렵다면
소원성취 앱을 다운로드하고 꿈꾸던 순간에 다가가세요.
소원이 이뤄지도록 도와드리겠습니다.

다음과 같은 고민을 해본 적 있다면, 소원성취 앱은 최선의 선택이

될 겁니다.

소원을 털어놓고 의논할 상대가 없나요?

소원을 떠올리면 신나고 짜릿하기보다는 눈물이 나거나 한숨이 앞서나요?

소원을 지금까지 이루지 못한 건 당신 탓이라고 자책하나요?

소원성취 앱은 무료입니다. 단, 고객님의 소원은 밤하늘의 별처럼 다양하기 때문에 두 가지 방법을 통해 고객님께 꼭 필요한 맞춤형 기능을 제공합니다.

첫째는 사전 설문.

앱을 다운로드하면 사전 설문지가 열립니다. 최대한 솔직하고 꾸밈없이 자신을 소개하고 고객님의 소원을 적어주세요.

둘째는 대면 상담.

사전 설문에 충실히 답해 제출하시면 대면 상담 가능한 날짜와 시간을 알려드립니다. 상담은 소원성취 앱 고객센터에서 이뤄집니다. 번거롭지만 고객님의 만족도를 최대한 높이기 위한 장치인 점, 양해 바랍니다.

소원성취 앱을 통해 수집된 모든 정보와 상담 내용은 외부로 공개되지 않습니다. 또한 앱의 활성화로 인한 결과는 당사가 책임지지 않습니다.

CASE 8 멀리 있는 사람

위이이이잉. 문신 기계는 작은 벌레처럼 나지막한 소리를 내며 쉼 없이 움직였다. 기계음을 따라 머리칼이 물결치고, 입술이 피어나고, 깊은 눈매가 그려진다.

"계속 보고 있으니까 나도 이 친구한테 반하겠네. 잘생겼어!"

작업에 열중하던 덥수룩한 수염의 타투이스트가 손을 멈추고 캬 소리를 뱉었다. 그는 은지의 오른쪽 갈비뼈 부근에 새기는 남자 얼굴을 감탄 섞인 눈길로 바라보았다.

"이 친구 이름이 뭐라 그랬죠?"

같은 질문이 벌써 몇 번째야.

"제로요."

어떻게 제로를 모를 수 있지. 은지는 아이돌 그룹 '블랙'의 센터를 몰라보는 타투이스트의 무심함이 어이없었다.

"아, 맞다. 제로! 이름 때문인가. 듣고도 자꾸 제로로 세팅되네. 하하하."

저걸 듣고 웃으란 거야? 기가 막힌 은지는 속으로 재빨리 기도한다. 오늘 저녁 저 사람이 밥을 먹을 때 수염이 입으로 들어가게 해주세요. 양치질할 때 치약이 수염 가닥가닥에 들러붙게 해주세요.

"끝! 일어나서 한번 봐요."

타투이스트의 말에 은지는 얼른 일어나려 했지만 마음뿐이었다. 시술받는 동안 꼼짝 않고 누워있던 탓에 온몸이 뻣뻣했다. 엉거주춤 시술대 옆 거울 앞에 선 은지는 자신도 모르게 입이 벌어졌다. 문신 기계 바늘에 자극받은 피부가 분홍빛으로 변한 탓일까. 차가운 아름다움으로 유명한 제로가 그녀의 갈비뼈 위에선 어쩐지 수줍어 보였다. 은지는 홀린 듯 손을 뻗어 제로의 얼굴을 쓰다듬었다.

손끝에 느껴지는 그의 뺨과 은지의 뼈. 완벽한 하나다.

은지 얼굴의 솜털이 사르륵 일어나고 뺨이 붉게 물들었다. 그녀는 조금 전 타투이스트한테 쏘아붙인 저주를 철회했다.

✦

'이게 무슨 향이라고 했더라? 아, 맞다. 무화과 향. 정말 좋아.'

은지는 하얗게 부풀어 오른 샴푸 거품의 향기를 한껏 들이마셨다. 숍에서 일하는 스태프들은 샴푸 향이나 파마 약 냄새가 지긋지긋하다지만 은지는 그렇지 않다. 좋은 향기를 풍기며 더러움을 씻어내는 샴푸가 왜 싫다는 거지.

"시원해. 나 머리가 너무너무 지끈댔었는데 신기해……. 졸려서, 어떡……. 아."

은지에게 샴푸를 받다가 잠든 고객이 오늘만 해도 벌써 세 번째다. 50대 후반으로 보이는 이 여자 손님은 숍에 들어올 때만 해도 잔뜩 찡그린 얼굴이었다. 머리부터 발끝까지 명품에, 목걸이 귀걸이 등등 번쩍거리는 액세서리를 겹겹이 휘감고 있었지만 얼굴은 조금도 빛나지 않았다. 혹시라도 자신의 지치고 불만스러운 기분을 상대방이 눈치채지 못할까 봐 최선을 다해 얼굴을 찡그리고 있었다.

은지는 손님의 거북목도 걱정스러웠다. 치렁치렁한 목걸이를 몇 개 벗으면 목의 피로가 훨씬 줄어들 것 같았지만 그 말을 입 밖에 내진 않았다. 대신 정성스레 머리를 감겼다. 그러자 꿍하게 뭉쳐있던 안면 근육이 풀리더니 요란하게 빛을 뿜던 목걸이들마저 잠들어버렸다. 잠든 주인의 호흡을 따라 천천히 오르내리는 금빛이 평화롭고 점잖아 보였다.

"고객님."

샴푸를 마친 은지가 살그머니 여자를 불렀다. 하지만 여자와 목걸이들은 꿈쩍하지 않고 쌕쌕 잠에 빠져있었다.

"고객님, 샴푸 다 됐습니다. 일어나세요."

은지가 고객의 어깨를 잡고 살짝 흔들자 두꺼운 아이라인이 올라가며 고객이 번쩍 눈을 떴다. 목걸이들 역시 동시에 주렁주렁 눈떴다.

"내가 깜박 졸았네. 아우, 개운하다."

머리에 수건을 감아 고객을 일으켜 세우자, 그녀는 두 팔을 뻗어 기지개를 켰다. 그때 은지의 귀에 꽂힌 이어폰이 나지막이 재촉했다.

"은지 님, 1번이요, 1번."

청담동 헤어숍에서 스태프로 일하는 은지는 근무 시간 내내 무전기 이어폰을 끼고 있어야 했다. 디자이너나 스태프장, 선배들의 지시가 쉴 새 없이 이어폰을 통해 전달되기 때문이다. 그들 사이엔 암호가 정해져있다. 1번은 빨리빨리, 2번은 천천히, 3번은 대화 좀 하자, 4번은 식사 등등. 지금은 잠든 고객 때문에 조심스레 머리를 감기느라 시간이 배로 걸려 디자이너의 재촉이 떨어졌다.

"뭐야, 또 재웠어?"

은지가 목걸이 고객을 자리로 데려가자 헤어디자이너가 옆구리를 찔렀다. 머리를 감길 때마다 고객을 잠들게 만드는 마법의 손. 은지는 타고난 샴푸의 명인이었다. 차원이 다른 그녀의 손놀

림에 두피가 상쾌해진 고객들은 잠이 들곤 했다. 그 신묘한 특기를 아는 디자이너들은 각별히 신경 쓰는 고객이 오면 은지에게 샴푸를 맡기면서도 시간이 지체될 때면 짜증을 부렸다.

"여기 샴푸 어디 거 써? 좋은 건가 봐. 머리 감고 나니까 무지무지 개운하네."

"어머, 저희 샴푸가 맞으셨구나. 고객님, 저희는 무조건 우리 숍에서 만든 샴푸만 써요. 오늘 쓰신 건 신제품인데 향이 아주 고급스럽죠? 무화과 향인데요, 무화과엔 롤리폴리 성분이 풍부하대요. 롤리폴리는 항산화 효과가 탁월한 거 아시죠? 제품 한번 써보세요. 가져오라고 할까요?"

디자이너를 어시스트하기 위해 옆에 서있던 은지는 입을 살짝 삐쭉였다. 고객이 잠든 건 샴푸 덕이 아니라 자신의 손맛 때문인 걸 알면서도 제품 영업만 하는 디자이너가 얄미워서다. 이럴 때 공치사 좀 해주면 안 되나.

"좀 갖다줘 봐요. 한번 써보지 뭐."

영업 성공이구만. 괜한 심술이 발동한 은지가 즉각 움직이지 않자 디자이너는 낮은 목소리로 은지의 옆구리를 찔렀다.

"뭐 해? 얼른 샴푸랑 컨디셔너 챙겨 와."

은지는 창고로 가기 전에 재빠르게 속삭였다.

"근데요, 쌤? 무화과에 든 건 롤리폴리가 아니라 폴리페놀. 롤리폴리는 옛날 노래."

디자이너의 눈빛이 뾰족해졌지만 은지는 모른 척 외면하고 창고로 향했다.

'노래를 들어도 순 옛날 노래만 들으니까 그렇지. 블랙 음악 정도는 들어야지.'

은지는 제 오른쪽 갈비뼈 부근에 손을 갖다 댔다. 금세 기분이 좋아졌다. 블랙의 노래를 흥얼대며 샴푸를 들고 나오는데, 숍의 공기가 달라진 걸 느꼈다. 그가 온 것이다.

매일 밤 부모님이 싸우는 소리를 노래로 지워주는 사람. 좁아터진 방의 갑갑함을 근사한 미소로 덮어주는 사람. 제로가 나타났다. 190센티미터에 가까운 큰 키만큼 길게 늘어진 피로를 질질 끌고서.

✦

"나 머리 밀까?"

익숙하게 VIP존으로 들어와 앉은 제로가 중얼대듯 말했다.

"왜? 두상 이쁜 거 자랑하려고?"

제로를 담당하는 디자이너는 거울을 통해 웃어주었다.

"자고 나면 베개 위에 빠진 머리카락이 한 뭉텅이야. 맨날 머리 만지는 것도 지겹고."

제로는 노래와 무대의 콘셉트에 따라 탈색과 염색을 반복하느라 머리카락이 많이 상했다. 더군다나 지금은 온갖 골치 아픈 논란을 딛고 신곡을 발표한 직후라 헤어 상태가 유난히 나빴다.

"스트레스는 헤어에도 치명적인 거 알지? 맘 편하게 먹어. 일단 샴푸부터 받고."

헤어디자이너는 일부러 가볍게 대꾸했다. 어차피 떨쳐낼 수 없는 스트레스라면 곱씹을 필요도 없다는 평소 소신대로다. 그는 재빨리 은지에게 턱짓을 했다.

"이쪽으로 오세요."

은지는 작은 목소리로 제로를 샴푸실로 이끌었다. 의자에 제로가 눕자 그녀는 제로의 얼굴을 보지 않으려 애를 썼다. 그의 얼굴을 봤다가는 손이 떨려서 샴푸를 제대로 할 수 없으니까. 하지만 은지는 알고 있다. 그의 눈매를 따라 얼마나 풍성한 속눈썹이 덮여있는지. 그의 숨결을 따라 가슴팍이 어떻게 오르내리는지.

"이번 노래 들어봤어요?"

웬일로 제로가 말을 걸었다.

"어때요?"

"좋아요."

은지는 숨이 가빠지는 걸 간신히 누르며 한 번 더 힘주어 말했다.

"진짜예요, 너무 좋아요!"

"내 파트가 줄어서 그런가?"

"아녜요! 파트가 줄은 건 아쉽지만 그래도 너무 좋아요. 정말

로요."

　은지는 자기도 모르게 목소리를 높였다. 제로는 눈도 뜨지 않고 입꼬리만 조금 올려 웃었다. 신곡이 나오자마자 밤새 듣고 또 들었다는 얘기나 뮤직비디오에 등장한 제로의 모든 컷을 캡처하는 바람에 휴대폰 용량이 터져 나갈 거 같다는 말은 꿀꺽 삼켰다.

　'정신 차리자. 나대면 안 돼.'

　폭폭 터지면서 키득대는 샴푸 거품이 은지의 속마음을 눈치챈 것 같다. 그럴수록 은지는 입술을 앙다물고 정신을 가다듬었다. 머리 감겨줄 때 빠지는 제로의 머리카락을 놓치지 않고 모으려면 그래야만 했다. 그 바람에 너무 긴장한 탓일까. 제로는 은지에게 샴푸를 받으며 잠든 적이 없다. 잠들지 않는 그의 숨결을 의식한 은지는 손길이 자꾸만 무뎌지고 조심스러워진다.

✦

　색색의 조명이 쏟아지는 무대. 불빛을 받은 블랙의 멤버들은 지구의 운명을 짊어진 듯 비장한 표정으로 쉴 새 없이 춤추고 노래한다. 저렇게 빠르게 관절을 꺾기 위해, 저렇게 흔들림 없이 노래 부르기 위해 얼마나 많은 땀을 흘렸을까? 퇴근하고 집에 와서 블랙의 무대를 보는 은지는 가슴이 뻐근할 지경이다.

　'춤출 때 머리카락이 펄럭이면 샴푸 향도 나겠지?'

은지는 제로의 머리를 감겨주던 순간을 떠올렸다. 혼자 핀 꽃처럼 아름답고 외로워 보이던 제로. 숨이 막힐 거 같았다. 드디어 노래의 클라이맥스다. 무대 앞쪽에서 흰 연기가 치솟자 멤버들이 동작을 멈추고 각자 엔딩 포즈를 잡았다. 그중 몇 명에게 카메라가 줌인됐다. 다른 멤버들은 과장되게 숨을 몰아쉬거나 잔뜩 힘을 준 표정을 연출했지만 제로는 달랐다. 무심하게 카메라를 바라볼 뿐 특별히 과장된 표정을 짓지 않았다. 그러다 마지막 순간에 제로의 어깨와 가슴이 크게 한 번 들썩하더니 풀썩 가라앉았다. 제로의 영상을 수없이 본 은지는 그게 뭘 의미하는지 안다. 한숨이었다. 피곤하거나 의욕이 없어 보일 때 으레 나오는 몸짓이다. 입을 다물고 코로만 남몰래 내쉬는 한숨. 그렇다. 제로는 지쳐있다.

은지의 눈가가 뜨거워졌다. 제로가 지치지 않았다면 그게 더 이상하다. 얼마 전 블랙 활동의 휴식기에 제로는 처음으로 예능 프로그램에 고정으로 출연했었다. 예능 프로그램에 잘 나오지 않는 연예인들을 모아 요리를 하는 프로그램이었는데, 첫 방송이 되자마자 제로는 태도 논란에 휩싸였다. 원래도 잘 웃지도 않고 소극적인 방송 태도가 지적되곤 했었는데, 그땐 유난히 더 굳어있는 표정이 문제였다. '하기 싫은 티를 저렇게 내도 되냐'는 등, '방송이 하기 싫으면 아이돌은 왜 하냐'는 등 대중의 비난은 날로 거세졌다. 태도 논란은 결국 예전에 있었던 스캔들부터 멤버들과 불화설까지 줄줄이 소환하기에 이르렀다.

그러다 문제의 예능이 막을 내릴 무렵, 제로를 둘러싼 잡음은 절정에 달했다. 제로가 왼손에 붕대를 감고 나와 요리를 하지도 못하고 멀뚱히 있는 모습이 포착된 것이다. 각종 게시판은 한층 시끄러워졌다.

"방송하기 싫어서 자해한 거 아냐? 제로가 원래 뻣뻣하잖아. 그래, 그거네."

연예인 가십을 제멋대로 떠드는 유튜버는 이런 말로 조회 수를 올렸고, 그걸 받아 쓴 뉴스 기사가 포털의 첫 화면을 장식했다. 소속사와 재계약을 앞둔 시점이란 점까지 교묘하게 엮어 사람들의 호기심을 더욱 자극했다. 그러거나 말거나 무대응으로 일관하던 제로가 오늘 무대에선 남몰래 한숨을 내쉰 것이다.

"왜 아니겠어. 그렇게 못살게 구는데 어떻게 버티냐고."

은지의 눈물엔 안쓰러움이 가득하다. 티슈를 뽑을 틈도 없이 솟구친 눈물을 손으로 닦아내던 그녀는 문득 생각난 듯 가방에서 작은 지퍼백을 꺼냈다. 그 속엔 오늘 모은 제로의 엷은 민트색 머리카락이 들어있었다. 은지는 제로의 머리카락을 유리병에 넣었다. 갈색, 회색, 분홍색, 애시 카키, 앰버. 유리병은 색색의 머리카락으로 가득했다. 머리카락 색은 그토록 화려하지만 그의 삶은 때론 창백한 무채색뿐이란 걸 은지는 안다. 무대가 점점 더 화려해지고 조명이 빛날수록 그녀는 울컥했다. 그 순간을 위해 제로가 치렀을 대가가 짐작돼서다.

'사람들은 아무것도 모르면서 이러쿵저러쿵 함부로 떠들어대지만 난 달라. 난 제로한테서 받은 걸 돌려줄 거야. 이번엔 내 차례라고.'

그러곤 휴대폰을 꺼내 소원성취 앱 고객센터와 상담 예약을 잡았다.

✦

서울시 종로구 부재동. 소원성취 앱 고객센터가 있는 곳이다. 서울에서 나고 자란 은지지만 처음 들어보는 동네였다. 비에 젖은 신문지처럼 초라한 집들과 광고에 나올 것처럼 세련된 집들이 촘촘히 어깨를 맞대고 있었다. 은지는 휴대폰 화면에 떠있는 주소와 다닥다닥 붙은 집들을 번갈아 쳐다보며 한참을 헤맸다.

"여기 맞나?"

겨우 찾아낸 곳은 간판도 없는 1층짜리 단독주택이었다. 칙칙한 회색 시멘트 벽돌로 지은 집은 세월을 어깨에 짊어진 것처럼 보였고, 집을 둘러싼 낡은 담장은 삶의 무게를 간신히 버티고 있는 노인 같았다. 개발되지 않은 변두리에 가면 흔히 볼 수 있는 그런 집이었다. 대문 옆 기둥에는 혹시 누가 이 집을 대번에 알아볼까 겁을 내듯 손바닥만 한 주소 판이 마지못해 붙어있었다. 주소를 몇 번이나 확인한 은지가 조심스레 초인종을 누르자 대문이 덜컹 소리와 함께 열렸다.

집은 흰색 하드보드로 만든 모형 같은 느낌이었다. 흰색으로 칠했거나 깔끔한 신축이어서가 아니다. 오래전에 지은 게 분명한 납작한 회색 벽돌집이었다. 다만 사람 사는 집에서 감지되는, 자연스러운 무질서나 은은한 훈기가 느껴지지 않아서다. 잔디가 잘 손질된 작은 마당은 어쩐지 세트장 같았고, 실내 역시 마찬가지였다. 신발을 벗고 들어가야 한다는 점만이 가정집을 닮았을 뿐, 아무 장식 없는 벽은 지나치게 깨끗해서 숨이 막혔다.

색깔이라곤 오로지 거실 가운데 놓인 모듈형 겨자색 벨벳 소파뿐이었다. 숨 막히는 깔끔함 때문에 긴장이 풀리지 않는데, 인기척이 느껴졌다. 돌아보니 은지 뒤에 웬 여자가 소리 없이 다가와 있었다. 은지와 비슷한 또래로 보였다.

그녀가 말없이 꾸벅 인사하자 곱슬기가 전혀 없는 머리카락이 앞으로 후드득 쏟아져 내렸다. 텅 빈 실내와 느낌이 비슷한 인상의 여자였다. 희미한 미소를 띤 얼굴은 돌아서면 곧바로 잊힐 것 같았다. 못생기거나 부족한 미모는 아니었다. 대체로 선이 고운 얼굴이었지만, 기억에 남을 만한 특징을 남김없이 지워버린 느낌이었다.

여자는 작은 고갯짓으로 인사를 대신하더니 소파를 가리켰다. 은지는 손짓을 따라 홀리듯 소파에 앉으면서도 망설였다. 이상한 곳에 온 건 아닐까. 괜한 짓을 했나.

여자는 은지의 건너편에 자리 잡았다.

은지가 다시 한번 여자를 살피는데, 뭔가 이상했다. 대체로 무채색의 인상이건만 그녀의 눈길에서 그리움이 감지되었다. 그리고 그녀의 그리움이 은지를 향한 거란 느낌을 지울 수 없었다. 오늘 처음 만난 사이인데 말이다.

30초? 혹은 1분? 아니면 그보다 더 길게?

은지와 고객센터 여자는 각자 찻잔을 앞에 두고 한동안 말없이 앉아있었다. 여자는 은지를 똑바로 쳐다보는 대신 은지의 어깨나 머리카락 끝에 시선을 두었다. 얘기를 꺼내려는 듯 이따금 입술을 움찔댔지만 쉽게 말을 건네진 않았다. 어찌된 일인지 말하는 게 힘겨워 보였다. 왜 하필 저런 사람이 고객센터에서 일하지? 은지가 조바심을 내는데 여자가 입을 열었다.

"안녕하세요."

목소리가 아주 작았다. 은지의 눈빛이 자신을 훑는 걸 느낀 여자는 고개를 떨구고 말했다.

"반갑습니다. 한소원이라고 합니다."

말이 아주 느렸다. 수줍음을 타는 것 같기도 했다.

"여기…… 소원성취 앱 고객센터 맞죠? 간판이 없어서 계속 긴가민가했어요."

은지가 웃으며 말하자 소원도 조금 웃었다.

"그런 얘기 가끔 들어요. 찾기도 힘든데 와주셔서 고맙습니다."

묘한 표정과 말투였다. 지극히 조심스럽게 굴면서도 은지에 대한 호기심이 일렁대는 걸 굳이 감추지 않았다. 헤어숍에서 다양한 사람을 상대하다 보니 사람을 빠르게 스캔하는 편인 은지는, 한소원이란 사람이 좀 이상하긴 했지만 나쁘지 않았다. 오히려 마음에 드는 편이었다. 소원은 공기를 느긋하게 만드는 재주가 있는 것 같았다. 실크 스카프가 미끄러지듯 은지에게서 긴장감이 스르륵 사라졌다. 그러더니 전혀 엉뚱한 말이 은지 입에서 굴러 나왔다.

"숍에는 자주 안 가시죠?"

은지는 당황했다. 갑자기 무슨 말이야. 그러면서도 손을 들어 자신의 머리카락 끝을 손끝으로 쳤다. 자신이 말한 숍이 헤어숍이란 걸 확실히 해두려는 거다. 상대방도 당황했는지 시선이 짧게 흔들렸다. 은지는 엎은 물을 닦듯 허둥지둥 수습에 나섰다.

"머릿결이 워낙 좋으셔서요. 파마나 염색을 안 하는 분 특유의 자연스러운 윤기가 자르르 흘러서……. 제가 하는 일이 헤어 쪽이라 그런 거부터 눈에 들어오네요."

기분 나쁜 건 아니겠지. 은지는 조금씩 오르내리는 소원의 입꼬리가 웃는 건지 불쾌해하는 건지 헷갈렸다. 그때 소원이 뭔가 웅얼댔다.

"네?"

소원의 목소리가 너무 작아 은지는 되물어야 했다. 소원은 우물대다가 조금 더 커진 목소리로 말했다.

"감사합니다."

간신히 말을 뱉은 소원은 고개를 움츠리고 웃어 보였다. 두 뺨이 물드는 걸 보니 꾸며낸 말과 행동은 아닌 듯했다.

"소원성취 앱을 깔아주셔서 감사합니다. 저희는 상담 후에 앱의 기능을 보정해드리고 있어요. 고객님들의 다양한 요청에 따라 맞춤형 서비스를 해드리는 거죠. 저마다 소원은 다르니까요. 앱을 통해 작성해주신 기본적인 정보가 있지만, 더 만족스러운 결과를 얻으려면 고객님이 원하는 소원을 직접 들어봐야겠다고 생각했어요. 그래서 여기까지 오시라고 한 거예요."

인사 한마디조차 머뭇대던 걸 생각하면 조금 의외였다. 말은 여전히 느렸지만 막힘없이 술술이었다. 미리 외워둔 고객 응대 매뉴얼인가.

"낯선 사람한테 속 얘기를 하는 게 쉽지 않겠지만 솔직하게 얘기해주세요. 그래야 꼭 필요한 기능을 제공해드릴 수 있으니까요. 더불어서 한 가지 먼저 꼭 드리고 싶은 말씀은, 은지 님의 소원을 존중한다는 점입니다."

소원은 내내 수줍게 말을 이었지만, 마지막 말을 할 때는 은지의 눈을 똑바로 바라봤다. 짧은 순간이지만 그녀의 눈빛에서 진심이 읽혔다.

"사전에 적어주신 답변을 보니 누군가를 아주 깊이 좋아하시나 봐요."

은지는 한숨을 내쉬었다. 어디서부터 얘기를 꺼내야 할지 몰라서다. 자신의 소원을 말하면 이상한 사람 취급을 받을지도 몰랐다. 지금까지 은지 주변 사람들의 반응은 대체로 그랬다. 부모님도, 친구도, 친척들도 은지를 한심해하여 혀를 끌끌 차곤 했다. 그걸 생각하니 입이 말랐다. 은지는 찻잔을 들어 차를 한 모금 꿀꺽 삼킨 다음 자신의 얘기를 털어놓았다.

"맞아요. 어떤 사람을 좋아해요. 제가 절대 닿을 수 없는 사람이요. 아주 깊이깊이 좋아해요."

다시 한 모금 꿀꺽.

"그 사람은 멋있어요. 돈도 많이 벌고, 아주 유명해요. 스타거든요. 유치하게 연예인 쫓아다니는 얘기냐고 할지 모르겠지만, 저는 진지하지 않은 적이 없어요. 만약 그 사람이 없었다면 전…… 버티지 못했을 거예요. 저처럼 가진 것 없고 내세울 것도 없는 사람은 아주 멀리 있는 사람이 오히려 좋아요. 내가 얼마나 초라한 사람인지 들킬까 봐 전전긍긍할 필요 없이 맘껏 좋아할 수 있으니까."

은지는 코끝이 찡해졌지만 괜히 훌쩍대진 말자고 마음을 다잡았다.

"그 사람이 행복했으면 좋겠어요. 골치 아픈 일이 많은 사람이거든요. 제가 일하는 숍에는 유명한 사람이 많이 오는데, 그 사람도 우리 단골이에요. 처음엔 가까이에서 볼 수 있어서 기절할 정도로 행복했는데 지금은 꼭 그렇지도 않아요. 그 사람…… 볼 때마다 피곤하고 지쳐있어요. 어쩔 땐 너무 아슬아슬하고 겁나요. 무슨 일이라도 생길까 봐. 그런 일 많았잖아요, 인기 많던 스타들이 견디지 못해서 휙 떠나버리는 거요."

안 된다. 울지 말자. 은지는 목구멍을 타고 넘어오려는 뻐근함을 억지로 쑤셔 넣었다.

"그런 일은 절대 없었으면 좋겠어요. 그래서 그 사람이 꼭 행복해지는 게 제 소원이에요."

듣고만 있던 소원이 조심스레 물었다.

"그렇게 좋아하면 그 사람과 사귀고 싶다, 친해지고 싶다……. 그런 소원을 말하지 않을까 했는데요."

은지는 고개를 떨궜다.

"저랑 그 사람……. 그런 마음 먹는 건 말도 안 돼요. 저도 최소한의 양심은 있으니까. 전요, 어릴 때부터 주변이 온통 칙칙했어요. 가족도 칙칙하고 친구들도 칙칙하고 제 월급도 칙칙하고. 거기에 다크서클까지 끼면 아주 칙칙폭폭이라니까요. 울 엄마는 1년 365일 찡그리고 살아요. 사는 게 지긋지긋하대요. 저도 엄마 나이에 그렇게 될까 봐 겁나요. 그래서 난 아무리 신 걸 먹어도 절대 얼굴을 찡그리지 않아요. 대신 부릅떠요. 한번 찡그리면 습

관 될까 봐. 친구도 없고, 당연히 왕따였고……. 여태 생일파티를
한 번도 못 해봤다면 말 다 했죠? 그러니 저 같은 사람은 그 사람
곁에 있으면 안 돼요. 저한테서 나오는 안 좋은 에너지가 뻗쳐서
그 사람을 망칠지 몰라요. 멀리서 있어야 돼요."

은지는 눈가가 뜨거워졌지만 이를 악물었다. 대신 오른쪽 갈
비뼈 부근을 꾹 눌렀다. 제로의 얼굴이 닿는다고 생각하니 눈물
을 참을 수 있었다.

은지와 소원 사이에 잠시 침묵이 가로놓였다. 소원은 은지가
눈물을 삼키길 잠시 기다렸다가 입을 열었다.

"혹시 그런 생각 해본 적 있나요? 대체 난 왜 태어났을까 하는
생각."

예상 못 한 물음에 은지는 고개를 갸웃했다.

"전 그런 생각 많이 했거든요. 나 같은 사람이 태어난 이유를
모르겠다, 무슨 의미가 있을까……. 많이 곱씹어봤어요."

그 말에 은지의 가슴이 아려왔다. 기분이 아니라 실제로 가슴
한복판이 쓰렸다.

어린 은지 앞에서 한숨 쉬며 돌아눕는 엄마를 볼 때마다, 체육
시간에 아무도 은지를 자기 팀으로 데려가려 하지 않을 때마다
느끼던 쓰라림이다. 저 한소원이란 사람이 상대를 제대로 쳐다보
지 못하고 시선이 겉도는 것도 가슴팍 쓰라림 때문일까.

"은지 씨는 저랑 달라요. 사랑받을 자격이 충분하잖아요. 따뜻

한 사람이니까. 은지 씨가 앱을 깔고 사전 설문지 끝에 이런 말 쓴 거, 기억나세요? '제 별명은 비비고입니다. 비빔밥을 좋아해서 그런 건 아니고요. 차가운 손이 닿으면 고객이 깜짝 놀랄까 봐 손을 자주 비비거든요.'"

"아, 그거요. 그냥 뭐 딱히 쓸 말이 없어서 쓴 건데."

"그리고 이 말이 더 있었어요. '그래서 제 손에선 항상 닭똥 냄새가 장난 아닙니다. ㅋㅋㅋ.' 저 이거 읽고 손 비벼봤어요. 그러면 정말 냄새가 나나 해서."

"나던가요?"

"모르겠어요. 닭똥 냄새를 맡아본 적이 없어서."

은지는 작게 웃었다.

"온기를 전하기 위해 닭똥 냄새쯤 아무렇지도 않아 하는 고객님을 만나는 시간……. 기다려졌어요. 오늘 와주셔서 고맙습니다."

담담한 소원의 말에 은지가 겨우 붙들어둔 눈물이 단숨에 차올랐다.

"소원이 이뤄지는 걸 도와드리겠습니다. 휴대폰을 주시겠어요?"

"제 휴대폰을요?"

"필요한 서비스가 들어간 앱을 만들어 드려야 하는데, 시간이 좀 걸리거든요. 나갔다 오셔도 되고 여기 계셔도 돼요."

은지는 머리가 복잡해졌다. 온통 제로 사진뿐인 걸 보고 맛이 간 여자라고 흉보면 어떡하지. 휴대폰에 있는 정보를 싹 다 털어서 나쁜 데 쓰는 거 아냐? 은지는 잠깐 망설였지만 이내 휴대폰을 건네주고 여기서 기다리겠다고 했다. 은지의 휴대폰을 받아 든 소원이 거실을 나가자 그녀는 소파에 등을 기댔다.

✦

어디선가 풍겨오는 알 수 없는 향기, 바깥과 다르게 천천히 흘러가는 공기. 그 속에서 깜박 잠이 든 걸까. 은지는 자신을 부르는 소리에 퍼뜩 눈을 떴다.

"구동이 되려면 시간이 좀 걸릴 거예요. 예상할 수 없는 시간에 예상할 수 없는 방법으로 서비스가 제공될 테니 놀라지 마세요. 마음을 열고 서비스를 잘 활용하시면 소원에 한 발 다가갈 수 있을 겁니다."

조용하면서도 분명한 한소원의 말투에 은지는 잠을 떨쳐내고 끄덕였다.

"하지만 이건 기억해주세요. 소원성취 앱은 나침반 노릇을 해줄 뿐입니다. 내비게이션처럼 움직이진 않아요. 소망을 이루는 건 은지 씨 몫이고 앱은 도우미 역할만 할 거예요."

거기까지는 선명하게 기억하지만, 그 후의 기억은 아득하다.

자신이 뭐라고 대답했는지, 한소원과 어떻게 인사를 나누고 헤어졌는지, 안개 속처럼 흐릿했다. 또렷이 기억나는 건, 집에 돌아와 휴대폰을 열었을 때 떠있던 소원성취 앱에서 보낸 알림창이었다. [고객님의 소원이 이뤄질 겁니다.]라고 적혀있었다.

✦

"페라리 ○○○○ 출차해주세요."

은지는 고객의 핸드백과 겉옷을 떨어뜨리지 않으려고 애쓰면서 앞섶에 꽂은 마이크에 대고 말했다. 웨딩 메이크업과 헤어를 마친 커플이 결혼식장으로 출발하기 전에 그들의 짐을 차에 실어야 한다. 왼손에는 캐리어, 오른손엔 신랑 신부의 옷과 소지품을 들고 계단을 내려가는 발걸음이 위태로웠다. 엉덩이로 숍의 유리문을 밀고 나오니 문 앞에 대기한 차가 보였다.

"실장님, 트렁크 좀."

페라리를 몰고 나온 주차 실장이 트렁크를 열자 은지는 신랑 신부의 짐을 차곡차곡 집어넣었다. 탁! 은지가 트렁크 문을 닫았을 때 웨딩 케이크처럼 화사한 신랑 신부가 나왔다.

"결혼 축하드립니다. 행복한 웨딩 되……."

페라리는 은지의 말이 끝나기도 전에 출발해버렸다. 자동차가 뿌리고 간 매연이 씁쓸했다.

있는 집에 태어나 있는 집 사람과 만나 연애하고, 있는 집끼리하는 결혼. 일주일에 몇 번씩 웨딩 커플을 보면서 은지는 벽을 느낀다. 자신은 절대 넘을 수 없는 벽을.

'정신 차려. 지금 급한 건 로드(rod) 정리라고.'

튕기듯 들어가려던 은지가 급히 멈췄다. 하얀 몸에 검은 무늬가 있는 길냥이가 헤어숍이 있는 건물 앞 화단 한구석에서 그녀를 보고 있었다. 환한 표정으로 바뀐 은지가 목소리를 한 톤 높이며 고양이에게 다가갔다.

"우리 빵이, 언니 기다렸구나. 그럴 줄 알고 요거 갖고 왔지."

은지는 앞치마 주머니에서 사료가 든 비닐봉지와 생수 그리고 작은 플라스틱 용기를 꺼냈다. 뚜껑에는 사료를 붓고 통에는 물을 담아 고양이 앞에 놓았다. 녀석은 스스럼없이 다가와 먹었다.

"많이 먹어. 잘 먹어야 건강하지."

은지가 검은 무늬 고양이를 만난 건 몇 달 전이었다. 둘의 눈이 마주치자 고양이는 경계하는 눈빛이 역력했지만 은지는 그 작은 짐승한테서 눈을 떼지 못했다. 멀리 떨어져 있어 자세히는 볼 수 없었지만 길냥이 치고 깨끗한 편이었고 어딘지 모르게 도도한 걸음걸이나 자태가 제로를 떠오르게 했기 때문이다. 그날부터 은지는 고양이를 '빵이'라고 부르기 시작했다. 제로에서 딴 이름이었다. 친해지기가 쉽진 않았다. 빵이가 은지의 손길을 피하지 않는 건 최근 들어서다. 은지가 꾸준히 사료를 챙겨주되 섣불리 다가가지 않고 기다린 덕이다.

"제로도 너처럼 잘 먹으면 좋을 텐데. 요즘 너무 말랐더라."

열심히 먹는 고양이 위로 제로가 겹쳐 보였다.

✦

머리카락 쓸기, 고객의 커피와 간식 심부름, 로커를 오가며 손님들 짐 넣고 빼기, 염색 약과 파마 약을 만드는 제조실 정리, 머리카락을 마는 로드와 염색 도구 씻기. 헤어숍 스태프는 디자이너를 보조하지 않을 때에도 쉴 틈 없이 바쁘다. 은지는 결국 오늘도 점심을 건너뛰었다. 점심시간을 놓친 직후엔 허기가 밀려오지만 4시쯤 되면 배 속이 먹는 걸 포기한 듯 잠잠해졌다. 대신 손이 덜덜 떨려오고 발이 퉁퉁 부어올라 걷기도 불편했다. 그럴 때면 은지는 화장실로 달려갔다. 변기 위에라도 잠깐 앉기 위해서다.

문을 잠그고 변기 위에 앉으니 온몸이 아우성을 쳤다. 너무 피곤하다고, 너무 지쳤다고. 몸이 보내는 불평을 애써 무시하고 폰을 꺼내니 화면에 알림창이 떠있다.

[소원성취 앱. 1개의 알림]

은지는 설레는 마음으로 앱을 열었다.

[고객님께 유용한 정보가 도착했습니다. 화면을 왼쪽으로 밀어주세요.]

유용한 정보? 은지가 화면을 밀자 액정 한가운데로 빨간 가로

줄이 쭉 처졌다. 곧이어 귀에 꽂은 무전기 이어폰으로 웬 소리가
비집고 들어왔다.

　- 커피 말고 딴거 없어?
　이 목소리는?
　- 속이 안 좋아. 울렁거려.
　짜증이 잔뜩 섞였지만 확실히 아는 목소리. 제로가 틀림없다.
휴대폰 화면 중앙을 가로지르는 빨간 선은 목소리를 따라 파동을
그렸다.
　- 알아. 화보 찍는데 뭐 먹으면 안 되는 거. 근데 커피는 더 이상
못 먹겠어. 속이 너무 쓰려.
　어째서 숍에서 쓰는 무전기에서 제로의 목소리가 들리지? 제
로가 벌써 왔나? 은지는 화장실 문을 벌컥 열고 제로가 예약돼있
는 2층으로 달려갔다.
　"콜도 안 했는데 왔네. 마침 잘 왔어. 나 서브 좀 해줘. 드라이
해드려야 돼."
　디자이너는 다른 손님의 머리를 만지고 있었다.
　"쌤, 제로 왔어요?"
　"갑자기 무슨 소리야?"
　디자이너는 손님이 못 듣게 작게 속삭였다.
　"정신 줄 놨어? 제로는 5시잖아."

역시 아직 오지 않은 모양이었다. 은지가 손님의 머리 말리는 걸 돕는데, 위이잉하는 드라이기 소리를 뚫고 다시 그 목소리가 들렸다.

-나 갑자기 그거 너무 먹고 싶다. 네스퀵……. 그래, 인마. 우유에 타 먹는 가루 있잖아. 초콜릿맛 나고, 토끼 그려져 있는 거. 옛날에 울 엄마가 맨날 그거랑 우유를 잔뜩 사다 놨었어. 나 학교 갔다 오면 출출할까 봐. 엄마는 일 나가느라고 날 못 챙겨줬거든. 내가 그걸 진짜 좋아했었어. 심심해서 먹고, 출출해서 먹고. 하루에 열 개씩은 먹었던 거 같애. 나 어릴 때 뚱뚱했던 건 다 네스퀵 때문이야. 살 빼느라 하도 고생해서 네스퀵은 완전 끊었었는데 갑자기 너무 먹고 싶다.

팬들 앞에서 잘 웃지도 않는 얼음 왕자가 네스퀵을? 은지는 남 모르게 웃었다. 그러곤 콜이 없는 틈을 타 재빨리 편의점으로 달려갔다.

✦

5시. 제로는 시간에 맞춰 도착했다. 은지는 지시에 따라 제로의 머리를 감겨주고 재빨리 주방으로 갔다. 그러곤 500밀리리터 우유 팩을 열어 네스퀵 스틱을 두 개 넣고 마구 흔든 다음 커다란 유리잔에 부어 들고 나갔다.

"그게 뭐야? 제로는 커피인 거 몰라?"

음료를 내려놓기도 전에 디자이너가 면박을 줬다. 하지만 은지는 침착하게 유리잔을 내려놓고 제로에게 말했다.

"네스퀵이에요."

제로가 빤히 은지를 쳐다보았다. 은지는 숨이 턱 막혔다. 먹고 싶은 걸 참아야 하는 제로가 짜증이 치밀어 유리잔을 집어던지진 않을지 조마조마했다. 하지만 이내 마음을 놓았다. 제로의 왼쪽 입꼬리가 살짝 올라갔기 때문이다. 그의 영상과 사진을 수도 없이 들여다본 은지는 안다. 그건 제로가 기분 좋을 때 짓는 미소다.

"누구는 제티가 더 맛있다는데, 난 네스퀵이야."

제로는 아이처럼 웃었다. 그에게선 좀처럼 보기 힘든 표정이다. 제로의 긴 목을 따라 오르내리는 울대를 보며 은지는 짜릿한 행복을 느꼈다. 우유와 함께 식도를 따라 흘러 내려가 그의 위를 채워주고 싶다. 제로의 식도와 위는 아름다운 주인을 닮아 여린 분홍빛이겠지.

"은지 님, 나 브러시."

디자이너의 말에 정신이 퍼뜩 든 은지는 재빨리 브러시를 건넸다. 점심도 굶고, 피곤이 온몸을 칭칭 감았지만 그녀의 손길은 경쾌하기 이를 데 없었다. 환호를 지르고 싶은 걸 간신히 참을 정도였다. 이게 바로 '예상할 수 없는 시간과 방법'으로 제공된 소원성취 앱의 서비스인가.

그날부터 은지는 무전기의 볼륨을 한껏 높이고 일했다. 제로의 목소리가 들릴지도 모른다는 기대감 때문이었다. 며칠 동안은 잠잠했다. 남자 목소리가 들리기만 하면 온 신경을 곤두세웠지만 디자이너나 스태프장이 잔소리를 하거나 일을 시키는 것일 뿐, 제로는 아니었다. 그러다가 사인이 온 건 제로의 예약 시간 한 시간 전이었다. 소원성취 앱 알림이 떴다.

[고객님께 유용한 정보가 도착했습니다. 화면을 왼쪽으로 밀어주세요.]

은지의 눈이 커지고 귀가 확 트였다. 제로다!

- 으, 발이 터질 거 같아.

은지의 무전기 이어폰으로 비집고 들어온 제로의 목소리는 짜증으로 뒤범벅이었다.

- 내 사이즈 맞아?

제로는 오늘 명품 패션 브랜드가 새롭게 선보이는 라인을 홍보하는 행사에 간다. 숍에 오는 것도 그 때문이다.

- 외국 신발은 볼이 너무 좁아. 꽉 껴. 신발이 날 씹어 먹을 거 같아……. 아냐, 안 벗을래. 지금 벗으면 다시 못 신을 것 같아.

패션 브랜드 행사에 가는 셀럽들은 초대받은 브랜드의 옷과 구두를 신는 건 기본이다. 그런데 스타일리스트가 가져온 구두가 잘 맞지 않나 보다. 어떡하지. 은지는 마음이 급해져서 휴대폰을 들고 검색했다. 화면을 훑는 은지의 눈이 빠르게 움직였다.

✦

"어머머, 우리 제로 오늘 너무 근사하다!"

제로를 담당하는 디자이너는 호들갑을 떨며 그를 맞았다. 하지만 아픈 발 때문인지 제로의 얼굴은 밝지 않았다. 샴푸를 하고 와서 머리와 메이크업을 시작하자 은지는 용기를 냈다.

"저……. 구두 좀 벗어보실래요?"

제로는 의심스러운 눈빛으로 은지를 봤다.

"구두, 발 많이 아프죠?"

"어떻게 알았어요?"

"들어올 때 다리를 절룩거려서요."

은지는 자신의 순발력이 대견했다. 이젠 좀 더 과감해야 한다.

"잘 안 맞는 구두를 신을 때 써먹는 방법이 있어요."

둘의 얘기를 듣고 있던 디자이너가 나섰다.

"은지 님, 뭐 하는 거야? 협찬 구두에 뭐 묻히거나 늘리면 안 되는 거 몰라?"

디자이너는 부드러운 말투로 위장했지만 표정은 사나웠다. 네 까짓 게 뭔데 함부로 끼어드냐는 으름장이다. 그래도 은지는 굽히지 않았다.

"구두에 뭘 하는 건 아녜요. 조금이라도 편하게 해드리려는 거니까 믿어주세요."

은지를 빤히 보던 제로가 구두를 벗었다.

"잠깐 발 좀 만질게요."

은지는 무릎을 굽히고 앉아 제로의 세 번째와 네 번째 발가락을 종이 반창고로 감았다.

"발에서 통증을 느끼는 신경은 주로 세 번째랑 네 번째 발가락에 몰려있대요. 그래서 이렇게 하면 통증에 둔해진대요."

"이런 거 어디서 배웠어요?"

"그냥 뭐 여기저기서요. 스케이트 선수나 발레리나들이 써먹는 방법이래요."

종이 반창고를 감은 제로는 다시 구두를 신고 발을 움직여본다. 별말이 없다.

효과가 없나. 은지는 입이 순식간에 말랐다.

"덜 아파."

제로의 말에 은지는 숨이 벅차올랐다. 제로를 위해 뭔가 할 수 있다는 게 말할 수 없이 기뻤다.

다시 머리와 메이크업을 하는 손길이 바빠지고, 은지는 다른 콜을 받아 제로 곁을 떠나야 했다. 일은 여전히 많았고 디자이너나 선배들의 잔소리는 이어졌지만, 은지는 힘든 줄 몰랐다. 그를 위해 뭔가 했다는 사실이 그녀의 몸을 깃털처럼 가볍게 만들었다. 바쁘게 오가는데 누군가 은지의 어깨를 톡톡 쳤다. 제로였다.

"고마워요."

제로는 은지의 앞섶에 붙은 이름표를 흘깃 보더니 덧붙인다.

"은지 씨."

엷은 미소가 화살처럼 날아와 은지에게 꽂혔다.

"제로! 얼른!"

매니저가 부르자 그는 급하게 나갔다. 은지가 대답할 틈도 없었다. 아니, 대답을 할 수 없었다. 기쁨에 사로잡힌 그녀는 제정신이 아니었으니까. 제로의 혀와 입술이 내 이름을 발음하다니! 은지의 배 속이 부르르 떨려왔다.

'은. 지. 씨.'

은지는 제로의 말을 한 음절씩 떼어내서 수없이 곱씹었다. 하나하나 향긋했다. 제로의 목소리를 되새김질하면서 깨달았다. 그를 위해서라면 뭐든 할 수 있다.

✦

소원성취 앱은 어떨 때 작동하는 걸까. 은지는 곰곰이 따져봤다. 아무 때나 작동하진 않았다. 제로가 네스퀵을 먹고 싶어 할 때도, 구두 때문에 발이 아팠을 때도 모두 숍에 도착하기 직전이었다. 다른 때에는 잠잠했었다. 재빨리 제로의 다음 예약 날짜를 확인했다.

"목요일? 그때까지 어떻게 기다려!"

투덜대는 목소리는 숍에서 같이 일하는 동료 혜미다.

"빨리 기훈이 보고 싶은데."

혜미는 블랙의 또 다른 멤버 기훈의 팬이다. 제로와 인기를 경쟁하는 라이벌 멤버.

은지는 일부러 신문지와 가위를 꺼내 들고 가위질 연습을 시작했다. 연예인들이 많이 드나드는 숍에서 자신의 최애에 대해 떠드는 건 위험하지만, 혜미와 은지는 서로의 정체를 안다. 얼마 전 열린 블랙의 팬 미팅에서 마주치는 바람에 별수 없었다. 이후 둘은 서로의 최애 멤버를 알게 됐다.

"제로는 요즘 어때? 센터 뺏겼다고 우리 기훈이 너무 미워하는 거 아니지?"

기훈은 여러 가지 면에서 제로와 정반대다. 제로가 차갑고 얼음 같은 매력을 뿜어낸다면 그는 부드럽고 친절한 캐릭터로 어필했다. 제로의 팬들이 제로를 숭배하는 분위기라면, 기훈의 팬들은 그를 돌보고 품어주는 분위기였다. 기훈이 어려서부터 몸도 약하고 다양한 알레르기 질환과 병치레가 잦은 탓에 조심스러운 생활 습관이 몸에 배어, 지금까지 소년의 느낌을 고스란히 간직한 덕이 크다.

팬들의 성향을 잘 아는 기훈은 그 점을 십분 활용했다. 음악

방송이 끝나면 곧바로 SNS로 라이브 방송을 켜서 무대의 흥분을 그대로 전했고, 팬들에게 보내는 문자 메시지에는 다정함이 넘쳤다.

반면 제로는 SNS 개인 라이브는 한 적도 없고 팬들에게 보내는 문자는 2주에 한 번 보낼까 말까였다. 그래서인지 블랙 초창기엔 강렬한 비주얼과 무대 매너로 인기 톱이었던 제로가 차츰 그 자리를 기훈에게 내주더니, 이번 활동에선 센터마저 기훈에게 양보해야 했다. 기훈에게 반해서 블랙에 입덕한 혜미는, 제로와 기훈의 관계를 잘 알기에 걸핏하면 속 보이는 말로 은지를 도발했다.

"너 연습 안 해? 좀 있으면 테스트잖아."

은지는 짐짓 딴소리를 했다.

"어머, 너 테스트 욕심 있었어? 난 네가 샴푸 천재라 샴푸실에 말뚝 박는 줄. 품!"

혜미는 얄밉게 말하고는 휴게실을 나가버렸다. 얄미운 말에 집중력이 흐트러진다 생각한 순간 은지의 검지가 찌릿했다. 가위에 손가락을 베었다. 순식간에 빨간 방울이 맺히는가 싶더니 주르륵 흘렀다. 은지는 반사적으로 손가락을 입에 넣었다. 피를 봐서 그런지 속이 울렁댔다.

'재수 없어!'

은지는 그 말을 입안에서 굴리며 피가 멈추길 기다렸다.

✦

목요일. 제로는 물론이고 블랙 멤버 전원의 예약이 있는 날이다. 아침부터 은지는 안절부절못했다. 곧 제로의 목소리를 들을 거란 생각에 머릿속이 하얘졌고 몸은 붕 뜨는 거 같았다.

어느 순간, 열차가 승강장에 들어오듯 익숙한 목소리가 귀를 파고들었다.

- 뭐라고? 맘대로 하라고 해. 난 상관없어.

제로의 목소리다. 짜증이 잔뜩 묻어나는 말투다. 누구 맘대로 뭘 하라는 거지?

- 기훈이한테 누가 말 좀 해줘라. 제발 무대와 현실을 구별하라고. 걘 하루 24시간 무대에 올라가 있는 설정이야. 미친놈.

기훈과 삐걱대는 얘긴가 보았다. 신곡이 나온 후에 둘 사이 분위기는 더 심상치 않았다. 제로는 이런저런 논란과 재계약 문제로 잡음이 많은 반면 기훈은 자신에게 넘어온 스포트라이트를 맘껏 즐겼다. 팬들 사이에선 두 사람이 서로 말도 안 하고 산다는 게 공공연한 비밀이었다.

- 그 자식이 하도 알레르기를 달고 사니까 나도 알레르기가 하나 생겼나 봐. 기훈이 알레르기. 그 자식 생각만 하면 숨이 컥컥 막힌다니까.

뭔가 해야만 한다. 근데 뭘 하지? 초조한 표정으로 주변을 둘러

보던 은지는 뭔가 생각난 듯 고양이 간식과 꼬리빗을 챙겨 앞치마 주머니에 넣고 숍에서 나갔다. 건물 앞 화단에 간 은지는 나직하게 외쳤다.

"빵이야, 우리 빵이 어디 있어? 빵이야."

"니야오옹"

고양이는 순간 이동이라도 한 듯 갑자기 나타났다.

"우리 빵이 거기 있었네. 자, 우리 빵이 언니가 뭐 가져왔나 볼래요?"

은지는 간식을 꺼내 흔들며 고양이를 향해 활짝 웃었다.

✦

블랙의 예약 시간. 아홉 명의 멤버와 매니저, 스타일리스트까지 한꺼번에 들어오니 숍 전체가 북적거렸다. 디자이너들과 스태프들의 움직임도 한결 바빠졌다. 은지 역시 바쁘게 움직이며 기훈의 샴푸 순서를 기다렸다.

'제로, 미안. 오늘은 기훈에게 가야 해요.'

드디어 콜이 들어오고 은지는 재빨리 기훈에게 향했다. 기훈은 어제의 피곤을 다 털어내지 못한 것 같았지만 은지가 인사를 건네자 미소로 답했다. 사람들이 좋아하는 걸 잘 아는 영리한 친절이다.

"샴푸실로 가시죠."

기훈이 의자에 누워 눈을 감자 은지는 표 안 나게 큰 숨을 내쉬었다. 그리곤 가위에 베인 상처에 붙인 반창고를 떼고 머리를 감겨주기 시작했다.

뜨겁지도 차갑지도 않도록 섬세하게 온도를 맞춘 물을 조심스레 기훈의 머리에 갖다 대었다. 두피와 머리카락에 물이 충분히 스며들자 샴푸로 거품을 낸 후 두피를 문지르기 시작했다.

"와아, 시원하다. 정말 개운해요."

기훈이 눈을 감은 채 웃었다. 보는 사람도 기분 좋아지는 웃음이다. 어쩌면 그에게 마음을 뺏기는 건 당연한 일인지 모른다.

"어떻게 이렇게 시원하지? 비법 같은 게 있어요?"

기훈의 개인 방송에서 몇 번 들어 본 적 있는 유쾌한 말투다. 하지만 이런 말투는 곤란하다. 잠이 오지 않는다는 얘기니까.

은지는 대답 대신 샴푸하는 손길에 더욱 집중했다. 두피를 롤링하는 손가락의 압력은 적당한지, 손길이 미치지 않은 곳은 없는지 꼼꼼히 살폈다.

"시원한데…… 졸리네……."

은지는 뺨이 발갛게 달아오르도록 열심히 머리를 감겼다.

"잠이 와, 후……."

결국 기훈은 입을 다물고 잠에 빠져들었다. 유난히 깊게 잠든 거 같았다.

은지는 잠깐 마음이 짠해졌다. 얼마나 피곤했으면.

하지만 이내 정신을 차리고 그의 얼굴 앞에서 손을 흔들었다. 완전히 잠든 걸 확인하자마자 그녀는 앞치마 주머니에서 뭔가를 꺼냈다. 빵이에게 간식을 주며 긁어둔 털이 담긴 작은 지퍼백이었다. 은지는 주변을 한 번 힐끗 살피고 털을 꺼내 기훈의 앞섶에 뿌렸다. 조금 더 꺼내 그의 얼굴에도 살살 뿌렸다. 비닐 안에 남아있는 나머지는 그의 몸 곳곳에 털었다.

기훈의 숨소리는 여전히 평화롭다. 미안해요. 하마터면 은지는 이 말을 입 밖으로 낼 뻔했다. 대신 낮은 목소리로 기훈의 귀에 속삭였다.

"고객님, 일어나세요."

기훈은 꼼짝도 않았다.

"기훈 씨, 일어나요!"

힘겹게 수면 위로 올라온 물고기처럼 기훈은 간신히 잠에서 떠올랐다. 은지는 기훈의 머리에 수건을 두른 후, 디자이너가 있는 자리로 데려다주었다. 자신이 꾸민 일이 어느 정도 효과를 거둘지 초조해질 무렵 기다리던 소리가 들렸다.

"에취!"

기훈의 재채기 소리에 은지의 얼굴이 환해졌다. 곧이어 디자이너의 비명이 들린다.

"꺄아악! 기훈아, 너 눈! 눈!"

기훈의 오른쪽 눈에서 투명한 젤 같은 게 부풀어 오르더니 천천히 흘러내렸다.

저건…… 혹시 안구가 쏟아지는 건가. 은지는 공포에 질렸다.

"누, 누나아……. 사, 살려……."

믿을 수 없는 속도로 얼굴이 빠르게 부어오른 기훈은 숨을 쉬지 못했다. 손으로 목을 쥐어뜯으며 그대로 쓰러졌다.

"앰뷸런스! 누가 빨리 앰뷸런스 좀 불러! 기훈아, 정신 차려!"

디자이너는 쓰러진 기훈 위에서 미친 사람처럼 소리를 질러댔고 사람들이 몰려들었다. 누구는 119에 전화했고, 누구는 심폐소생술을 하려 덤볐고, 누구는 끝없이 비명을 질러댔다.

그 한복판에 은지가 넋을 잃고 서있었다. 입은 멍하게 벌어졌고 눈은 두려움에 사로잡혔다.

내가 지금 무슨 일을 저지른 거지?

기훈이 여러 알레르기가 있다는 걸 알고 있는 은지는, 혹시 고양이 털 알레르기도 있지 않을까 했다. 예전에 예능 프로그램에서 고양이가 나타나자 기훈이 기겁하는 장면을 봤기 때문이다. 확실한 건 아니지만 시도해볼 만하다고 생각한 그녀는 오늘 있는 음악방송에 나가는 기훈의 컨디션을 망쳐보려 했을 뿐, 이 정도로 반응이 격렬할 줄은 몰랐다. 몸이 간지럽고 재채기를 하는 정도일거라 생각했는데 새파랗게 질려 앰뷸런스에 실려 갈 줄이야.

'하나님, 기훈이를 살려주세요! 제발요!'

몸이 부들부들 떨리고 눈물이 쏟아졌다. 다리에 힘이 빠져 간신히 벽에 기대 섰다.

'잘못했어요, 잘못했어요.'

은지는 두 손을 맞잡고 눈을 꼭 감은 채 기도했다.

✦

> ㄴ 기훈이 어디 감?? 기훈이 돌려놔라.
> ㄴ 우리 후니후니 왜 없어!
> ㄴ 제로의 귀환 제왕의 귀환.
> ㄴ 춤은 역시 제로. 무대가 다르네.
> ㄴ 제로가 센터 뺏기고 이를 갈더니 순식간에 기훈이를 지워버렸네 ㅋㅋ

그날 저녁 음악 방송 실시간 댓글 창은 난리가 났다. 블랙의 완전체 무대가 예고됐었는데 아무 말없이 기훈이 빠졌기 때문이다.

기훈이 비운 센터를 채운 건 제로였다. 센터는 진즉에 그의 자리였다. 블랙의 뇌관은 자신일 수밖에 없다는 걸 확실히 보여준 무대였다. 설사 기훈의 팬이라도 제로의 존재감 자체는 수긍할 수밖에 없었다. 엔딩 포즈는 다른 날과 마찬가지였다. 특별한 표정 연출 없이 그저 카메라를 똑바로 바라볼 뿐이었다. 가벼운 미소도 없었다. 다만 눈빛은 누구나 읽을 수 있을 만큼 선명했다. 이 자리는 내 거야.

음악 방송이 끝나자 제로의 팬들은 열광했고 기훈의 팬들은 수군댔다. 대체 기훈은 어디 간 거야? 그때까지만 해도 기훈이 병원에 실려 간 소식이 전해지지 않았다가 방송이 끝난 후에 그가 알레르기로 쓰러졌지만 이제는 회복 중이라는 사실이 SNS를 통해 퍼졌다. 은지는 기훈의 소식을 듣고 화장실에 숨어들어 울음을 터뜨렸다. 하나님, 기훈이를 살려주셔서 감사해요. 정말 정말 감사해요.

제로의 팬들은 한껏 달아올랐다. 오랜만에 센터에 선 제로는 숭배자들을 자극했다. 그의 직캠 영상은 빠르게 조회 수를 갈아치웠고, 블랙이 세상에 첫선을 보일 때 사람들을 사로잡았던 매력이 무엇이었는지 기억나게 해줬다. 은지는 틈틈이 팬 사이트에 들락거리며 조금씩 평정을 되찾았다. 제로를 위해 뭔가 했다는 기쁨을 조금은 누려도 되지 않을까 생각했다.

하지만 그녀의 기쁨은 생각보다 오래 가지 못했다. 다음 날 근무 중 휴게 시간에 유튜브를 켰을 때다.

"까망이들 그거 했나? SNS에 '제로는_제로했어야'라는 해시태그 다는 거 말이야."

연예인 가십을 먹잇감으로 삼는 유튜버가 제로를 들먹이며 라이브 방송을 하고 있었다. 까망이는 블랙의 팬을 가리키는 말이다.

"제로 걔는 세상 의리 없는 놈 아니냐? 같은 팀 멤버가 몸이 아파서 자리를 비웠다고 그 자리를 홀랑 따먹어? 이런 애가 학교 친구가 하루 빠지면 당장 책상 빼는 놈이야. 그러니 우리가 점잖게 가르쳐주는 거야. '#제로는_제로했어야!' 제로 그 자식은 기훈이 자리를 비워뒀어야 한다는 거지!"

말도 안 돼. 은지는 설마 하며 SNS에 접속했다. 해시태그는 무시무시한 전염병처럼 번져있었다. 그러자 정신이 번쩍 들었다. 전염병의 진원지가 바로 자신이라는 사실 때문이었다.

은지는 정신이 아득해졌다. 그뿐이 아니었다. 눈꼬리를 뾰족하게 세운 혜미의 얘기는 더 큰 공포였다.

"지금 우리 쪽에선 무슨 말이 도는지 알아? 제로가 기훈이한테 고양이 알레르기를 일으켰다고. 센터 자리가 탐나서 그랬단 거지. 기훈이 알레르기는 다들 알고서 조심하는데 갑자기 발작을 일으킨 게 이상하잖아. 실제로 제로는 센터를 따먹었고. 걔 도둑일지 몰라. 고양이랑 합작한 센터 도둑놈."

혜미는 노래까지 흥얼댔다.

"검은 고양이 제로 제로 제로……."

「검은 고양이 네로」란 노래의 가사를 살짝 바꿨다. 은지는 가슴팍을 불로 지지는 고통을 느꼈다.

"함부로 말하지 마! 잘 알지도 못하면서."

"그럼 넌 뭐 알아? 재수 없는 시다 주제에."

혜미가 침을 뱉듯 지껄이자 은지가 혜미를 밀쳤다. 미용 도구가 가득 실린 트롤리에 부딪힌 혜미는 잠깐 휘청했다가 중심을 잡더니 눈에 불을 켜고 은지에게 덤벼들어 손에 잡히는 대로 쥐어뜯었다.

"가만 안 둬!"

"아악, 너 이거 안 놔!"

두 사람이 엉겨 붙자 순식간에 사람들이 모여들었다. 딱히 주먹을 휘두르거나 기선을 제압하지는 못했지만 둘 다 얼굴이 빨갛게 달아올라 끙끙대는 게 몸치 커플이 추는 왈츠 같아 보이기도 했다.

"뭣들 하는 거야, 정신 나갔어?"

부원장이 소리를 지르지 않았다면 못난이 왈츠는 계속됐을지도 모른다. 씩씩대며 떨어진 두 사람을 구석으로 불러들인 부원장은 신경질적으로 화를 퍼부었다.

"둘 다 미쳤어? 안 그래도 기훈이가 우리 숍에서 실려 가는 바람에 이러쿵저러쿵 말이 나와 골치 아파 죽겠는데 뭐 하는 짓거리야. 둘 다 당분간 고객님과 접촉 금지야. 디자이너 서브도 안 되고 샴푸실도 안 돼. 화장실 청소랑 제조실 정리 정돈이나 맡아서 해."

"부원장님, 억울해요. 은지가 먼저 민 거란 말예요."

"듣기 싫어, 저리 가."

"부원장니이임."

혜미는 어리광을 부리며 부원장을 쫓아갔지만 은지는 가만히 돌아섰다. 죄책감과 두려움이 컸는데 차라리 잘됐다 싶었다. 이 정도는 제로가 겪는 일에 비하면 아무것도 아니었다. 그동안 제로는 사람들이 함부로 지껄이고 수군대는 걸 어떻게 견뎌왔을까. 생각이 거기에 미치자 은지는 후드득 눈물을 흘렸다.

✦

약품 냄새가 진동하는 제조실에 처박혀서 말없이 일을 하던 은지는 생각했다. 지금 이 순간을 오히려 감사해야 하는 게 아닐까. 여태까지 그녀가 생각한 사랑은 달콤하고 고귀한 걸 함께 누리는 것이었다. 그래서 자신에겐 사랑할 자격이 없다고 여겼다. 은지에겐 나눌 게 없으니 당연했다. 그런데 머리카락이 뒤엉킨 빗을 썼고 꾸덕꾸덕하게 굳은 약품을 문질러 닦아내면서 생각이 찰랑찰랑 바뀌어갔다.

달콤함을 공유한 사랑은 행복하지만, 고통을 공유한 사랑은 단단하다. 사랑하는 사람이 뒤집어쓴 구정물을 함께 맞으며 더 견고해지는 사랑도 있는 법이다. 지금의 상황은 바로 이런 과정일지 모른다. 이런 일이 없었다면 제로가 느끼는 진짜 아픔과 고민은 가늠할 수도 없었을 거다.

'비슷하게라도 느껴볼 수 있어서 영광이에요.'

은지는 제로가 들을 리 없는 인사를 보내며 마음을 가라앉혔다. 그러자 머릿속에 반짝 빛이 켜졌다.

글을 올리자. 내가 한 짓이라고. 그러니 더 이상 아무 죄 없는 제로를 괴롭히지 말라고.

언제 올리지? 휴게 시간? 아니면 퇴근 후에? 궁리하며 옷매무새를 가다듬는데, 누군가 숙덕대는 소리가 들렸다.

"세상에. 혜미 얘기가 맞네. 제로가 범인이네."

이건 또 무슨 얘기야?

"뉴스에 떴어. 제로가 자백했대."

은지는 다급하게 휴대폰을 열어 뉴스를 뒤졌다. 영상 속 앵커는 1그램의 감정도 없는 건조한 목소리로 소식을 전했다.

"아이돌 무한 경쟁 시대임을 실감하는 사건이 벌어졌습니다. 인기 정상의 아이돌 그룹 블랙의 멤버인 제로가 오늘 자신의 SNS를 통해 짤막한 자필 글을 올렸는데요. '얼마 전 있었던 기훈의 알레르기 발작은 내가 저지른 일이다. 최근 들어 자신의 위상이 위축되고 동료에게 밀리고 있다는 초조함에 시달리다 저지른 일이다'라고 고백했고, 팬들과 기훈에게 진심으로 사과의 말을 전하면서 반성의 의미로 은퇴 의사를 밝혔습니다. 현재 제로의

SNS는 폐쇄됐고 연락은 두절된 상태입니다. 한편 소속사나 기훈은 이 문제를 법적으로 처리하진 않겠다는 입장입니다."

삐이이. 은지의 귀에서 이명이 들렸다.

✦

염색 약이나 파마 약을 섞는 플라스틱 볼부터 로드 등등의 도구가 제조실 싱크대에 가득했다. 힘겹게 수도꼭지를 돌리니 세찬 물살이 잔뜩 쌓인 물건 위로 쏟아졌다. 오늘은 유난히 고객이 많은 날이었던 터라 씻어야 할 것들이 산더미다. 하지만 은지는 씻고 정리해야 할 일이 가득한 게 다행스러웠다. 그녀의 죄책감은 고통을 원했다. 피곤하고 짜증스러운 일만이 자신의 더러움을 씻어줄 것만 같았다.

"너!"

혜미다.

"3층 VIP존으로 오래."

누가 오라는 거냐고 묻기도 전에 혜미는 염색 약 볼을 싱크대에 던지고 나가버렸다. 그 바람에 싱크대에 있던 물과 약품 찌꺼기가 은지에게 튀었다. 그녀는 말없이 얼룩을 닦았다.

은지는 금지 구역에 들어가는 심정으로 조심스레 3층으로 갔다. 거기엔 헤어디자이너가 커트를 마친 고객의 어깨에서 머리카락을 털어주고 있었는데, 어찌된 일인지 눈이 퉁퉁 부어있었다.

'울었나?'

그 순간 잘려 나간 고객의 머리카락 더미가 은지의 눈에 들어왔다. 레몬색이 섞인 엷은 민트색. 제로의 머리 색이다. 그렇다면 지금 머리를 자른 사람은? 은지는 재빨리 휴대폰을 꺼내 보았다.

[고객님께 유용한 정보가 도착했습니다. 화면을 왼쪽으로 밀어주세요.]

소원성취 앱에서 알림이 왔는데 몰랐었다.

"은지 왔구나. 왜 호출해도 안 와?"

"이어폰 빼놨어요. 귀에서 자꾸 이명이 들려서요."

은지에게 등을 보이고 앉아있는 사람은 역시, 제로다. 눈에 띄게 수척해진 제로가 삭발한 채 앉아있었다. 제로 뒤에 서있던 디자이너가 훌쩍이며 은지를 보았다.

"제로 떠난대. 가기 전에 머리 자르러 왔다가 너한테 샴푸 한 번 받고 싶다고 해서 불렀어."

제로가 은지를 향해 의자를 돌렸다. 의외로 편해 보이는 표정이다.

"기훈이가 그러던데요. 머리 감을 때 정말 편하게 해줘서 푹 잤다고. 나도 요즘 잠을 통 못 잤어요."

그의 목소리는 낮게 갈라져 있었다.

"뭐 해, 얼른 샴푸실로 가."

디자이너가 재촉하자 은지는 얼떨떨한 채로 제로를 이끌었다.

"원래 머리 감는 사람을 재우는 게 특기라면서요? 근데 왜 나는 한 번도 안 재워줬어요?"

은지는 제로를 쳐다볼 엄두도 내지 못했다.

"오늘은 나도 좀 부탁해요."

제로는 홀가분한 표정으로 샴푸 의자에 앉아 뒤로 누웠다.

잔뜩 움츠렸던 은지의 심장이 다시 펄떡였다. 손가락 끝까지 피가 도는 느낌이었다.

깊은숨을 내쉰 은지는 천천히 물을 틀었다. 손목으로 적당한 온도를 확인하고는 제로의 머리를 적시기 시작했다.

쏴아아. 샤워기를 빠져나온 물이 은지의 손을 이끌었다.

'이쪽으로 물을 조금만 더……. 그래, 이쪽 말이야. 귀 뒤쪽도 잊으면 안 돼. 뒤 목을 살짝 들어줘 봐. 그쪽도 골고루 물이 닿아야 시원하다고.'

머리가 골고루 젖은 걸 확인한 은지는 샴푸를 덜어 거품을 냈다. 이번엔 거품들이 속닥거린다.

'긴장 풀어. 우선 전체적으로 샤악, 샤악.'

거품은 보글보글 수다를 이어간다.

'정수리로. 넌 롤링의 여왕이잖아. 둥글게 둥글게. 그래, 바로

그렇게.'

거품의 수다에 은지의 손놀림이 한결 가벼워지고 리듬감이 붙었다. 그러자 모든 순간이 한꺼번에 떠올랐다.

제로의 머리를 처음 감겨줬을 때의 감격. 밤에 잠을 자려고 누웠을 때도 남아있던 머릿결의 느낌. 샴푸를 받을 때 잠들긴커녕 찌푸린 미간이 그대로였던 제로. 그 모습을 보고 초조해지는 바람에 자꾸만 헛돌던 자신의 손. 되살아난 모든 순간이 소중했다. 적어도 은지는 아끼는 사람을 자기 손으로 씻기고 가꾸는 기회를 누렸다. 고마워요. 은지가 마음속으로 중얼댔을 때, 제로의 낮은 숨소리가 들렸다.

그가 잠들었다. 어딘가 불만스러워 보이는 표정이나 차가움 따위는 씻겨나가고 말갛게 눈을 감고 있다. 은지는 손길을 좀 더 조심스레 움직였다. 샴푸 거품의 재잘거림도 잠재우고 고요히 머리를 감겼다. 트리트먼트나 린스는 머리가 짧아서 의미가 없으니 두피용 헤어 식초로 마무리한 다음 제로를 깨웠다.

"끝났습니다, 고객님."

제로가 가늘게 눈을 뜨자 은지가 말했다.

"일어나세요."

누운 채로 은지를 올려다보던 제로는 왼쪽 입꼬리를 살짝 올리며 웃어 보였다. 그러곤 가볍게 몸을 일으켜 돌아보았다.

"고마워요, 은지 씨."

은지의 이름을 못 외운 제로의 눈길이 이름표를 빠르게 스치는 걸 봤지만 상관없다. 제로의 입에서 나온 '은. 지. 씨'라는 세 글자는 여전히 향긋했다.

✦

제로가 숍을 나가고 은지는 제로의 머리카락을 쓸어 담았다. 눈물 때문에 시야가 흐려져서 천천히 움직였다. 제로를 담당하던 디자이너는 지친 듯이 자리에 앉아 누구라도 들으라는 듯 말을 꺼낸다.

"제로 미워하지 마. 걔가 한 거 아냐."

디자이너는 친하게 지내던 제로가 억울하게 당하는 게 속상해 보였다.

"이번 일 겪으면서 맘을 굳혔대. 사람들 앞에서 완전히 사라지기로. 평소에도 그런 얘기 많이 했었거든. 버티기 힘들다고."

역시 그랬었구나.

"너무 억울하지만 한편으론 잘됐다 싶었나 봐. 그래서 말도 안 되는 자백을 한 거지. 정말 재주 많고 끼 많은 애였는데, 휴······. 어머, 은지야. 너 왜 그래?"

은지는 제로의 머리카락 위에 무릎을 꿇고 엎어졌다. 그러곤 아이처럼 큰 소리를 내며 울었다.

으어어엉엉엉. 눈물범벅이 된 그녀의 얼굴에 제로의 민트색 머리카락이 엉겨 붙었지만 개의치 않았다. 누군가 그녀를 일으키려 해도 소용없었다.

몇 달 후.

사진 한 장이 온라인에서 화제가 됐다. 어떤 사람이 이탈리아 여행을 갔다가 시장에서 우연히 제로를 발견하고 사진을 찍어 SNS에 올린 거였다. 사진이 선명하진 않지만 큰 키와 날카로울 정도로 반듯한 이목구비는 제로가 틀림없었다. 살이 조금 오른 듯했고 머리는 제멋대로 자란 데다가 평범하기 이를 데 없는 옷을 걸치고 있었다.

사진을 올린 사람이 교민들에게 알아보니 제로는 이탈리아의 요리 학교에서 공부 중이라고 했다. 지난번 요리 예능 프로그램에 나갔을 때 요리에 푹 빠졌고, 그때 손을 다친 것도 칼질 연습을 하다가 그렇게 된 거라는 사실이 뒤늦게 전해졌다.

은지는 제로의 사진을 뚫어져라 들여다보았다. 야채를 고르는 사진 속 제로의 얼굴엔 햇살이 닿아있었다. 눈이 부셔 찡그릴 법도 한데 불편한 기색이 없이 편하고 홀가분해 보였다. 예전엔 한 번도 본 적 없는 표정이었다.

제로의 얼굴을 확대했다. 수천 번 수만 번 그 얼굴을 들여다본 은지는 알 수 있다. 덥수룩한 머리카락 밑으로 보이는 그의 눈이 얼마나 빛나고 있는지. 살짝 올라간 입꼬리가 얼마나 즐거운지. 그는 지금 행복하다.

은지도 오늘 퇴근길에 시장에 가기로 맘먹었다. 자신의 생일상을 차릴 거다.

"소원도 이뤄졌으니 생일파티 해야지. 너도 나 축하해줄 거지?"

그녀는 오른쪽 갈비뼈 부근에 손을 가만히 댄다. 손안의 제로가 고개를 끄덕인 것만 같다.

✦

소원성취 앱 고객센터. 한소원은 모니터를 들여다보고 있다. 모니터에는 은지의 인스타그램 피드가 떠있다. 사진 속엔 등장인물이 별로 없었다. 소리도 마찬가지였다. 웃음소리가 들려올 것 같은 친구들 모임이나 가족사진 같은 건 눈에 띄지 않았다. 화단에 웅크리고 조는 고양이, 퉁퉁 부은 발, 가위질을 많이 해서 붉게 짓눌린 손, 염색 약 물이 든 손톱, 노을이나 구름, 빠끔 핀 들꽃 사진 같은 것들뿐이었다.

은지의 사진은 모두 외로움의 인증 숏이다. 소원의 눈에 안쓰러움이 스쳤다.

그녀가 앱 서비스를 시작하면서 다짐한 게 있다. 사람들의 상처와 외로움을 함부로 다루지 않겠다는 원칙. 사람들의 절실함을 소홀히 넘기지 않고 온전히 끌어안자고 스스로 다짐했었다.

고객과 만날 때 그녀는 깨끗하게 빨고 깔끔하게 손질한 옷만 골라 입었다. 흐트러짐 없이 성의를 다하기 위한 작은 의식이다.

소원은 화면을 이동해서 온라인 카드를 하나 골라 열었다.

[은지 님의 생일을 진심으로 축하드립니다.]

여기까지 친 소원은 자판에서 손을 뗐다. 그녀는 생일 카드를 써본 적이 거의 없다. 어릴 때 엄마에게 보냈던 카드가 전부였다. 크지 않은 빈칸이 막막하기만 했다. 어떤 말로 축하를 전해야 하나. 자판 위에서 한참을 머뭇대던 소원의 손가락이 다시 움직이기 시작한 건 한참 뒤였다.

[모든 별은 중력을 가지고 있다는 걸 아시나요. 좀 더 정확하게는 질량을 가진 모든 물체는 중력을 지니고 있죠. 큰 별은 큰 별대로, 작은 별은 작은 별대로 자신만의 중력으로 서로 영향을 주고받습니다. 찬란하게 빛나는 태양계도 은지 님의 작은 중력이 없다면 완성되지 않는다는 걸 기억하세요. 당신의 중력을 소중히 여기길 빕니다. -소원성취 고객센터]

소원은 전송 버튼을 눌렀다.

CASE 15 대가를 치르는 유료 인생

2,000원이라니. 이건 곤란하다. 김은보는 다시 한번 자신의 주머니를 샅샅이 뒤졌다. 아무리 뒤져봐도 현금은 1,500원뿐이다. 이럴 땐 왜 주머니 속에서 뒹구는 게으른 동전 하나 없는 건지. 절묘한 부족함에 은보는 짜증이 치밀어 올랐다. 하지만 이내 마음을 가라앉혔다. 짜증 섞인 마음으로 기도를 올렸다간 저 위에 계신 분이 기도를 들어주기는커녕 벼락을 내릴지 모른다. 그는 잠깐 고민했다. 오늘은 관두고 내일 다시 2,000원 들고 와서 기도할까? 아니다. 이런 상황일수록 저 높은 곳에 계신 분의 섭리를 제대로 해석할 줄 알아야 한다. 2,000원인 기도 초 값에서 500원이 모자란 것은 어쩌면 그분의 자비인지도 모른다. 자신의 가난을 배려해서 한 푼이라도 아껴주려는 배려 말이다. 은보는 500원

을 첫 구매 할인으로 생각하기로 했다. 그는 협소4동 성당 앞마당 한쪽 구석에 있는 캐비닛을 열어 '기도 초 2,000원'이라고 적힌 통에 1,500원을 넣었다. 그러곤 작은 유리컵에 담긴 초를 하나 꺼내 화단 앞 마리아상 앞에 올려놓고 두 손을 맞잡았다.

'신이시여, 저를 용서해주십시오. 거룩한 작가 정신을 팔아제꼈습니다. 고리타분한 클리셰라고 비웃으시겠지만, 그놈의 돈이 원수입니다. 인세 지급은 멀고 카드 결제일은 가까운 현실에 순수문학 대신 장르물로 환승했습니다. 압니다. 저도 쪽팔립니다. 거북목을 비틀어도 작가 정신을 꼿꼿하게 지켜야 하는 게 맞겠죠. 그러게 진작 복권 번호라도 점지해주시지 그러셨어요……. 아닙니다. 제가 누구 탓을 하겠습니까. 다만 아무리 제가 자본에 영혼을 팔아먹은 작가라 하더라도 악플의 시련은 너무 가혹합니다. 저의 괴로움과 부끄러움과 고뇌를 알지도 못하고 함부로 악플이나 다는 독자 놈들에게 천벌을 내려주시옵소서. 그들의 못된 손가락에 불벼락을 내리시고 또다시 악플을 달았다간 류머티즘 관절염의 고통을 맛보게 해주십시오. 악플 없는 평화로운 댓글 행진과 연재를 유료 전환했을 때 모든 독자들이 기꺼이 돈을 내는 축복을 바라며 죄 많은 작가, 기도 올립니다. 아멘.'

은보는 하마터면 눈물을 흘릴 뻔했다. 속이 조금은 후련해졌다. 마음 같아서는 기도를 좀 더 확실하게 해두고 싶었지만 500원을 에누리 받은 만큼 자제하기로 했다. 그 정도 눈치는 알아서 챙겨야 기도발이 먹힐 것 같다.

성당을 떠나기 전에 한 번 더 마리아상을 올려다봤다. 성당을 다닌 적이 없어 잘 모르지만 이 마리아상은 왠지 좀 젊어 보였다. 예수의 어머니는 흔히 눈을 내리깐 채 세상에서 가장 인자하고 차분한 표정을 짓고 있는데, 이곳 마리아는 두 눈이 하늘로 향해 있고 두 뺨은 소녀처럼 통통해서 발랄한 인상이다. 느낌이 괜찮다. 옹졸한 기도에도 쿨하게 고개를 끄덕여줄 것 같다. 김은보는 베이비페이스 마리아를 향해 '믿습니다!' 윙크를 보내고 성당을 나섰다.

석양이 깃들기 시작한 하늘을 보니 집에 가고 싶은 생각이 사라졌다. 은보는 집 생각만 해도 갑갑하다. 은보의 몸은 XXL 사이즈 옷도 꽉 끼는데 그의 집은 XXS 사이즈다. 통장 상태를 생각하면 그 집도 감지덕지해야 할 판이긴 하다. 최근 몇 년간 은보의 체중은 거침없이 전진했건만 그의 통장 잔고는 참으로 줄기차게 후진뿐이다.

좁아터진 집 말고 어디로든 가야 한다는 생각에 머리를 굴려봤지만 떠오르는 곳은 결국 한군데다. 어쩌다 본가에 가도 엄마는 떨떠름한 표정을 감추지 않는데, 언제 어느 때든 항상 은보를 반갑게 맞아주는 지상의 유일한 장소, 천근만근 정육점이다.

오늘도 그곳은 다른 날과 변함없다. 공기 중에 옅게 밴 피 냄새, 흰색으로 칠한 실내와 대비되는 핑크빛 네온 조명의 진열장, 뜬금없는 클래식 음악 선율이 울려 퍼지는 가운데 살점을 가르고 뼈를 으스러뜨리는 둔탁한 금속음. 은보가 그곳에 들어서자 서슬 퍼런 칼질이 뚝 끊겼다.

　"어서 오세요, 작가님!"

　밝게 인사를 건네는 여자의 이름은 한근만이다. 목장갑 위에 비닐장갑을 겹쳐 끼고, 오른손에 묵직한 사각 식칼을 든 그녀는 천근만근 정육점의 사장이다.

　꽉 찬 66반 사이즈 몸매. 여름에는 민소매, 겨울에도 반소매를 고집하는 탄탄한 팔뚝. 웰던으로 태닝한 듯한 구릿빛 피부. 그녀에게선 돼지갈비를 손질하는 게 아니라 에일리언을 때려잡아 손보고 있다고 해도 어색하지 않을 포스가 흘렀다. 다만 지금 이 순간 근만에게 어울리지 않는 건 그녀의 미소다. 그녀는 정육점에 들어선 은보한테서 눈을 떼지 않고 웃고 있지만, 입술이 타들어가는 듯 쉴 새 없이 혀로 입술을 훑는 모양이 부자연스럽기 그지없다. 이 부자연스러움의 또 다른 이름은 설렘 혹은 수줍음이다.

　"작가님 소리 좀 빼세요. 이젠 그 말도 민망해요."

　은보 얘기에 근만은 눈을 크게 뜨며 고개를 가로저었다.

"어머, 왜요? 저는 작가님 못 알아보는 사람들 생각하면 속이 터지는데. 아시잖아요, 작가님은 제 영혼의 멘톨인 거."

근만은 자신이 내뱉은 멘톨이란 단어가 만족스러웠다. 고급스러움에 향기로움까지 느껴지는 단어를 말했다는 사실이 스스로 대견했다. 하지만 은보는 조심스레 주석을 달았다.

"멘톨이 아니라 멘토……인데."

"아, 맞다. 멘토! 아후, 내가 '멘톨'을 피워서 자꾸 헷갈리나 봐요. 아하하하."

근만은 잠깐 민망해하더니 재빨리 장갑을 벗고 정육점 한쪽에 있는 전기 주전자에 물을 부었다.

"커피 한잔하셔야죠, 작가님?"

"그래 주시면 감사하죠."

은보는 정육점 한구석 작은 스툴에 커다란 몸을 앉혔다.

1대 2대 3. 커피 설탕 프림의 비율은 믹스커피가 다 똑같을 텐데 왜 그녀가 타는 커피는 유난히 맛있을까. 은보는 문득 궁금하다. 물의 양을 기가 막히게 잘 맞추기 때문일까. 물의 온도가 황금 온도인가. 아니면 자신과 정육점 여자와 믹스커피라는 세 요소가 만나서 빚어낸 마법일까. 그는 티스푼을 휘젓는 근만의 전완근을 훔쳐보며 생각에 빠졌다.

커피를 타는 여자의 가슴 역시 쿵쾅댔다. 자신은 절대 연출할 수 없는 깊고 그윽한 표정을 남자 얼굴에서 발견했기 때문이다.

"오늘은 무슨 작품을 구상하셨어요, 작가님?"

"아니, 뭐 작품이랄 건 없고요. 그냥 뭐 생각나는 대로……."

은보가 말을 흐리며 커피를 후룩 들이켜는데, 휴대폰 알림음이 들려왔다. 그의 것은 아니다. 근만은 실례한다는 눈짓을 보내더니 휴대폰을 열어 보았다. 뭔가를 읽는 그녀의 미간이 점점 좁혀진다. 여자는 빠른 속도로 문자를 보내고는 휴대폰을 얼른 집어넣었다.

"이놈의 알림을 꺼놔야 하는데 자꾸 깜박해서……."

사람들이 저렇게 휴대폰에나 매달려 사니 백날 책 내봤자 거들떠도 보지 않는 게 당연하지.

은보는 입맛이 씁쓸해졌다. 은보의 속마음을 알 리 없는 근만은 끊겼던 얘기를 이어갔다.

"작가님. 작품 구상하실 때는요, 저처럼 클래식 음악을 들어보세요. 이게 아주 효과 좋아요. 사실은 저도 가끔씩 우울해지거든요. 하루 죙일 시뻘건 고기를 썰면 피비린내도 지겹고, 내장은 꼴도 보기 싫어지고요. 행복이 뭔가, 사랑받는 건 어떤 기분일까……. 그런 건 다 저랑 아무 상관 없는 얘기 같아서 서글프더라고요. 그럴 때 클래식 음악을 싸악 틀어놓잖아요? 그럼 기분이 좋아져요. 제가 막 우아하고 세련된 여자가 된 느낌도 나고요. 아하하하."

"아, 어쩐지. 지금 이 곡 푸치니 맞죠?"

"에이! 작가님, 지금 듣는 건 클래식이라니까요. 푸 뭐가 아니라."

"그러니까 푸치니가 바로……. 아, 아닙니다. 네, 좋네요. 클래식이 참 좋습니다."

"그렇죠? 사람 목소리가 어쩜 이래요."

근만은 무척 기뻤다. 자신의 취향이 인정받았다는 사실이 감격스러웠다. 은보는 커피를 홀짝이며 빙긋 웃었다. 분홍빛으로 달아오른 근만의 뺨이 제법 귀여워 보였다.

✦

정사각형에 가까운 작고 초라한 방. 은보의 XXS 집이다. 지저분한 이불은 둘둘 말려 한쪽 구석에 처박혀있다. 은보는 낮은 밥상에 앉아 노트북을 펼쳤다. 이내 그의 굵은 손가락이 날렵하게 자판 위를 달린다.

호르헤 디아스 산체스 공작은 조용히 속삭였다.
"당신과 함께한 모든 시간에 감사하오. 날씨가 화창해서, 날씨가 흐려서, 날씨가 적당해서. 모든 시간이 좋았소."
공작은 그윽한 목소리로 말하며 소피아 이사벨라 라만차에게 다가갔다. 소피아는 떨리는 가슴을 억누르며 스르르 눈을 감았다. 꽃잎 같은 입술이 저절로 벌어졌다. 여자의 숨결은 꿀처럼 끈적하고 달콤하다. 호르헤의 몸이 꿀 향기에 취해 뜨거워지는 순간, 한쪽 벽에 드리워진 초록빛 벨벳 커튼이 거칠게 찢기더니 커다란 검은 그림자가 나타났다. 마테오 세바스찬 루카스가 분노로 이글대는 눈빛으로 소리쳤다.

"더러운 손 당장 치워! 소피아의 심장 소리를 들을 수 있는 건 나만의 특권이야!"

거기까지 단숨에 써 내려간 은보는 눈으로 글을 쓰윽 훑었다.

"모든 시간이 좋았다는 말 어디서 들어본 거 같은데? 어디서 들어봤더라……. 표절로 털리면 곤란한데."

은보는 미간을 찌푸리며 고민하다가 결국 마우스를 움직여 여태 쓴 호르헤의 대사를 지우고 글의 맨 앞으로 커서를 옮겼다. 모니터에 제목이 떠있다. [꽃등심 멜로 86화]. 글자들을 뚫어져라 보던 은보는 뒤로 벌러덩 누웠다. 그의 시선은 천장 벽지의 누런 얼룩에서 멈추었다. 누런 얼룩은 어떻게 보면 크루아상처럼 보이고, 어떻게 보면 통통하게 살이 붙은 족발처럼 보였다. 크루아상과 족발 사이를 오가는 얼룩은 은보에게 묻는다. 배고프냐? 대답은 정해져있지만 은보는 애써 무시했다.

얼마 전 은보는 인터넷을 이리저리 오가다가 요즘 주목받는 작가들이 참여한 앙케트를 봤다. 앙케트 질문 중에는 여러 작가들에게서 비슷한 대답이 나온 문항이 있었다. 좋아하는 음식은 무엇이냐는 질문이었는데, 작가 대부분은 커피라고 답하며 이런 말을 덧붙였다. '배가 부르면 글이 써지지 않기 때문에 글을 쓸 때는 잘 먹지 않는다'. 밥값 걱정에서 자유로워 보이는 작가들이 배고픈 상태를 자처한다는 얘기였다. 은보는 반대다. 배가 텅 비어있다는 걸 느끼면 자꾸 딴생각이 궁둥이를 들이밀었다. 지금 이 순간도 마찬가지다. 뭐 먹지? 라면? 만두? 아니면 지난번에 먹다 남아 얼려둔 매운 족발을 넣고 볶음밥이나 해 먹을까? 아니다. 이러면 안 된다. 배고픔을 즐기지 못하다니, 난 정말 괜찮은 작가가 못 되나 봐. 은보는 자괴감이 들었다. 아니, 괜찮은 작가까진 바라지도 않는다. 그냥 보통 작가라도 됐으면 좋겠다. 월세 정도는 스스로 해결할 수 있는 작가 말이다.

은보는 벌러덩 누워 든든하게 채워주지 않아 뾰로통한 배 속을 달래기 시작했다.

그에게도 스포트라이트가 쏟아지던 때가 있었다. 8년 전, 그가 쓴 『채식 세대』라는 소설의 한 대목이 인기 드라마에 인용되면서 뜻하지 않게 화제가 됐다. 젊은 독자들은 인용된 책 구절을 사진으로 찍어 인스타그램에 업로드했고 몇몇 출판사에선 그에게 차기작 출간 제안 메일을 보냈다. 그런데 절정의 순간은 예상보다도 훨씬 짧았다. 김은보 작가의 전성기는 드라마 종영과 함께 후다닥 막을 내렸고 찬사를 받던 그의 젊은 감수성은 어느새 조롱의 대상이 됐다. 그의 소설『채식 세대』는『간식 세대』,『급식 세대』로 패러디되었고, 급기야『예끼 이 녀석, 뺨이 세 대』라는 제목의 책까지 등장했다. 그뿐이 아니었다.

정산받은 소중한 인세를 친구 꾐에 넘어가 몽땅 날려버린 은보의 서식지는 오피스텔에서 옥탑방으로, 거기서 다시 반지하방으로 쪼그라들었다. 그러는 사이 은보에게 달리는 댓글은 점점 험악해졌다. 처음에는 은보의 책에 대한 쓴소리가 올라오더니, 그다음에는 신문에 간간이 기고하던 짧은 칼럼에도 악플이 달렸다. 급기야 이름 대신 닉네임으로 활동하던 맛집 커뮤니티 게시판에 올린 글에도 이런 댓글이 달렸다.

> └ 거기가 맛있다니 너님의 혀는 똥젓가락인가 봄. 이런 놈들이『채식 세대』나부랭이 읽고 하루키 책이라도 읽은 것처럼 우쭐대지.

댓글들은 가혹하고 쓰라렸다. 은보는 한동안 글을 쓸 엄두도 못 냈다. 돌이켜보니 초기작의 성공이 오히려 그를 함정으로 내몬 셈이었다. 노력이나 고민보다 큰 성공을 거두다 보니, 좌절에 단련될 기회를 놓쳤다. 그는 거친 댓글의 진격에 저항도 못 해보고 짓밟혔다. 글이고 뭐고 다 때려치워야 하나 고민할 때쯤, 친구로부터 소식을 하나 전해 들었다.

"너, 호식이 형 기억나지? 그 형 요즘 대박이래. 글이 안 풀려서

박박 기다가 웹소설을 하나 썼는데 그게 빵 터진 거지. 부모님 집도 새로 사드리고 장가도 간대. 그 형…… 합평회 하면 싸구려 감성에 통속적이라고 맨날 씹혔잖아. 근데 결국 그 통속성이 호식이 형 팔자를 떡상시킨 거지. 솔직히 부럽더라. 나도 웹소설 써볼까 생각 중이야."

말도 안 돼. 웹소설이라니. 호식이 형이라면 몰라도 은보는 문학상까지 받았던 몸이다. 비록 상금도 없이 상패만 달랑 주는 상이었고, 은보에게 제1회 시상식을 열어준 출판사는 바로 그다음 해에 문을 닫았지만 말이다. 허세에 찬 자존심에 콧방귀를 뀌었지만 지금의 XXS 반지하방으로 옮기고 난 뒤, 은보는 마음을 바꿔 먹었다.

'집도 사고 장가도 간다는데 까짓거. 필명 쓰면 되지.'

그는 날씬한 사람을 뜻하는 '슬렌더'라는 필명으로 웹소설 연재를 시작했는데, 의외의 일이 벌어졌다. 오랫동안 잊고 지낸 글쓰기의 재미가 되살아난 것이다. 어느 작가가 소설을 쓰는 가장 큰 재미는 거짓말을 지어내서 들려주는 일이라고 하던데, 은보도 마찬가지였다. 주제 의식이니 시대 정신이니 하는 건 싹 다 잊고 신나게 '거짓말하기'에 푹 빠져버렸다. 자신도 미처 알지 못했던 욕망을 펼쳐 보이는 게 짜릿하기도 했다. 그가 선택한 장르는 로맨스 판타지였다. 남자 작가가 로판을 쓴다는 게 밝혀지면 화형을 당한다는 무시무시한 불문율을 들었지만, 그는 무협이나 대체 역사

물 같은 건 체질에 맞지 않았다. 대신 여주인공의 가녀린 어깨에서 드레스 끈이 스르륵 미끄러지는 장면을 묘사하거나, 욕망을 다스리려고 애쓰는 남자주인공이 턱을 치켜들어 날카로운 턱선을 자랑하는 장면을 묘사할 땐 여태 느껴보지 못한 쾌감을 맛보았다.

"슬렌더와 김은보는 다른 사람인 거 잊지 마세요. 로판 독자들은 남자 작가를 안 좋아하거든요."

웹소설 출판사 편집자는 엄한 말투로 당부했다. 계약금 없이 달랑 계약서만 한 장 쓴 게 전부인 출판사지만 담당 편집자는 은보에게 학생 주임처럼 엄하게 굴었다. 웹소설을 만만하게 보고 덤빈 작가들이 갖가지 이유로 박살 나는 걸 여러 번 봤기 때문이다. 은보도 자신의 정체를 밝힐 마음은 없었다. 남자인 게 문제가 아니었다. 내밀한 죄책감 때문이었다. 순결한 문학 정신을 더럽혔다는 꿈꿈한 기분이 들었다. 어려서부터 꿈꿔왔던 문학은 웹소설과는 많이 달랐다. 그 꿈을 배신하고 상업적인 글을 쓴다는 게 알려질까 봐 두렵고 민망했다. 김은보 작가가 뭘 쓰건 관심 있는 사람도 없는데 말이다.

또 다른 문제는 댓글이었다. 자판이 쪼개지도록 열심히 쓰다가도 댓글 생각만 하면 손가락에 돌덩이가 매달린 것 같았다. 악플 걱정에 연재를 펑크낼 뻔한 적이 몇 번인지 모른다. 댓글을 아예 안 보면 속이라도 편하련만 그럴 순 없었다.

"작가님, 웹소설은 철저히 소비자 취향에 맞게 생산되는 거예요. 작가님 혼자만의 작품이 아니라 독자와 함께 만들어가는 제품이라고요."

학생 주임 편집자의 말에 은보는 여지없이 고개를 끄덕였다. 지금은 무료 연재를 하고 있지만 유료로 전환할 때를 생각하면 편집자의 조언은 믿고 따라야 하는 내비게이션이었다.

댓글을 외면하고 싶지만 외면할 수 없고, 읽다 보니 공황 발작이 일어날 것 같아 헤매다가 우연히 소원성취 앱을 발견했다. 앱 설명에 있던 한 구절이 그에게 콱 박혔다.

[소원을 털어놓고 의논할 상대가 없나요?]

당연히 없었다. 은보에게도 한때 사람들과 어울려 술을 마시며 잔뜩 부풀린 연애사를 떠벌리거나, 서로 쓴 글을 돌려 보며 칭찬과 시샘을 주고받던 시절이 있었다. 하지만 지금은 아무도 없다. 그게 『채식 세대』의 섣부른 성공 때문이었는지 아니면 빛의 속도로 빠르게 진행된 몰락 때문이었는지는 은보도 모른다. 아무튼 지금 그의 곁에는 댓글 트라우마를 털어놓을 만한 사람이 한 명도 없다. 소원성취 앱이 구체적으로 어떻게 그의 소원을 이뤄 줄지는 모르겠지만 무료라니 안 해볼 이유가 없었다.

그는 다시 노트북 앞에 앉았다.

'두고 봐. 본때를 보여주겠어.'

은보는 자판을 두드려 마테오 세바스찬 루카스와 호르헤 디아스 산체스 공작의 대결을 다시 불러냈다. 은보가 두드리는 자판 위에서 사랑을 쟁취하려는 남자들은 불꽃 같은 결투를 벌였고, 도도한 미녀들은 겹겹의 드레스에 관능을 감추고 콧대를 치켜들었다. 은보의 자판 위 질주는 멈추지 않고 계속됐다.

✦

은보가 예약한 소원성취 앱 상담일이다.

자신의 집과는 정반대로 깔끔하고 고요한 고객센터에 들어선 은보는 걱정이 앞섰다.

'여기서 화장실 가고 싶었다간 끝장이야. 이렇게 조용한 데서 일을 보면 괜히 평소보다도 더 요란하게 뿡뿡대서 돌아버리겠더라고.'

화장실 생각이 방광을 자극했던 걸까. 은보는 갑자기 아래가 뻐근해지는 게, 소변이 마려운 것 같았다. 아니다, 그럴 리 없다, 신경 쓰면 괜히 더 마렵다 하면서 마음을 다스렸다. 속으로 '릴렉스'를 되새기고 있는데 누군가 소리 없이 다가왔다. 한소원이다. 은보를 향해 꾸벅 인사하자 부드러운 생머리가 쏟아져 내렸다. 화장기 없는 얼굴은 생각보다 어려 보였다. 고등학교는 졸업한 걸까.

'IT 업계에는 대학에 안 간 컴퓨터 귀신들이 많다더니 이 사람은 고등학교도 안 간 거 아냐? 가만있어봐. 그래도 고등학교는 갔어야 하는 거 아냐? 의무 교육이잖아……. 아니지. 의무 교육은

중학교까진가?'

은보의 생각은 쏟아진 라면 그릇처럼 사방으로 널브러진다.

'고등학교 등록금 안 낸다는 뉴스를 본 거 같은데……. 그럼 뭐야, 과학고나 외고도 안 내나? 거기 애들은 공부도 잘하고 부잣집 애들이라던데, 돈도 안 내면 완전……. 히야.'

쓸데없는 생각으로 미간을 좁히던 은보는 문득 자신이 여기 온 이유를 기억해냈다.

'내가 이러니 글렀지. 그저 틈만 나면 온갖 잡생각……. 오늘도 여기 올 게 아니라 ADHD 검사나 받으러 갔어야 하는 거 아냐? 그거 하려면 비싼가? 요즘은 보건소에서 별별 것 다 해주던데, ADHD 검사도 해주나?'

은보의 머릿속은 엉뚱한 장소와 시간에서 사방팔방 맹활약하느라 정신없이 바빴다. 한소원은 은보를 쳐다보지도 않고 손짓으로 소파를 권했다.

'에이, 캐릭터 너무 뻔하네. 컴퓨터는 귀신이지만 사회성이 떨어져서 사람들이랑 눈도 못 마주치는 이과들. 드라마나 영화에 너무 많이 나오잖아.'

은보는 쓸데없는 생각들을 어금니로 꾹 눌러두고 소원의 얘기를 들었다. 앱을 깔아줘서 감사하다는 둥, 원하는 소망을 솔직하게 말해줘야 한다는 둥. 그녀는 열심히 설명을 하면서도 왠지 불안해하는 거 같았다. 은보와 눈을 마주치지도 않고, 목소리는 지나치게 작았다.

'끝끝내 나를 쳐다보지도 않고 말하네. 역시 사회성 문제인가. 아니면 원래 성격? 아니지. 가만있어봐. 혹시 나 입냄새 나나?'

그의 머릿속에서 경적이 울렸다. 어떡하지. 은보의 여동생이 자주 하던 말이 있다. '오빠 입으로 방귀 뀌지?' 그만큼 입냄새가 심하단 뜻이었다. 많이 괜찮아졌다고 생각했는데, 재발했나.

그는 상대방의 눈치를 살피기 시작했다. 어차피 앞에 앉은 여자는 자신을 보고 있지 않으니 입냄새를 확인할 기회를 잡는 게 어려울 것 같진 않았다. 그는 입 앞으로 손을 올렸다. 하품하는 것처럼 제스처를 취하다 슬쩍 입김을 뿜어 냄새를 맡았다. 제법 자연스러웠다.

'킁킁. 냄새가 나는 것도 같고 아닌 것도 같고.'

은보는 다시 여자의 기색을 살폈다. 그녀는 여전히 그를 보지 않고 설명을 이어갔다. 은보는 한 번 더 손을 올리고 입김을 불었다. 재빨리 콧구멍을 벌름거리다가 다시 '벌' 하는데 소원과 눈이 마주치고 말았다. 너무 놀란 은보는 '름'을 하지 못한 채 콧구멍이 굳어버렸다.

봤겠지? 본 거야. 본 게 틀림없어. 은보는 얕은 좌절감에 휘청대다가 순간 멍해졌다. 소원의 행동 때문이었다. 머뭇대던 그녀가 자신과 똑같은 방법으로 입냄새 자가 진단을 하는 게 아닌가.

"설명을 잘 안 들으시는 것 같던데 그게 혹시 저의……."

소원의 말은 거기서 멈췄지만 은보는 그 말뜻을 순식간에 이해했다.

집중하지 않는 은보의 모습에 소원은 불안했다. 왜 저러지, 내가 무슨 실수를 하고 있나. 그때 은보가 입냄새를 확인하자 소원은 넘겨짚고 말았다.

'나한테서 입냄새가 나니까 자기도 확인하는구나.'

부끄러워진 소원도 구취 자가 진단을 실시했던 거다.

오해가 오해를 낳은 상황인 걸 파악하자 은보는 피식 웃음을 터뜨렸다. 소원도 짧게 따라 웃었다. 그러자 두 사람 사이에 꽉 차있던 뻑뻑한 공기가 느슨해졌다. 쓸데없는 긴장이 사라지고 느긋해졌다. 소원은 그제야 은보와 눈을 마주쳤다. 은보는 흠칫 놀랐다. 소원의 눈이 어찌나 맑은지, 그녀의 안구 뒤에 자리 잡은 뇌가 들여다보일 것 같았기 때문이다.

"미리 보내주신 사전 정보를 보니까 글을 쓰신다고 하셨는데 『채식 세대』 작가님, 맞죠?"

은보는 얼굴이 벌게질 뻔했다. 날 기억하는 사람이 있구나. 지금은 웹소설을 쓰고 있다는 건 밝히지 않았는데 혹시 그것도? 그는 마음을 졸였다.

"작가님 작품 기다리고 있습니다. 좋은 작품 또 써주세요."

소원이 말하는 뉘앙스를 보니 은보가 웹소설을 쓰는 건 모르는 눈치였다. 은보는 가슴을 쓸어내리며 목소리를 가다듬었다.

"기억해주시니 감사합니다. 근데 요즘 좀 힘들어요. 악플에 호되게 시달린 적이 있거든요. 그때부터 댓글 볼 생각만 해도 가슴이 벌렁대고 식은땀이 죽죽 납니다. 신경 쓰지 않으려고 해도 잘안 되고 돌아버릴 것 같습니다. 제 소원은 딴 거 없어요. 그냥 댓글 공포에서 도망칠 수만 있다면 좋겠습니다."

댓글이 무서워 벌벌 떠는 작가라니. 은보는 얼굴이 화끈거렸다.

"작가님……. 그냥…… 댓글을 안 보면 안 되나요?"

이 사람은 눈빛만 맑았지 눈치는 없나 보다. 그게 잘되면 여기까지 올 리가 없잖은가. 은보는 한숨을 내쉬며 말했다.

"공포 영화를 무서워하는 사람도 일단 영화를 보기 시작하면 처음부터 끝까지 눈을 감고 있을 순 없잖아요. 손으로 눈을 가리면서라도 봐야죠. 바로 그겁니다. 댓글이 짜증 나고 무섭긴 해도 안 볼 순 없어요. 저는 꼭 봐야만 하는 상황이고요."

소원이 '아' 하며 고개를 끄덕였다. 은보가 보기에 소원은, 자신의 감정을 감추거나 꾸미려 들지 않는 사람 같았다. 조금 전 '아'에도 아이 같은 순진함과 솔직함이 묻어났다. 그 점 때문에 은보도 속마음을 편히 얘기하기로 마음먹었다.

"다시 공포 영화 얘기를 하면요……. 무서운 거 못 보는 사람은 끔찍한 장면에서 눈을 손으로 가리잖아요. 아찔한 장면이 지나갔다 싶으면 손가락을 벌려서 그 틈으로 영화를 이어서 보고요. 손가락이 겁쟁이 관객한테는 큰 의지가 되는 거죠. 제게도 바로 그런 해결책이 있었으면 좋겠어요. 아예 눈을 다 가리는 게 아니라 손가락 사이로 조금씩 볼 수도 있는 거요."

이 순진한 아가씨가 내 뜻을 알아들었을까.

"확실하게 정리해드릴게요. 댓글을 차단하면 안 돼요. 그러면 더 난리가 나니까. 대신 내가 댓글을 좀 편한 마음으로 읽을 수 있는 방법이 있었으면 좋겠다는 겁니다."

은보는 자신의 의뢰가 어이없다고 느꼈다. 뭘 어쩌란 건지 스스로 생각해도 알 수 없으니 말이다. 근데 소원의 대답은 의외로 자신감 넘쳤다.

"필요한 기능, 될 것 같습니다. 휴대폰을 맡기고 기다려주세요."

목소리는 작았지만 말투는 똑 부러졌다. 들뜨거나 흥분하는 거 같지도 않았다. 그게 믿음을 줬다. 그는 휴대폰을 넘겨주었고, 휴대폰을 받아 든 소원이 어디론가 사라지자 은보는 소파에 등을 기대고 편히 앉았다.

'가만있어봐라. 작업실 겸 집으로 이런 데도 괜찮네. 한 달에 천만 원 정도 벌면 월세는 너끈하겠지? 천만 원 벌려면 조회 수가 하루에 얼마나 나와야 하나……. 일주일에 7일 꼬박 연재한다 치면 30일이니까, 하루에 매출이 33만 원 정도는 나와야 하고……. 독자가 한 편 볼 때 작가가 50원을 챙긴다 치면 33만 원 나누기 50원……. 아, 이건 계산기로 해야 하는데 폰이 없으니 알 수가 있나. 오 곱하기 육은 삼십. 윽, 큰일 났다! 화장실 가고 싶은데 어떡하지? 지금 화장실 가면 대형 사고로 이어질 거 같은데…….
후, 참을 수 있어, 참을 수 있어! 으, 안 되겠어. 미치겠네. 구, 구
구단이라도 외울까……. 칠단을 해볼까, 아냐, 칠단은 어려워. 쉬
운 거. 그래, 오단! 오 일은 오, 오 이 십, 아우, 너무 쉬워서 자꾸 아
래쪽으로 신경이 가네. 건너뛰어! 오 육에 삼십, 오 칠에 삼십오,
오 팔에 끄응…… 사십, 오 구, 오 구, 가만있어봐 오 구 사십오!'

은보는 점차 사나워지는 대장(大腸)의 야성을 이성으로 누르기
위해 최선을 다했다. 소파에 앉아있으면 텐션이 떨어질 수 있다
는 판단에 따라, 일어나서 마당을 내다보는 척하며 괄약근의 기
합을 유지했다. 전투는 길고 위태롭게 이어졌다. 다행인 건 수많
은 위기를 거쳤지만 끝내 대형 사고로 이어지진 않았다는 사실이
다. 간혹 라이언 일병들이 뽀옹 하며 대오에서 이탈하려 했지만
결국 대장의 반란은 괄약근의 활약으로 무사히 진압되었다.

✦

[안전한 댓글을 원하십니까? 맷집이 부족한 창작자를 위한 최
고의 방호복을 자신 있게 선보입니다.]

소원성취 앱이 구동된 건 은보가 집에 오고 난 다음이었다. 가
장 먼저 안내문이 떴다. 디자인은 단순했지만 화려한 색채와 굵
은 글씨체로 자신감을 드러내는 내용이었다.

댓글을 확인하고 싶은 창작물이 있다면, 이 앱을 통해 고객님의 창작물이 올라간 플랫폼을 여십시오.

고객님의 창작물에 붙은 거칠고 자극적인 악플은 보기 편하게 바꿔서 보여드립니다. 선플은 원문 그대로 보입니다.

악플이라는 판단은 단어와 뉘앙스에 따라 구분하는 알고리즘에 의해 이뤄집니다.

댓글의 변환은 오로지 소원성취 앱에서만 이뤄집니다. 창작물을 올린 플랫폼의 원본 댓글은 그대로 유지되니, 댓글 차단이나 댓글 수정으로 인한 논란은 걱정할 필요 없습니다.

댓글을 보는 방법은 세 가지로, 고객님의 정서나 컨디션에 따라 취향에 맞는 걸 선택하시면 됩니다.

댓글의 역기능은 최소화하고 순기능은 극대화해서 죽은 창작 본능을 소생시키는 놀라운 효과! 고객님의 슬기로운 댓글 생활을 위한 든든한 지킴이가 되겠습니다.

감이 잘 오지 않았다. 악플을 순한 맛으로 바꿔서 보여준다는 뜻 같은데, 그게 효과가 있을까.

'에라, 모르겠다. 뭘 어떻게 하건 악플 때문에 괴롭지만 않으면 나는 날개를 다는 거야. 미친 듯이 써서 신나게 벌자고. 날 우습게 여기던 놈들 앞에서 큰소리 뻥뻥 치면서 돈을 확 뿌리는 거지. '얼마면 되겠어?' 막 이러면서. 가만있어보자…… 그 정도 큰 소리치려면 얼마나 있어야 되나? 한 달에 천? 에이, 아냐. 최소한 한 달에 5천은 벌어야지. 5천을 벌려면 조회 수가 얼마나 나와야 되는 거야. 5천만 나누기 30 하면, 하루 매출이 169만 원 정도 되고, 한 편 열람에 50원이니까 169만 나누기 50은…….'

성공이 코앞에 와있는 듯했다. 정말 코앞인가. 냄새가 난다.

'엥? 성공의 냄새는 라면 냄샌가?'

어느 집에서 라면을 끓이나 보았다. 그가 살고 있는 다세대주택의 허술한 창틀은 샴푸 냄새, 된장 냄새, 고등어 냄새를 온 동네가 공유하게 만들었다.

은보의 텅 빈 위는 라면 향에 공명했다. 꼬르륵. 성공하는 작가가 되려면 배를 비우고 써야 한다는데 철딱서니 없는 그의 위는 도통 협조를 몰랐다. 눈치 없는 것 같으니라고.

결국 그는 무거운 몸을 일으켜 라면 물을 올렸다. 그러곤 다시 휴대폰에 집중했다. 소원성취 앱의 성능을 당장 시험해볼 참이다. 앱을 통해 자신의 웹소설 『꽃등심 멜로』를 연재하는 플랫폼을 열었다. 어제 올린 회차를 누르자 안내창이 떴다.

원하시는 댓글 보기 방법을 고르세요.

−완벽 차단 암막 커튼형

−속 시원한 폭탄형

−순한 맛으로 바꿔주는 존댓말형

뭘 골라볼지 고민하는데 물이 끓는 게 보였다. 마음이 급해진 은보는 '암막 커튼형'을 고른 다음 라면 봉지를 찢었다. 라면을 넣고 끓이는 동안 화면에는 잠시 기다려달라는 말과 함께 뱅뱅 도는 원이 나타났다. 잠시 후 원이 멈추고 글이 보였다.

암막 커튼형은 암막 커튼이 햇빛을 차단하듯이 악플을 완전히 가려드립니다. 악플은 구체적인 내용이 보이지 않고 이모티콘으로 변환되며, 원본 댓글의 분위기에 따라 이모티콘의 개수가 달라집니다. 선플은 원본 그대로 볼 수 있습니다.

안내창이 사라지자 댓글이 보이기 시작했다.

└ 어머, 어떡해. 울지 마, 호르헤!
└ 솔직히 설렌다. 하지만 좀 유치한 구석도 있다.

응원하는 댓글은 그대로 보였다. 칭찬이 아니더라도 악플이 아니면 변환되지 않았다. 하지만 악플은 완전히 가려지고 그 자리엔 똥 모양 이모티콘이 줄줄이 나타났다. 만화에 흔히 등장하는 똬리를 튼 똥 덩어리들이었다. 귀엽게 그려지긴 했지만 똥은 똥이다. 이 못된 똥 덩어리들!

어떤 건 똥 덩어리가 하나고 어떤 건 열 개다. 설명에 나온 대로 댓글 내용이 격렬할수록 더 많이 붙는 것 같았다.

은보가『꽃등심 멜로』연재를 시작하고 얼마 되지 않았을 때부터 등장한 악플러가 하나 있다. 닉네임 식스헌드레드. 요즘은 개나 소나 죄다 글을 쓴다는 둥, 뇌를 빼놓고 쓰냐는 둥 심한 욕설은 없어도 제법 타격감 있게 속을 긁는 댓글을 달곤 했다. 희한한 건 맨날 시비를 걸면서도 매 회차마다 댓글 달기를 한 번도 빼먹지 않았다는 점이다. 미워해야 할지 고마워해야 할지 알 수 없는 고정 독자인 셈이다. 그의 댓글이 똥 덩어리 네 개로 처리된 걸 보니, 그 정도면 중간 강도의 악플로 판정되나 보았다.

전체 댓글 중 똥 밭이 5분의 1정도 되는 거 같았다. 상황이 좋진 않았다. 어제 집중력이 좀 떨어진다 싶더니 역시 맥 빠진 글이 나왔다. 웹소설은 글을 미리 써두고 연재해야 하는데 그게 마음먹은 대로 되질 않는다. 처음에는 쌓아놓은 회차가 좀 있었지만, 악플에 멘탈이 바스러져서 작업 속도가 느려지다 보니 결국은 그날그날 마감을 하는 '라이브 연재'의 지옥에 빠지고 말았다. 자연스럽게 글의 퀄리티도 컨디션따라 들쑥날쑥했다.

그때 그의 손에 뭔가 닿았나 싶더니 이내 허벅지가 뜨거워졌다. 라면 냄비를 손으로 치는 바람에 냄비가 떨어지면서 은보의 다리를 덮친 것이다. 무럭무럭 김이 나는 라면 면발이 허벅지에 들러붙었다가 천천히 아래로 미끄러지고 있었다.

"앗, 뜨거, 뜨!"

은보는 비명을 지르며 라면의 풀어헤친 머리채를 잡아챘다.

✦

이 날씨에 반바지라니. 은보는 슬리퍼를 질질 끌며 한숨을 쉰다. 라면 화상 땜에 긴 바지를 입을 수 없어서 반바지 차림으로 어기적대며 약국으로 향하는 중에, 누군가 그를 불렀다.

"어머, 작가님! 안 추우세요?"

정육점 여사장 한근만이 가게 앞을 청소하다가 밝게 인사했다.

"춥긴 한데요, 다리가 이렇게 돼서……."

"어머머, 이게 웬일이야! 왜 이렇게 뻘게요? 데었어요?"

근만은 빗자루를 내던지고 달려와 은보 다리에 얼굴이 들이밀었다. 은보가 피할 틈도 없었다. 민망해진 은보는 괜스레 주변을 휘휘 둘러보았다.

"별거 아니에요. 라면에 살짝."

"에? 라면……이요?"

그녀의 표정은 맹수한테 다리를 물려 절뚝거리는 아기 사슴을 보는 듯했다.

"안 되겠어요, 작가님. 따라 들어오세요."

"네? 아니 저기, 난 지금 약국 가려고……."

"약국에서 파는 약은 우리 집에 다 있어요. 얼른 나랑 같이 들어가요."

근만은 은보의 팔을 잡아 끌고 가게 안쪽에 있는 살림집으로 들어가 은보를 의자에 앉힌 다음, 미간을 찌푸려가며 화상 부위를 신중하게 살펴봤다.

"아이고, 많이 아프시겠네. 원래 이런 게 무지하게 쓰리거든요."

그러더니 약상자를 가져와 연고를 바르고 붕대를 감았다. 그 손길은 대학병원 수술방의 최고참 간호사처럼 노련하고 능숙했다.

"응급 처치는 했으니까 건드리지 마시고, 작가님 잠깐만 계세요."

은보가 뭐라 할 틈도 없이 그녀가 부엌으로 향했다. 은보는 뻘쭘하게 혼자 앉아 정육점 여사장의 살림을 둘러봤다. 가게에 붙어있는 살림집이라 넓지도 쾌적하지도 않았다. 대신 부지런한 주인 덕에 모든 물건이 깨끗하고 제자리에 있었다. 곳곳에 놓인 화분에는 시든 잎사귀가 전혀 없었고 매실액, 양파 장아찌, 마늘종 장아찌 등이 담긴 유리병은 팀워크가 좋은 합창단처럼 한 치의 흐트러짐 없이 줄을 서있었다. 잠시 후 부엌 쪽에서 따뜻하고 뭉근한 냄새가 풍겨왔다.

'김치찌개다!'

은보가 코를 씰룩대자 배가 울부짖었다. 생각해보니 라면이 엎어져 여태 속이 비어있었다. 그는 김치찌개 냄새에 백기를 흔들어댔다.

"작가님, 시장하시죠? 얼른 드세요."

근만이 작은 밥상을 내려놓았다. 냄비에는 비계가 적당히 붙은 돼지고기 덩어리가 푹 익은 김치를 모피처럼 휘감고 있었다. 뜨끈한 김을 내뿜는 풍요의 여신 같은 자태로. 오, 지쟈스! 꼬르르륵. 은보는 눈물이 찔끔 날 정도로 허기를 느꼈다.

근만이 푸짐하게 담은 밥공기를 그의 앞으로 밀었다.

"대충 때울까 했는데 저도 작가님 덕에 든든하게 먹네요."

그때부터 은보는 잠시 정신을 잃었던 것 같다. 허겁지겁 숟가락을 놀린 것까진 기억이 나는데 정신을 차리고 보니 어느새 밥이 두 그릇째였다.

"제가요, 김치찌개 중에 돼지고기 넣은 걸 젤 좋아하거든요. 근데 이 고기는 정말 끝내주네요. 혹시 이거 암돼지인가요?"

어떻게든 근만을 추켜세워주고 싶어 꺼낸 얘기에 여자 얼굴에 불이 번쩍 들어왔다.

"와, 작가님 대단하시네. 작가님 맛 차이를 알고 한 얘기예요?"

"아, 그건 아니고……. 그냥 그렇단 얘길 들은 것 같아서 때려 맞힌 건데……."

"사실 요즘은 암돼지 수돼지 별로 안 따져요. 옛날엔 수돼지를 잡으면 냄새가 지독했대요. 수놈한테서 나오는 호르몬 때문에 안 좋은 냄새가 나거든요. 그걸 웅취라고 하는데……. 요즘은 수돼지를 거세하기 때문에 맛 차이를 거의 못 느낀다고 보면 돼요.

그치만!"

　말을 끊고 잠깐 숨을 돌린 여자는 비밀을 속삭이는 은밀한 표정을 지으며 얘기를 계속 했다.

　"그치만요, 작가님. 저는요……. 삼겹살만 봐도 그게 수퇘지인지 암퇘지인지 구별할 수 있어요!"

　"고깃집에서 지글지글 굽는 삼겹살을 보고 암수 구별을 한다고요?

　"그건 아니고요. 커다란 돼지를 해체했을 때 나오는 삼겹살 덩어리 상태에선 알 수 있어요."

　"와, 신기하다! 어떻게요?"

　은보의 반응에 근만의 목소리가 들뜬다.

　"수놈 삼겹살 덩어리를 보면 옆쪽에 음경꺼풀근이라는 근육이 보여요. 아주 얇은 근육이라 잘 안 보이지만 전 볼 수 있어요. 음경이란 말이 들어갔으니까 그게 무슨 근육인지는 알겠죠? 그러니 당연히 암놈 고기엔 없죠. 그리고 전 암수 고기가 맛도 살짝 다른 것 같아요. 냄새랄까, 촉감이랄까……. 아무튼 고기를 만지다 보면 암퇘지다 수퇘지다 감이 와요. 그게 대부분 맞고요."

　"오, 역시 사장님은 클래스가 다르시네."

　근만이 시선을 옆으로 배배 꼬며 말한다.

　"저기요, 사장님은 좀 딱딱하지 않나요, 이름을 부르면 되는데……. 근만……이라고."

그녀의 두 뺨이 항정살 빛깔로 물들었다. 은보는 그걸 놓치지 않았다.

"잘 먹었어요, 근만 씨. 이런 김치찌개는 엄마한테서도 못 얻어 먹을 것 같아요."

여자의 얼굴에서 기쁨이 팝콘처럼 튀었다.

"제가 영광이죠. 작가님처럼 유식하고 멋진 분한테 식사도 차려드리고."

"저 유식하고 멋있지 않은데."

"작가님 저는요, 이 세상에 태어나서 책 쓴 분이랑 얘기하는 건 작가님이 처음이에요. 읽기도 힘든 걸 직접 쓰시다니. 저 같은 사람은 꿈도 못 꿔요."

"세르반테스가 그러지 않았습니까. 빵만 있으면 웬만한 슬픔은 견딜 수 있다고. 근만 씨는 사람을 배부르게 해주잖아요. 그게 더 대단한 거죠."

"어머, 전 빵으론 성이 안 차는데. 작가님, 밥은 안 될까요? 한국 사람은 밥심이잖아요."

하하하 호호호. 웃음은 많은 걸 무장 해제했다. 은보의 숫기 없음이 허물어졌고 근만의 조심스러움이 녹아버렸다. 대신 그 자리는 소주 한 병 반이 채웠다. 근만이 마시다 남긴 반병을 사이좋게 나눠 마신 두 사람은 한 병을 더 따기로 의기투합했다. 진득한 김치찌개 국물에 소주는 완벽한 페어링이었다. 은보가 오늘 써야 할 원고를 떠올리지 않았다면 한 병 더 땄을 게 분명했다.

그는 아쉬운 마음을 떨쳐버리려고 마른세수를 했다.

"전 이만 가봐야겠습니다. 오늘 안으로 꼭 써야 할 게 있어서."

"어떡해요, 작가님. 일도 있는데 괜히 제가 붙들었나 봐요."

말로는 얼른 가라면서 근만의 표정은 아쉬움이 가득했다.

"이런 밥상 너무 오랜만이라 염치 불고하고 정신없이 먹었어요. 다리 치료해주신 것도 고맙고요."

정말로 밥심이 난 걸까. 마음이 가벼워졌다. 그놈의 똥 밭 댓글 쯤이야 가볍게 무시하면 그만이다 싶었다.

집으로 돌아오는 길은 달이 밝았다. 평소에 보던 달이 보급형이었다면 오늘은 고급형이다. 좋은 스피커로 음악을 들으면 여태 못 듣던 음이 들리듯, 여태 본 적 없는 달빛이 후줄근한 골목을 인스타그램 감성으로 바꿔놨다. 은보는 실없이 웃으며 중얼댔다.

"이래서 똥 밭에서 굴러도 이승이 낫다고 하는구만!"

✦

다음 날 점심 무렵 은보는 누군가 자신의 멱살을 잡고 흔드는 꿈에 시달리다가 눈을 떴다. 휴대폰이었다. 진동으로 해둔 휴대폰은 속 시원히 벨소리를 빽빽대지 못하는 게 갑갑해 죽겠다는 듯 유난히 진저리치며 몸을 떨어댔다.

-작가님, 댓글 안 보시죠?

　전화를 받으니 편집자가 선빵을 날렸다. 은보는 뜨끔했다. 안 보기로 작정했단 걸 말하긴 싫었다.

　-답답해서 전화했어요. 작가님이 댓글에 예민한 거 아니까요. 근데 오늘은 한마디 안 드릴 수가 없네요. 요 며칠 댓글 분위기가 점점 안 좋아져서 걱정했는데 오늘은 정말 엉망이에요.

　어젯밤 은보는 단숨에 원고를 써서 글을 올렸다. 기분 좋게 마신 소주가 그의 배짱을 부풀린 탓이다. 나를 보여주자! 상상한 거 말고 느낀 걸 쓰자! 그는 과감하게 일필휘지로 휘갈긴 후 다시 읽어보지도 않고 원고를 올렸다. 뿌듯했다. 모처럼 자신의 글쓰기를 한 것 같은 기분이었다.

　-작가님 혹시 연애해요?

　이번엔 뜨끔했다.

　-연애 좋죠. 세상을 다 얻은 거 같고 기분은 붕 뜨고……. 근데 작가님, 연애 기분을 내려면 일기장에 쓰셔야지 왜 그걸 작품에 끼워 넣으세요? 줄거리하고 아무 상관도 없는 시를 갑자기 읊어대는데 너무 황당하더라고요. 독자들은 호르헤가 언제쯤 소피아의 코르셋을 찢어낼지 궁금해서 침을 꼴딱대고 있는데 왜 갑자기 두 사람이 옷깃을 꼭 채우고 문학의 밤을 시전하냐고요!

　인용된 시는 뜬금없는 시가 아니었다. 16세기 오스만 제국 황제가 황비에게 바친 사랑의 시다.

－괴로워도 슬퍼도 댓글은 꼭 확인하시고 독자들의 니즈가 뭔지 다시 한번 생각해보세요. 웹소설 독자들은 오늘 즐겁고 당장 속 시원해지는 걸 원해요. 이러면 유료 못 가요, 작가니임.

너무 몰아붙였다 생각했는지 편집자는 속이 뻔히 보이는 응원의 말을 마지못해 몇 마디 덧붙이고 전화를 끊었다.

> 나의 봄날, 즐거운 얼굴의 내 사랑, 나의 낮, 나의 달콤한 연인, 웃는 잎새
> 나의 화분, 보드라운 장미, 이 방에서 나를 슬프게 하지 않는 유일한 사람
> 나의 이스탄불, 나의 카라만, 아나톨리아 대지

사랑의 감정이 차고 넘치는 이 시를 보고 불평해대다니. 은보는 뭘 몰라주는 독자들이 야속하기만 했다. 그는 웹소설 플랫폼을 열려다가 이내 닫았다. 편집자가 전화해 잔소리를 해댈 정도면 댓글 분위기는 안 봐도 뻔한데, 날것 그대로 봤다가는 눈을 뽑고 싶어질지도 모른다. 소원성취 앱으로 우회해서 보는 게 정신건강에 좋을 터였다. 은보는 큰 숨을 몰아쉬고 소원성취 앱을 열었다. 안내창이 떴다.

이번에는 '속 시원한 폭탄형'을 눌렀다.

폭탄형은 댓글에 사용된 단어와 어투를 분석해 악플을 말 그대로 폭파하는 방식으로 보여드립니다. 폭탄은 앞에서부터 차례로 터지므로 짧은 시간 동안 원문이 노출됩니다. 하지만 이내 폭탄이 터지는 쾌감을 맛볼 수 있으니 너무 두려워 마세요.

은보는 심호흡을 하고 화면을 스크롤하기 시작했다. 악플이 나타나면 폭탄이 터져 댓글을 없앴다. 속이 시원했다. 얄미운 댓글한테 복수하는 기분도 들었다. 설명에 나왔던 대로 원문이 잠깐 보이긴 했다. 작가는 왜 여기서 필사 노트를 뽐내냐, 시 낭송은 자아실현이냐, 남주 여주 출연료가 모자라서 쉬게 한 거냐 등등. 하지만 괜찮았다. 그래봤자 폭탄 맞고 사라질 놈들이었다. 이어서 문제의 독자가 나타났다. 식스헌드레드. 충성도 높은 영원한 안티. 오늘도 악플을 달았고 여지없이 폭파되었다. 그런데 폭탄이 터지기 전에 잠깐 보인 식스헌드레드의 댓글에 은보의 가슴이 서늘해졌다.

└ 이 작가…… 남자 아님?

어떻게 알았지? 딴 건 몰라도 그는 늘 자신하는 게 있었다. 자신의 감성과 문체에는 테스토스테론의 수치가 지극히 낮은 편이라는 것. 『채식 세대』가 나왔을 때도 여성 작가인 줄 알았다는 사람이 많았다. 근데 식스헌드레드는 왜? 아무리 생각해도 답이 안 나왔다. 다행히 식스헌드레드 얘기에 동조하는 댓글은 없었다. 하지만 정신 바짝 차려야 한다. 독자를 기만하거나 속이려는 건 아니다. 은보는 자신이 원하고 잘 쓸 수 있는 장르를 계속 쓸 수 있을 바랄 뿐이다.

✦

식스헌드레드가 일으킨 스파크는 묘하게 작용했다. 옅은 긴장 감이 은보 속의 뭔가를 깨어나게 만들었다. 머릿속에 이리저리 널브러져있던 회로들이 정리되어 전기가 흐르고 불이 켜지는 느낌이었다. 그는 마음을 다잡기 위해 휴대폰으로 음악을 틀었다. 푸치니 오페라 「잔니 스키키」 중 「오 사랑하는 나의 아버지」. 얼마 전 천근만근 정육점에서 들었던 곡이다. 블루투스 스피커도 없이 틀어놨지만 그의 가슴엔 음악이 차올랐다. 그대로 내버려두면 열 패감의 구렁텅이로 빠졌을 기분을 음악이 붙들어줬다. 은보는 너무 깊게 생각하지 말자고 다짐했다.

'그래, 어차피 내일은 내일의 태양이 떠오르고 내일의 마감이 다가오는 법. 지금부터 정신 차리면 돼.'

노트북을 켠 은보는 자판을 두드리기 시작했다. 따스한 봄바람이 불고 또 불어도 미싱은 잘도 돌아가듯이 그의 손 또한 자판 위를 쉬지 않고 달렸다.

호르헤 디아스 산체스 공작은 먼 곳으로 시선을 던지며 들고 있던 장미 꽃잎을 따서 입에 넣었다. 그러곤 차갑게 입을 연다.

"소피아, 지금 당장 떠나시오."

공작의 입에서 차가운 장미향이 퍼져 나왔다. 그 향기에 가슴이 찢어지는 소피아. 마지막 자존심을 쥐어 짜내 떨리는 목소리로 말한다.

"꼭 지금이어야 하나요?"

"당연하지. 지금 당장!"

"왜죠?"

"1초라도 더 있으면 당신을 사랑하게 될 테니까! 놓치기 싫어질 테니까!"

호르헤는 포효하듯 말하고 휙 돌아섰다. 그 순간 소피아 이사벨라 라만차는 보았다. 그의 눈에서 뭔가 반짝이는 것을.

은보의 얼굴이 벅차올랐다. 댓글 트라우마에 짓눌리지 않고 내달리는 자신이 대견했다. 손에 모터라도 단 것처럼 글을 쓰다 자신의 손을 내려다보니 황금빛으로 빛났다. 반지하방 창문으로 들어온 석양빛이 손에 닿았기 때문이다. 손바닥만 한 창문을 비집고 들어온 저녁 햇살은 온 방을 인심 좋게 채워주었다. 빛이 보낸 넉넉한 응원에 감격한 은보는 다시 한번 달리기 시작했다.

└ 호르헤 박력 미쳤다 ㅠㅠ

└ 꺅 호르헤 날 가져요.

└ 소피아 호르헤 이 커플 난 찬성일세.

└ 슬렌더 작가 입덕 완료. 작가님 어디 아프지 마요. 휴재는 절대
앙대!!

요 며칠 『꽃등심 멜로』의 댓글은 그야말로 꽃밭이었다. 간혹 똥
이나 폭탄도 있었지만, 똥은 꽃밭의 거름으로 쓰고, 폭탄은 꽃밭
을 일구는 데 쓴다고 생각했다. 조회 수도 슬슬 늘어갔다. 유료화
도 그리 나쁘지 않을 것으로 전망되었다. 은보는 협소4동 성당을
다시 찾았다. 지난번에 기도 초 값 500원을 셀프로 깎았던 걸 생
각해서 2,500원을 통에 넣고 초를 밝혔다.

'감사합니다. 저 좀 이쁘게 봐주시기로 한 거 맞죠? 덕분에 술
술 써집니다. 쓰는 게 즐거워요. 읽는 사람도 저처럼 행복했으면
좋겠습니다. 이 피곤한 세상을 살면서 제 글 덕에 잠깐이라도 즐
겁고 설렌다면 그거처럼 고마운 노릇이 어딨겠습니까. 이 여세를
몰아 유료 전환도 무사히 연착륙하게 해주세요. 저요, 꼭…… 돈
값은 하는 작가가 될 겁니다. 진짜요.'

기도를 마친 은보는 베이비페이스 마리아를 올려다봤다. 생기

발랄 마리아가 그에게 웃어 보인다. 열심히 해보라고 코도 찡긋 해준다. 은보는 자기도 모르게 노래를 흥얼댔다.

"마리아, 아베 마리아! 거친 파도 따윈 상관없이!"

가벼운 마음으로 성당을 나올 때쯤 느닷없이 떠오른 이름이 있다. 식스헌드레드. 며칠 동안 뵈질 않네. 트집 잡을 게 없어서 하차했나. 시원한 마음 반 섭섭한 마음이 반이다. 그래도 처음 연재 시작했을 때부터 쭉 함께한 독자인데. 악플러를 생각하며 열받아 하는 게 아니라 근황을 궁금해하다니. 이게 바로 승자의 여유인가. 은보 얼굴에 저절로 웃음이 비집고 나왔다.

잠시 후 그와 정반대 표정의 얼굴이 보였다. 천근만근 정육점의 근만이다. 가게 근처에 나와 담배를 피우며 휴대폰을 보고 있는데, 영 심란한 표정이었다.

"근만 씨!"

그녀가 시선을 돌렸다. 긴 담배 연기를 뿜어낸 그녀의 얼굴이 잠깐 밝아졌다가 다시 어두워졌다.

"얼굴이 왜 그래요? 뭐 속상한 일 있어요?"

"아니, 뭐 그냥……."

근만은 말끝을 흐리며 휴대폰을 바지 주머니에 쑤셔 넣었다. 한동안 은보는 정육점에 들르지 않았다. 모처럼 터진 글 쓰는 재미 땜에 어쩔 수 없었다. 그사이 무슨 일이 있었던 걸까. 언제나 생기 넘치던 근만이 시들해 보였다.

"왜요? 오늘 장사 별로예요?"

"그건 아니고……. 신경 쓰이는 일이 있어서요. 어떤 사람 땜에 그러는데……. 이상한 건 그 사람이 아니라 저 같기도 하고……."

어떤 사람? 은보는 신경이 곤두섰다. 이런 경우 보통은 마음에 둔 사람을 말하지 않나.

"아니다, 신경 쓰지 마세요. 별 얘기 아니에요."

"왜 얘기를 꺼내다 말아요. 뭔데요?"

은보는 의심스러운 마음을 염려로 한 겹 포장해서 되물었다.

"그러면 작가님, 뭐 하나만 물어볼게요. 작가님은 사람에 대해 연구 많이 하니까 답을 아실 것도 같아요. 왜, 그런 사람 있잖아요. 어디가 좀 덜 떨어지고 모자라지만 괜히 정 가는 사람……. 도와달란 말도 안 했지만 괜히 도와주고 싶은 마음이 드는 사람. 가끔 그런 사람 있죠?"

"글쎄요, 제가 아는 사람 중엔 딱히……. 제가 그런 사람이었으면 좋겠네요. 사람들이 알아서 척척 도와주면 좋잖아요. 구질구질하게 내가 도움을 요청하지 않아도 되고."

"에이, 작가님 같은 분이 왜요? 멋있게 사는 분이."

근만은 은보의 팔을 치며 웃었지만 그는 진지했다. 난 정말인데.

"아무튼 뭐 그런 사람이 한 명 있는데 요즘 정신을 좀 차린 것 같더라고요. 알아서 잘해요. 근데요, 사람 마음이 참 희한하죠? 그 사람이 못나게 굴 땐 속이 터지고 제발 잘 좀 했으면 좋겠다고 했었는데, 막상 정신 차리는 걸 보니까……. 기분이 이상해요. 대견한 기분도 들지만, 괜히 가슴이 횡한 것도 같기도 하고, 서운하기도 하고……. 맨날 말썽만 피우던 우리 막냇동생이 정신 차리고 장가 갈 때 울 엄마가 그랬거든요. 마음이 좋으면서도 횡하다고. 제가 딱 그 기분이에요. 저도 제 맘을 잘 모르겠어요. 무슨 말인지 아시겠죠?"

은보는 부아가 치밀어 올랐다. 빙빙 돌려 말하지만 결국 남자 얘기인 게 틀림없다. 남동생 얘기라고 하는 걸 보니 연하남인가. 은보는 그렇게 부글대고 있건만 막상 근만은 피식 웃었다.

"어머, 작가님. 표정이 왜 그래요? 뭐 걱정되는 거 있어요? 아, 걱정 마세요, 지금 우리 막내는 결혼해서 잘 살아요! 말썽도 안 피우고요."

"아, 네. 동생분 얘기는 잘됐고요……."

웃음기를 뺀 은보가 말을 이었다.

"근만 씨, 혹시 가스라이팅이 뭔지 알아요?"

"가스화이팅이요?"

"'화'가 아니라 '라'. 가스라이팅이요. 그건 말이죠……. 상대방을 주눅 들게 만들어서 자기 맘대로 조종하는 걸 말해요. 쉽게 말하면 '넌 못난이야, 넌 모자라' 자꾸 이런 말을 해서 그 사람이 풀이 죽어있으면 거길 파고들어서 '거봐, 그러니까 넌 무조건 내 말만 들어야 돼' 하는 거예요. 아무것도 모르는 상대방은 그게 친절을 베푸는 건 줄 알고 그 사람 말만 따르게 되고요."

"최면이랑 비슷한 거예요?"

"뭐 대충 그렇죠."

"근데 거기에 왜 가스란 말이 나와요?"

"이 말이 「가스등」이란 연극에서 나왔거든요. 주인공 남자가 주인공 여자를 조종할 때 가스등을 이용했어요. 여자가 집이 어둡다고 하면 아니라고, 당신 컨디션이 나빠서 그런 거라고, 실제로는 환하다는 식으로 몰아가면서 말이죠. 한마디로 정신병자로 몬 거죠."

"아!"

은보는 싸늘하게 여자를 쳐다봤다.

"근만 씨는 어쩌면 그 사람을 가스라이팅하려던 건 아닐까요? 근데 그 사람이 정신 차리니까 화가 나는 거죠. 근만 씨를 벗어나게 생겼으니까."

"아!"

근만의 눈썹이 여덟팔 자로 축 처졌다. 자신이 저지른 일에 놀란 눈치였다. 은보는 자신이 휘두른 단도가 제대로 꽂힌 걸 느꼈다. 이젠 칼 모가지를 단단히 잡고 비틀 차례다.

"솔직히 생각해봐요. 근만 씨는 그 사람을 진짜로 염려하는 게 아닐지도 몰라요. 그냥 힘없는 사람을 옭아매려는 거지. 왜? 그래야 자신의 힘을 느낄 수 있으니까."

여자의 표정이 복잡해졌다. 뜨끔했나?

"근데요, 작가님…… 지금 제 생각을 솔직히 말해야 하는 거죠?"

"그럼요."

은보는 자신이 쳐놓은 덫에 걸려든 짐승을 지켜보는 사냥꾼의 기분으로 침을 꿀꺽 삼켰다.

"저의 정말 솔직한 생각은요……. 아, 전기가 아니라 가스로도 집에 불을 켤 수 있구나, 그런 생각 했어요. 저는 가스로 불 켠다는 얘긴 처음 들었거든요. 신기해요. 그거 외국 얘기죠?"

에? 이건 무슨 반응이지?

"역시 우리 작가님! 유식한 분이라 확실히 달라요. 잠깐 얘길 해도 뭐 하나는 건지게 해준다니까요! 그 연극 제목이 '가스화이팅'이라고요?"

엄지손가락을 치켜드는 근만을 본 은보는 어안이 벙벙했다. 내가 뭘 한 거지.

여자는 전혀 타격감이 없어 보였다. 한심한 건 은보 자신이었다. 말도 안 되는 헛소리로 여자를 헤집어놓으려 하다니. 더군다나 이 모든 뻘짓의 원인이 속 좁은 질투심이란 걸 생각하니 다리가 풀릴 지경이었다.

"어? 작가님 그냥 가세요? 들어가서 커피 한잔하고 가세요. 타 드릴게요."

근만은 정육점을 가리키며 말했지만 은보는 걸음을 돌리지 않았다. 부끄러워서 이 순간을 벗어나고 싶은 마음뿐이었다.

✦

못난 놈! 못난 놈!

노트북을 켜고 앉아도 은보는 온통 그 생각뿐이었다. 모처럼 작업 속도가 붙었는데 이런 일로 집중력이 흐트러질 수 없지. 커피 생각이 간절해서 믹스커피 두 봉을 찢었다. 그 향을 맡으니 떠오르는 얼굴이 있었다. 근만의 해맑은 얼굴이 둥실 떠올랐다.

안 돼! 그만!

은보는 머리를 털어 근만을 떨쳐냈다. 푸치니의 아리아를 틀고 싶은 생각이 간절했지만 그것도 참았다. 「오 사랑하는 나의 아버지」는 요즘 그가 글을 쓸 때마다 무한 반복 재생하는 음악이다. 내심 그 곡을 『꽃등심 멜로』의 OST로 정했었다. 하지만 지금 틀었다간 다시 근만의 늪에 빠지고 말 터였다. 건조하고 단호하게 집중해야 한다. 복식호흡을 몇 번 한 은보는 단거리 육상 선수처럼 에너지를 단숨에 끌어모아 자판을 두드리기 시작했다.

그렇게 몇 시간이 지났을까.

은보는 기진맥진했다. 눈을 깜박이는 것도 잊고 쓰는 바람에 안구가 불타는 것 같았다. 굳어버린 목은 움직일 때마다 비명을 질러댔다. 그래도 마음은 뿌듯했다. 어느 때보다 빠르게 이번 회차를 마쳤으니까. 간신히 교정을 마치고 원고를 업로드한 그는 뒤통수를 가격당한 듯 그 자리에서 옆으로 쓰러졌다. 이내 코 고는 소리가 방을 채웠다.

✦

은보가 눈을 떴을 때 그의 몸은 아직도 잠에서 헤어나지 못하고 있었다. 어깨와 허리가 조금만 더 누워있자고 징징댔다. 하지만 모래를 한 사발 삼킨 것처럼 꺼끌꺼끌한 갈증을 견딜 수가 없었다. 억지로 일어나 물을 마시고선 한쪽에 던져둔 휴대폰을 집어 들었다. 새로 붙은 습관대로 소원성취 앱을 열었다. 요즘 게시판 분위기가 많이 좋아지긴 했지만 악플을 원문 그대로 확인할 맷집은 여전히 생기지 않았다. 분위기를 망치기 싫은 것도 있었다. 안내창이 떴다.

그는 여태 안 써본 기능을 맛보기로 했다. 순한 맛으로 바꿔주는 존댓말형.

존댓말형은 댓글에 사용된 단어와 어투를 분석해 부정적인 내용을 존댓말로 변환해서 보여드립니다.

나는 언제까지 범퍼가 필요할까. 은보는 문득 한숨이 나왔다. 나이 서른이 넘어서도 범퍼 없인 살 수가 없다니. 폭신하게 지은 교도소에 셀프 감금된 기분이다. 비바람이 불면 부는 대로, 모래폭풍이 불면 부는 대로 감당하고 버텨내야 단단해지는 구석이 있을 텐데, 그는 호시탐탐 도망칠 궁리만 하며 살고 있다. 어릴 때 엄마가 툭하면 '쟤는 대가 약해서 걱정이야'라던 말이 무슨 말인지 이제야 감이 왔다.

소원성취 앱으로 보지 말고 원래대로 읽을까. 잠시 고민했지만 관두기로 했다. 다음에 하지 뭐.

다행히 악플은 별로 없었다. 응원 댓글은 변환되지 않고 원문대로 보였다.

> └ 작가님, 이 연재 멈추지 말아주세요. 제발.
> └ 꽃등심 에로 버전도 써주시면 안돼요?
> └ 난생처음 댓글 쓰게 만드는 작가님. 당신은 마성의 슬렌더.

은보는 뿌듯했다. 앓는 소리를 내던 온몸의 근육이 스르르 풀리는 것만 같았다. 훈훈한 댓글이 안마기이자 도수 치료사다. 전화벨이 울렸다. 편집자다.

"댓글 보셨죠? 분위기가 아주 좋네요. 이제 슬슬 유료 전환을 생각해야겠죠? 2주 후쯤 어떠세요? 이 분위기로 밀어붙이면 그

땐 여유롭게 연착륙할 수 있을 거 같은데."

싫을 이유가 없었다. 편집자 전화만 오면 쪼그라들던 가슴이 모처럼 쭉 펴졌다.

"근데 작가님, 혹시 그 뭐냐. 식스헌드레드. 아는 사람이에요?"

"아뇨. 왜요?"

"그 사람이 얼마 전에 작가님이 남자 아니냐고 댓글 단 거 알죠? 근데 오늘 또 그런 댓글을 남겼더라고요. 저는 작가님을 아는데도 작품 읽을 땐 여자라고 착각할 정도인데 그 사람은 어떻게 눈치챘는지 희한해서요. 혹시 아는 사람인가 했죠."

조금 전까지 경쾌한 리듬으로 뛰던 은보의 심장이 벌렁대기 시작했다. 식스헌드레드는 정체가 뭐지? 대체 누구인데 그의 성별을 짚어낸단 말인가. 은보는 글 쓰는 동료부터 고등학교 친구, 대학 친구까지 순식간에 스캔했다. 하지만 아무리 머리를 쥐어짜봐도 은보를 아는 사람이 그런 댓글을 남겼을 것 같진 않았다. 잔고 부족은 그의 통장 이야기만은 아니었다. 은보의 인간관계 역시 바닥을 보인 지 오래였다. 아무도 만나고 살지 않는데 누구한테 『꽃등심 멜로』 연재를 얘기했을 리가 없다.

그렇다면 순전히 글만 읽고 남자인 걸 잡아냈다는 얘긴데 그렇다면 정말 곤란했다. 로맨스 판타지의 열혈 독자들은 남성 작가를 반기지 않는다. 남자인 게 밝혀지면 구독 취소의 엑소더스가 이뤄지기 십상이다. 로맨스 판타지의 대부분을 차지하는 건 여성 독자고, 여성 독자들 중 다수는 남성 작가에 대한 불신이 깊었다. 아무래도 남성 중심적 사고방식이 작품의 방향과 성격을 결정할 거란 우려가 낳은 거부감 때문이었다. 그 모든 걸 무릅쓰고 남자가 로판을 쓸 때는 몇 배의 노력과 섬세함으로 자신의 성별을 드러내지 말라는 게 선배 웹소설 작가들의 충고였다.

은보는 등이 서늘해졌다. 유료 연재로 전환하면 독자들은 더욱 엄격해진다는데, 이대로는 위험하다.

일단은 식스헌드레드의 댓글부터 확인해봐야 했다. 하지만 가슴이 떨려서 원문을 확인할 순 없을 것 같았다. 소원성취 앱에서 존댓말로 쿠션을 먹인 버전부터 보기로 했다. 재빨리 손을 움직여 식스헌드레드의 댓글을 찾아냈다.

> ㄴ 무척 혼란스럽지만 슬렌더 작가님에게선 남자의 향기가 감지됩니다. 그동안 작가님께 조언도 했었는데 지금은 구독을 관둘까 고민 중입니다. 계속 읽다간 제가 작가님께 가스라이팅당해 팬이 될 것만 같아 두렵습니다. 슬렌더 작가님 때문에 속이 갑갑해질 때도 있었지만 작가님 아니었으면 저의 댓글 생활은 공허했을 거라는 말은 전하고 싶네요.

댓글의 정확한 의미가 뭔지 와닿질 않았다. 소원성취 앱이 존댓말로 원래의 뜻을 뭉개놓은 탓이다. 은보는 원문 그대로 봐야 할지 고민했다. 겁이 났다. 아직 준비가 안 된 것 같았다. 자신에겐 부드러운 교도소의 안온함이 좀 더 필요하다는 생각에 갈팡질팡하던 중, 편집자의 말이 떠올랐다.

'작가님 혼자만의 작품이 아니라 독자들과 함께 만들어가는 제품이란 걸 잊지 마세요.'

함께 만들어가야 하는데 언제까지 외면할 수 있을까.

'이러면 유료 못 가요, 작가님.'

은보는 문득 자신이 여태 유료 인생을 살고 있지 않다는 생각이 들었다. 살면서 제값을 치러본 기억이 별로 없었다. 땀 흘리기보단 요행의 트레일러에 무임승차하길 바랐고, 부와 명예를 시식만두처럼 간편하게 집어먹길 꿈꿨고, 도전이나 모험 대신 무료 사주 풀이처럼 뻔한 말에만 매달려 살아왔다. 이제는 제대로 승부를 걸고 그에 따른 대가를 치르는 유료 인생으로 넘어가야 하는 때가 지났는데 말이다. 지금이라도 판을 갈아 끼우지 않으면 그에겐 언제나 시시한 무료 인생만 남을 터였다. 김은보라는 사람이 이 세상에 살았건 사라졌건 아무도 신경 쓰지 않는 그런 삶 말이다. 대체 언제까지 겁만 잔뜩 집어먹고 다음 단계는 꿈도 안 꾸고 살 거지?

은보는 잠시 미간을 잔뜩 찌푸리다가 손을 움직였다. 소원성취 앱을 나와 웹소설 플랫폼을 열었다. 수많은 웹소설들이 자신만의 진검승부를 와글와글 펼치고 있었다. 거기서『꽃등심 멜로』

를 찾아 댓글 창을 보았다. 식스헌드레드가 눈에 띄었다. 망설이
면 물러날 것 같아 일부러 재빨리 읽었다.

> ㄴ 정말 헷갈리긴 하는데 슬렌더에게선 웅취가 남. 남자 냄새. 나름
> 열심히 조련도 했었는데 지금은 하차 고민 중. 계속 읽다간 결
> 국 내가 가스화이팅당해 팬이 될 것 같아 후달림 ㅋㅋㅋ 슬렌더
> 당신 땜에 속 터진 적도 많았지만 당신 아니었으면 나의 댓글
> 생활은 공허했다 ㅋㅋㅋㅋ

뒤통수가 얼얼했다. 누가 한 대 내려친 기분이다.
웅취. 가스화이팅. 이건 한근만과 나눈 얘기인데.
순간 은보의 머릿속에 LED 등이 번쩍 켜졌다.
그녀의 이름은 '한근'만. 고기 한 근은 600그램. '식스헌드레드'
는 바로 그녀였다.
이런 젠장! 은보는 날카로운 칼날에 온몸이 발골된 기분이 들
었다.

✦

> 호르헤 디아스 산체스의 눈에는 차가운 푸른 불꽃이 피어오른다.
> "소피아 당신이 나한테 어떻게 이럴 수가 있지? 어떻게?"

분노하는 호르헤 앞에서 눈썹 하나 까딱하지 않는 소피아 이사벨라 라만차.

"흥분하지 말아요, 호르헤. 난 당신의 가면 속 진짜 얼굴을 봤으니까."

"그게 무슨 말이오? 내가 가면이라도 썼단 거요?"

소피아는 경멸과 서글픔을 담은 눈빛으로 호르헤를 쏘아본다.

"물욕에 사로잡혀 순수한 마음을 저버린 당신 말예요. 드높은 이상과 꿈을 팽개친 이중인격자."

얼음보다 차가운 그녀의 말에 호르헤의 심장이 산산이 부서졌다.

은보는 글쓰기를 멈추고 오른손으로 심장 있는 곳을 문질렀다. 호르헤의 아픔이 고스란히 느껴지는 것만 같다. 그가 호르헤라면 근만은 소피아인가. 아니, '식스헌드레드'가 소피아인가.

부르르. 휴대폰이 몸을 떨었다. 근만의 문자다.

[작가님 바쁘세요? 오늘 저녁 식사 어때요. 쌀쌀해서 김치찌개 끓이려고 하는데.]

은보는 답을 보내는 대신 휴대폰을 던져버렸다. 지난 몇 주 동안 받은 근만의 문자가 벌써 몇 번째인지 모른다. 하지만 그는 답하지 않았다. 그녀의 얼굴을, 아니 식스헌드레드의 얼굴을 똑바로 쳐다볼 자신이 없어서 오로지 글쓰기에만 매달렸다. 먹는 것도 대충, 잠도 대충 자며 몰두했다. 그 결과 조회 수는 올라갔고 응원 댓글은 풍성하게 주렁주렁 달렸다.

ㄴ 저 고민했어요. 이쯤에서 하차할까 하구요. 읽기 싫어서가 아녜
요. 너무 좋아서 그래요. 한 회를 읽으면 다음 회를 기다리는 게
너무 고통스러워요. 완결되면 한꺼번에 쫙 읽는 게 정신 건강을
지키는 길 아닐까요?

ㄴ 호르헤와 소피아는 맺어지겠죠. 제발 그렇다고 말해줘요, 작가님!

ㄴ 슬렌더 당신은 악마의 블렌더. 내 마음을 곱게 갈아버리지.

그사이 『꽃등심 멜로』는 유료화됐다. 은보는 이제 조금씩 자신
감이 붙기 시작했으나 한편으론 허전했다. 정육점 앞을 지나기
어색해서 최대한 외출을 피했고 꼭 나가야 할 땐 늦은 시간이나
새벽을 택했다. 가끔은 식스헌드레드의 댓글을 찾아봤지만 보이
지 않았다. 정말로 하차한 건가.

그때 초인종이 울렸다. 딩동. 누구지? 택배 올 것도 없는데.

"저예요, 작가님."

현관문 건너편에서 근만의 목소리가 들려왔다.

✦

은보의 작은 집 안에 김치찌개 끓는 소리가 요란했다. 아니, 찌
개 소리가 요란한 게 아니라 집 안이 지나치게 조용한 거였다. 은
보와 근만은 아무 말 없이 마주 앉았다. 서먹한 침묵 끝에 먼저

입을 연 건 근만이었다.

"죄송해요, 갑자기 불쑥 찾아와서. 안 계시면 찌개 냄비만 문 앞에 놓고 가려고 했는데."

"……힘들게 왜 이런 걸."

"작가님을 만날 수가 없어서요."

또다시 보글보글대는 소리만 들린다.

"저어, 작가님……. 제가 뭐 실수한 게 있나요? 너무 연락이 없으셔서요."

"제가 좀 바빴습니다. 글 쓰느라고."

"그러셨구나. 난 또."

순간 근만의 얼굴이 환해졌다. 한시름 놨다는 표정이다.

"제가 작가님을 방해했나 봐요. 글 쓰시는데 괜히 제가 와서."

"아니에요. 잠깐 쉬고 있었어요."

그 말에 갑자기 근만의 표정이 일그러졌다. 웃는가 싶었는데 입꼬리가 씰룩대더니 느닷없이 눈물을 툭 떨궜다.

"작가님, 저는요. 말을 돌려 할 줄도 모르고 꾸며서 하는 것도 못해요. 그래서 그냥 물어볼게요. 작가님한테 내가 뭐 실수한 것 있어요? 저 땜에 기분 상한 적 있나요? 골백번 생각해봐도 제가 뭘 잘못했는지 모르겠어서 물어보는 거예요. 그런 게 있으면 말해주세요. 사과해야 할 일이 있으면 그렇게 할게요."

은보는 가슴이 답답해졌다. 이놈의 코딱지만 한 집은, 두툼한 고민 2인분이 함께 있기엔 너무 작다.

"저요, 작가님하고 얘기 나누고 밥 먹고 하는 게 너무 좋았어요. 전 평생 돼지고기 소고기나 썰면서 살 줄 알았는데 작가님 같은 분이랑 알고 지내면서 생전 처음 듣는 유식한 얘기도 듣고, 술도 같이 마시고……. 처음에는 친구들이랑 엄마한테 막 자랑하고 싶었지만 관뒀어요. 그렇게 입방정 떨다가 작가님이랑 아무것도 아닌 사이가 될까 봐서요. 그렇게 조심했는데 작가님이 갑자기 발길을 뚝 끊고 문자를 보내도 답도 없고……. 미치겠더라고요. 내가 작가님한테 손절 당했나 싶고."

근만은 당장이라도 울음을 터뜨릴 것 같았고 은보는 어찌할 바를 몰랐다.

"솔직히 전 작가님 같은 분이랑 알고 지내기 어려운 사람이에요. 공부도 못했고요, 책도 안 읽었어요. 작가님이 쓴 책은 몇 번이나 읽으려고 했지만 뭔 말인지 하나도 모르겠더라고요. 어려워요. 전 사실 웹소설 좋아해요. 작가님도 아실 거예요. 제가 틈만 나면 휴대폰 붙들고 있던 거. 그게 로맨스 판타지 읽느라고 그런 거거든요……. 제가 왜 웹소설을 읽는지 아세요? 거기 나오는 주인공들은 내가 하고 싶은 걸 다 하고 살거든요. 얼굴도 이쁘고, 말도 폼나게 하고, 멋있는 연애도 하고요."

은보는 그렇게 좋으면서 왜 악플을 달았냐고 되묻고 싶은 걸 꾹 참았다.

"그래도 마음 한편에선 그런 거 좋아하면 안 된다고 생각했어요. 작가님처럼 고상한 분은 막장 드라마 같은 얘기는 싫어할 것 같아서요. 그래서 제가 어떻게 했는지 아세요? 맨날 기다렸다 읽는 로맨스 소설에 일부러 악플을 달았어요. 신나게 읽으면서도 쪼끔이라도 뭐가 부족하면 더 독하게 달았고요."

뭐? 일부러?

"그렇게라도 해야 작가님 앞에서 덜 부끄러울 거 같았거든요. 거짓말로라도 싫은 척하고 안 좋아하는 척해야 속이 편할 것 같았거든요. 읽을 땐 너무 재밌게 읽으면서도 악플을 다는 게, 그 웹소설 작가한텐 너무 미안한 일이었지만……. 그래도 작가님 생각 땜에 전 억지로 나쁜 짓을 했는데, 정작 작가님은 갑자기 연락을 딱 끊고……."

순간 근만은 큰 소리로 울음을 터뜨렸다. 은보는 당황스러웠다. 울음을 터뜨린 담임선생님을 보는 초등학교 2학년 아이가 된 기분이랄까. 뭘 어찌해야 할지 알 수가 없어서 당황하다가 갑자기 그 말이 튀어나왔다.

"식스헌드레드. 근만 씨가 식스헌드레드…… 맞죠?"

눈물범벅 여자가 눈을 동그랗게 떴다.

맞구나. 아니길 바랐는데.

"제가 슬렌더예요. 『꽃등심 멜로』를 쓴 슬렌더. 그동안 식스헌드레드 땜에 마음 많이 졸였어요. 근데 댓글에 쓴 단어를 보고 식스헌드레드의 정체를 눈치챘을 때 얼마나 황당하던지……. 응취라는 단어도 그랬고, 가스화이팅이란 말도 힌트가 됐어요. '화'가 아니라 '라'거든요."

두려움과 미안함과 공포가 뒤범벅된 근만의 얼굴이 하얗게 질렸다. 그러더니 눈을 깜박이지도 않고 단숨에 눈물을 길어 올려 쏟아내기 시작했다. 은보의 죄책감도 순식간에 커졌다.

"근만 씨 배신감 장난 아니죠? 그럴 거예요. 맨날 유식하다 멋있다 치켜세워준 사람의 정체가 사실은……. 어쩔 수 없었어요. 아주 잠깐 잘나갔던 때를 사골 국처럼 우려먹고 사는 것도 한계가 있더라고요. 통장도 한계가 있고. 궁리 끝에 먹고 살려고 웹소설을 쓰기 시작했는데……. 솔직히 재밌었어요. 저한테 어울리지도 않는 폼나는 말 같은 건 다 집어치우고 쓰니까 후련했고요. 근데 그놈의 악플이……. 식스헌드레드의 악플도 저를 너무 힘들게 했어요. 제가 덩치는 커도 유리멘탈이란 말예요. 그래서 근만 씨가 악플러라는 걸 알았을 때 충격은……."

은보는 말을 멈춰야 했다. 비집고 올라오는 울음을 누르고 말하려니 목소리가 휘청댔기 때문이다. 반대로 근만의 울음은 진정되어가고 있었다. 그녀는 헛기침 몇 번으로 목청을 다듬더니 분명한 말투로 입을 열었다.

"작가님, 우리 가게 이름…… 왜 천근만근 정육점이라고 붙였는지 알아요? 여긴 원래 울 아빠가 하던 곳인데 그땐 이름도 안

붙이고 영업했었어요. 근데 아빠가 나이가 들어서 힘이 빠지니까 번쩍번쩍 들던 갈비짝이 너무 무거워지더래요. 무거운 걸 들다가 허리를 다친 적도 있었고요. 그래서 내가 중학교 때부터 아빠를 도와드렸어요. 아빠가 끙끙대던 갈비짝도 번쩍 드니까 아빠가 깜짝 놀라셨어요. 그러면서도 껄껄 웃으셨죠. 천근만근도 번쩍 들어 올리는 천하장사 났다면서. 그래서 내가 이 가게를 물려받았을 때 천근만근 정육점이라고 간판을 단 거예요. 고기도 천근만근 많이 팔리라는 뜻도 있었고요."

여기까지 말한 근만은 바싹 마른 입술을 혀로 한 번 훑고 얘기를 이어갔다.

"근데 작가님, 저는 천근만근보다 무거운 걸 발견했어요. 바로 작가님이 쓴 책이에요. 그걸 읽으면 눈꺼풀이 천근만근 무겁게 내려오는데, 아무리 들어 올리려고 해도 올라가질 않았어요. 근데 그게 완전히 내 잘못만은 아녜요. 하루 종일 일하고 피곤해 죽겠는데 무슨 수로 어렵고 지루한 책을 읽겠어요. 저만 그런 게 아니라 딴 사람들도 다 마찬가지일걸요? 다들 먹고살기 바쁘니까요! 그렇지만 슬렌더 글은 달랐어요. 침이 꼴딱 넘어가게 재밌고, 댓글 눈치도 많이 보고 독자한테 맞춰주려는 티가 팍팍 났단 말예요. 그래서 처음엔 괜히 악플을 달다가 나중엔 더 잘되길 바라는 마음으로 더 독하게 댓글을 썼어요. 진심이에요."

"근만 씨는 진심이었는지 모르지만 나한텐 독이었어요. 내가 댓글을 얼마나 무서워했는데……. 가슴팍이 오그라들고, 얼마나 힘들었는지 알아요?"

"그래요. 힘들었겠죠. 저도 그건 미안했어요……. 근데요, 작가님. 솔직히 제가 쓴 댓글이 참고할 만하지 않았나요? 몸에 좋은 약이 쓰다는 말처럼, 제 잔소리 덕에 이 악물고 쓰기도 했잖아요!"

생각지 못한 반격에 은보는 할 말을 잃었다. 그는 전사 스타일이 아니었다. 힘든 일 앞에서 이를 악무는 타입이 아니라 얼른 주저앉아버리는 쪽이다. 지금도 마찬가지다.

은보는 밥상에 마지막 남은 시든 상추처럼 웅얼댔다.

"맞아요. 난 혼나도 싸요. 난 싸구려 작가 노릇도 잘 못해요. 못하는 것투성인데 하나 더 추가됐네요. 근만 씨한테 미안하네요, 실망시켜서."

그때까지도 웅크린 자세를 풀지 않던 근만이 갑자기 벌떡 일어나 두리번대다가 휴지를 발견하더니 그걸 뜯어내 코를 세게 풀었다. 그러곤 은보를 똑바로 쳐다봤다.

"작가님! 싸구려가 뭐 어때서요? 세상엔 비싼 명품도 있지만 나는 싸구려 옷이 있어서 좋아요. 아무리 좋은 옷이어도 신줏단지 모시듯 해야 하고 입을 때마다 벌벌 떨어야 하면 그게 무슨 명품이에요, 그냥 장식품이지. 세상에는 명품도 필요하지만 싸구려 보세 옷이나 맘 편히 사 입는 만 원짜리 옷도 필요한 법이라고요."

근만은 어느새 평소 활기찬 모습으로 돌아와있었다. 하지만 은보는 달랐다.

"별로 위로가 안 돼요. 난요……. 내가 부끄러워요. 작가로서, 한 집안의 아들로서, 남자로서 난 실패작이에요. 뭐 하나 내세울 게 없잖아요."

"작가님!"

근만은 더 이상 못 참겠다는 듯 소리를 빽 질렀다.

"실패한 게 뭐 어때서요? 나도 실패자예요. 공부 못했죠. 얼굴 안 이쁘죠. 무식한 걸로는 누구한테도 안 져요. 근데 생각해보세요. 세상에 성공한 사람이랑 실패한 사람 중에 누가 더 많을까요? 우리 둘 중에 실패한 사람이 두 명인 걸 보면, 실패한 사람이 훨씬 많지 않겠어요? 성공한 사람은 한 줌밖에 안 된다고요. 실패한 사람이 훨씬 더 많은데 사람들은 왜 맨날 성공, 성공……. 무조건 성공 타령인지. 작가님 같은 분들이 먼저 실패자들을 돌보고 다독여야 하는 거 아녜요?"

은보는 머리가 띵했다. 이 사람 왜 이렇게 멋있게 말하지? 작가의 역할을 제대로 꿰뚫고 있네.

"작가님 같은 사람이 먼저 나서서 '자, 우리 너무 기죽지 맙시다. 우리 서로 감싸줍시다' 해야지, 왜 실패자는 글러먹었다는 말부터 하냐고요. 제가 보기엔, 성공한 사람들은 서로 좋은 말 해주는 것도 별로 필요 없어요. 그런 거 없어도 이미 성공했잖아요. 근데 실패한 사람들은 다르죠. 서로 열심히 등 두드려주고 달래주는 말이 필요하다고요. 왜? 실패했으니까!"

은보는 어느새 정신없이 근만의 말을 좇고 있었다.

"멋있고 어려운 말을 써서 폼 잡으려고 하지 말고, 돈 없고 아는 거 없고 친구 없는 사람도 재밌게 읽을 수 있는 걸 써주세요. 실패자나 못난이들도 즐길 수 있는 권리가 있다고요!"

하긴, 세상 모두가 일류일 필요는 없지. 웹소설을 쓰기 시작하면서 느낀 해방감이 과연 나쁜 것이었을까. 은보는 자신의 즐거움을 죄악시했던 이유가 의아해졌다. 자신이 싸구려 루저란 게 문제가 아니었다. 그보다 형편없는 건, 자기 자신을 감추려하고 일류인 척 치장하려는 태도였다. 은보는 진작 느꼈어야 할 부끄러움을 이제야 발견한 기분이었다.

그때 두 사람이 동시에 코를 벌름거렸다. 불에 올려둔 김치찌개가 진한 냄새를 한껏 뿜고 있었다. 근만은 신나는 표정으로 은보를 똑바로 쳐다봤다.

"작가님. 우리, 밥부터 먹읍시다. 먹고 힘내서 작가님은 열심히 써요. 난 댓글 열심히 달게요. 작가님 글이 더 재밌어지는지, 내 댓글이 더 순한 맛이 되는지 한번 제대로 붙어보는 거 어때요?"

은보는 머릿속이 상쾌해진 걸 느끼며 대답했다.

"방금 새 작품 아이디어가 떠올랐어요. 웹소설 작가와 악플러의 로맨스 판타지. 서로 아웅다웅하면서도 힘이 돼주는 남자랑 여자, 어때요?"

"재밌겠다. 악플러 부분은 도와줄 수 있어요. 제가 전문가잖아요."

"그리고 간간이 야하게 쓸 거예요. 침이 꼴딱 넘어가게."

근만은 짐짓 입을 내밀었다.

"야하게 쓰기만 할 거예요? 야하게 놀진 않고?"

은보는 생각했다. 나, 이 여자한테 가스라이팅당하고 싶다!

그날 밤 두 사람이 나란히 누웠을 때 은보가 물었다. 슬렌더가 남자인 걸 어떻게 알았냐고.

근만은 웃음을 터뜨렸다.

"어떻게 알긴 뭘 어떻게 알아요, 그냥 좀 세 보이고 싶어서 아무 말이나 막 쓴 거지."

"정말요?"

"그랬다니까요. 요즘 『꽃등심 멜로』가 물이 오르는데 너무 빠져들까 봐 일부러 더 세게 이 말 저 말 막 던져본 거예요. 남자 작가란 건 꿈에도 몰랐어요. 백퍼 여자인 줄 알았거든요."

거기까지 말한 근만은 은보의 품에 파고들며 덧붙였다.

"댓글은 그냥 때려 맞힌 거지만······. 지금 보니 제가 제대로 냄새를 맡았네요. 작가님한테선 진짜 남자 냄새가 나거든요."

로맨스 판타지를 사랑하는 독자다운 멘트네. 속으로 감탄한 은보는 저주파 치료기를 붙였을 때처럼 찌르르한 자극이 온몸을 훑는 걸 느꼈다.

"근데 작가님. 그거 아시죠, 대한민국은 댓글의 자유가 있는 나라라는 거. 만약 제가…… 슬렌더가 사실은 남자라고 작정하고 폭로하면 작가님은 어떡해요? 내가 댓글을 못 달게 비상 조치를 취해야 하는 거 아녜요?"

근만의 뭉근한 목소리가 은보의 몸을 휘감아 올라왔다. 은보는 저주파 치료기의 강도가 올라가는 걸 느꼈다.

"그러면 내가 근만 씨한테 아주 확실하게 쐐기를 박아야겠네요. 그렇죠?"

은보의 말에 근만은 꺄륵 웃음을 터뜨렸다. 두 사람의 밤은 그렇게 멜로와 에로 사이를 수없이 오가며 깊어갔다.

CASE 30　입만 열면 야옹야옹

"아가씨!"

서춘호는 편의점 점원을 부르면서 목소리에 쓸데없이 힘을 줬다. 힘을 잔뜩 준 목소리는 그의 겉모습과 전혀 어울리지 않았다. 비쩍 마른 몸에 푹 꺼진 두 뺨, 제멋대로 뻗친 흰머리와 백내장이 시작되어 흐릿한 눈동자에 허름한 옷까지. 아무리 훑어봐도 힘을 줄 이유가 당최 없어 보이는 50대 사내다.

"이 김밥…… 고기 좀 많이 들었나? 난 고기 많은 게 좋은데."

그 말과 함께 서춘호가 내민 건 왕갈비왕김밥이었다. 가격 2,900원. 중량 290g, 열량 374kcal. 쌀 22.48%, 양념육 13.79%, 양파 4.92%, 청상추 1.23%, 혼합장 1.05%. 거기에다 혹시라도 구매자가 품을지 모르는 섣부른 기대를 원천 봉쇄하는 포장지의 싸늘한 냉기까지 함께.

손님이 들고 온 김밥을 흘깃 본 점원은 시큰둥하게 대답했다.

"손님이 원하는 만큼 고기가 들어있으면 2,900원으론 택도 없을걸요."

점원의 얘기에 서춘호는 짐짓 놀라운 진리를 전해 들은 사람처럼 작게 '아' 소리를 내며 고개를 끄덕였다. 자신보다 서른 살은 젊어 보이는 점원의 통찰에 감탄하는 듯했다.

"젊은이가 아주 똘똘하구먼. 이담에 성공하겠어."

계산대에 소주와 김밥을 올려놓는 그의 제스처는 국회의원 선거에 출마한 졸부처럼 으스대는 느낌이었다. 근거 없는 거들먹거림은 그의 초라한 행색과 조금도 어울리지 않았다. 누가 봐도 안쓰러운 허세다. 젊은 점원도 그 점을 간파했나 보았다.

"4,800원이요."

점원은 아무 감정 없이 재빨리 말했다. 이런 고객과는 되도록 길게 말을 섞지 않는 게 좋다고 생각하는 티가 역력했다. 그는 재빨리 할인이나 적립카드 있냐는 말을 덧붙였지만, 서춘호는 가볍게 고개를 가로저었다. 그런 거 따위는 신경 쓰고 살지 않는다는 태도다.

계산을 마친 그는 작업용 조끼 주머니 양쪽에 김밥과 소주를 하나씩 넣고 편의점을 나갔다. 점원은 그가 사라진 빈자리를 눈으로 훑었다. 이상한 손님이 수상한 흔적이라도 남긴 건 아닌지

보려는 건데, 다행히 별다른 이상은 눈에 보이지 않는다. 다만 한 발 늦게 감지된 냄새에 코를 킁킁대다가 손부채를 펄럭이며 손님이 나간 방향으로 눈을 흘겼다.

✦

거무죽죽한 붉은 벽돌로 쌓아올린 3층 건물. 서춘호는 자신이 세 들어 살고 있는 낡은 다세대주택에 들어설 때마다 이 건물이 꼭 늙은 두꺼비 같다고 생각했다. 춥고 눅눅하고 툭하면 물이 새고 전기가 나가는, 뭐 하나 제대로 돌아가는 건 없지만 월세는 단 한 번의 주춤거림 없이 따박따박 수거하는 욕심 사나운 두꺼비. 그중 춘호의 집은 두꺼비 뱃살에 눌려서 찍소리도 못 하는 반지하다. 집으로 들어갈 때는 뱃살을 들어 올려 비집고 들어가는 기분이었다.

"아드을, 아빠 왔다아."

편의점에서와는 다르게 서춘호의 말투엔 다정함이 푸짐하게 토핑돼있다. 얼굴엔 미소도 가득했다.

"아드을, 아빠 왔다니까. 자니?"

두리번댈 것도 없이 좁아터진 집이건만 서춘호는 이리저리 둘러보며 아들을 불러댔다. 그때였다. 작은 그림자가 공중에서 튀어나와 그에게 다가왔다. 고양이다.

"아이고, 우리 아들! 여기 있었네!"

서춘호는 고양이를 안아 올렸다. 고양이는 대개 안기는 걸 싫어한다지만 이 녀석은 달랐다. 서춘호의 투박한 손길을 거부하기는커녕 골골 소리를 내며 주인의 손길을 한껏 즐겼다. 부드러운 베이지색 털에, 그보다 짙은 색의 줄무늬가 있고, 산호색 코와 연둣빛 섞인 노란 눈을 가진 녀석이었다. 흔히 '치즈냥이'라고 불리는 종. 서춘호는 주름진 얼굴을 녀석의 털에 부비며 한껏 행복해졌다.

"아빠가 저녁 사 왔으니까 얼른 상 차려서 밥 먹자."

고양이를 조심스레 바닥에 내려놓은 서춘호는 지금까지 볼 수 없던 민첩함으로 손을 씻고 접이식 밥상을 꺼내 펼쳤다. 소주잔과 젓가락, 빈 그릇 두 개를 꺼내 그중 하나엔 수돗물을 채웠다.

"아들, 밥 먹자."

머리가 허연 주인이 손짓하자 고양이가 다가와 주인이 마련한 곳에 자리 잡았다. 서춘호는 그때까지 조끼 주머니에 넣어둔 김밥과 소주를 꺼냈다. 소주부터 한 잔 들이켠 후 김밥 포장지를 펼쳐 젓가락으로 김밥을 헤집었다. 이름은 '왕갈비'이건만 고기를 마지못해 찔끔 넣은, 이름값 못하는 모양새다.

"하여튼 이 자식들……. 먹는 거 갖고 치사스럽게."

그는 김밥 속 고기를 골라내 물그릇에 넣고 휘휘 저어 양념을 씻어냈다. 여태 가만히 있던 고양이가 야옹거리며 보채기 시작했다. 춘호는 양념이 씻겨나간 고기를 건져 그릇에 담아 고양이 앞에 내줬다. 고양이가 머리를 그릇에 박고 냥냥대며 먹자 서춘호는 흐뭇한 표정이다. 다시 소주를 들이켜고 고기를 뺀 나머지 김밥을 집어 먹었다.

"맛있냐, 아들? 천천히 먹어라"

그가 등을 쓸어주자 고양이는 그릇에 머리를 푹 박고 먹던 걸 멈췄다. 처음엔 다 먹어치울 기세더니 그릇을 비우지 않았다. 녀석은 입이 짧다. 안 그래도 먹는 게 시원치 않아 걱정인데, 청소 알바를 다니는 동물병원 의사가 가슴 철렁한 얘기를 했었다. 사람 먹는 양념이 묻은 음식은 고양이 건강에 치명적일 수 있으니 절대 주지 말라는 거다. 서춘호와 고양이는 그때까지 모든 음식을 나눠 먹으며 살아왔다. 김밥을 사면 햄은 고양이에게 주고 나머지를 서춘호가 먹었고, 편의점 도시락을 사면 계란말이는 고양이, 나머지는 그가 먹었다. 핫도그의 소시지는 고양이가 차지하고, 서춘호는 기름범벅 튀김옷만 먹었지만 나눠 먹는 게 즐겁기만 했다. 입이 짧은 건 고양이뿐 아니라 서춘호 역시 마찬가지여서 딱히 음식이 모자라거나 아쉬운 것도 없었다. 그런데 그 행복한 식사가 고양이의 건강을 해치는 일이었다니. 서춘호는 허탈하고 미안해졌다. 고양이 사료를 사 먹이기 시작한 건 그 얘길 들은 무렵부터였는데, 돈도 돈이지만 마음이 불편했다. 촉촉한 계란말이를 먹던 녀석이 딱딱한 과자 부스러기 같은 사료가 입에 맞을까 걱정이었다. 그가 일당을 두둑이 챙긴 날엔 치킨 파티를 즐기던 녀석이 와그작거리는 사료가 성에 찰까. 안쓰럽고 딱했다. 그래서 타협을 본 게 지금처럼 양념을 씻어 먹이는 저녁 식사다. 고양이 주식은 사료지만, 저녁 한 끼는 예전처럼 나눠 먹는다. 양념을 깨끗이 물에 헹궈주면 문제없을 거라 믿었다. 동물병원 의사는 책만 달달 읽고 '쫑'이나 딴 사람이니 융통성이 없는 게 틀림없다.

'사람이나 짐승이나 입맛에 맞는 걸 먹어야 살이 되고 피가 되는 건데 그런 걸 싹 무시하고 괜히 겁만 주고 말이야. 하여튼 배운 사람들은 생각이 꽉 막혀서 문제야.'

고양이도 그의 말에 동의하는 걸까. 노란 눈으로 주인을 보며 자신의 뺨과 코에 묻은 기름기를 혀로 열심히 핥았다.

"맛있지? 맛있는 거 먹을 땐 한잔하는 거야."

그는 잔을 들어 고양이의 앞발에 슬쩍 부딪혔다가 단숨에 마셨다. 호기롭게 넘긴 소주에 비해 안주는 마지못해 밥알 몇 개 찍어 먹는 게 전부다. 푹 꺼진 뺨과 삐죽 야윈 어깨는 괜히 생긴 게 아니었다. 그는 먹는 데 흥미를 잃은 지 오래였다. 그나마 자신을 바라보는 고양이 눈빛이 있어 밥알이라도 깨작대는 것이다. 누군가 자신을 지켜봐준다는 건 삶의 의미를 단단히 만드는 계기가 되는 법이다.

고양이는 책상다리를 하고 앉은 주인의 허벅지로 올라와 자리를 잡았다. 고양이의 묵직한 온기가 전해지자 서춘호의 주름진 얼굴에 미소가 번진다.

"아이구, 뜨끈해라. 우리 아들, 찜질방보다 훨 낫네."

엉덩이를 두드려주자 녀석은 눈을 가늘게 뜨다가 이내 잠이 들었다.

"아들. 너 이담엔 꼭 사람으로 태어나라. 그래야 아빠랑 친구하지. 아빠가 술도 사주고 맛있는 안주도 많이 사줄게. 벌건 기름이 번질번질한 오삼불고기나 도리뱅뱅이 같은 거 시켜놓고 소주한잔 딱 하면……. 크아! 죽이거든. 다음엔 꼭 사람으로 태어나서 아빠가 사주는 거 실컷 먹어. 알았지?"

양념을 씻어낸 싸구려 간식밖에 못 먹는 고양이가 안쓰러워서한 말이다. 사실 안쓰러운 건 고양이뿐이 아니다. 자기 신세를 생각하면 한숨은 더 길어진다. 제대로 된 밥상을 마주한 게 얼마나 됐을까. 5년? 8년? 기억이 잘 나지 않는다. 굳이 헤아려보고 싶지도 않았다.

친구 녀석 꼬임에 헛바람이 들어서 멀쩡히 다니던 회사를 때려치우고 오리고기 전문점을 차린 게 15년 전쯤의 일이다. 별 준비도 없이 차린 고깃집은 개업 축하 화환이 시들기도 전에 조류독감 파동으로 휘청였다. 그 바람에 서춘호와 가족들은 독감보다지독한 속앓이를 했다. 결국 고깃집 문을 닫고 다시 돈을 끌어모아 테이크아웃 전문 커피숍을 차렸고, 그것도 망하자 간판도 없이 도매로 떼 온 과일을 저렴하게 파는 가게를 열었지만 그것 역시 쪼글쪼글 시들어버린 사과 몇 박스만 남기고 문을 닫았다. 고등학교에 다니던 딸아이는 아빠와 눈도 안 마주치려 들었고 마트 계산원으로 취직한 아내는 퉁퉁 부은 다리 땜에 밤마다 앓는 소리를 했다. 서춘호는 겁이 더럭 났다. 그가 책임져야 할 모든 의무로부터 도망가고 싶은 마음뿐이었고, 결국 그렇게 해버렸다. 아내와 딸에게 미안하다는 말만 쪽지에 써서 식탁 위에 남기고 몰래 집을 나와버린 거다. 어릴 때부터 허세만 앞서고 야무지지 못하다는 얘기를 자주 들었던 그는 가장이란 무게를 견디지 못했다. 손가락질받을 일인 걸 뻔히 알았지만 한편으론 홀가분했다. 혼자 굶으면 그만이니까. 툭하면 아내와 딸 생각에 죄책감이 덮쳐왔지만 소주를 마시면 정신이 흐릿해져 견딜 만했다. 어떻게든 되겠지 하는 무책임한 희망이 유일한 위안이었다. 그때부터 그의 하루하루는 성공과 실패가 선명해졌다. 망각을 부르는 술을 살 수 있는 날은 성공한 하루였고, 술도 못 사는 날이면 실패한 날이었다. 그가 '아들'이라고 부르는 고양이를 만난 것도 그런 하루하루를 보내던 무렵이었다.

집에 들어올 때 간간이 마주치던 길고양이 녀석인데 어느 날 그를 따라 집에 들어왔다. 유난히 추운 날이었고 보아하니 통 못 먹은 티가 났다. 서춘호는 자신에게 의지하려는 생명이 부담스러웠지만 차마 내칠 수가 없었다. 할 수 없이 자신의 밥을 덜어서 고양이에게 주고 지저분한 이불을 나란히 덮고 살기 시작한 지 몇 달 만에 고양이는 그에게 소중한 존재가 됐다. 어두운 밤 집에 들어설 때마다 서춘호를 덮치던 싸늘한 외로움은 야옹 소리에 묻혔고, TV 소리 외엔 적막하기만 하던 집엔 훈기가 돌았다. 그리고 무엇보다 서춘호의 죄책감을 덜어내주었다. 작고 여린 생명을 돌보다 보니 내팽개친 가족에 대한 회환이 조금은 씻겨나가는 것 같았다. 비쩍 말랐던 고양이가 살이 붙고 털에 윤기가 돌자 자신도 마냥 쓰레기는 아닐지 모른단 생각도 들었다.

"너…… . 이담에 사람으로 태어나면 제발 나랑 수다 좀 떨자. 맨날 나 혼자 지껄이니까 미친놈 같잖아."

술기운에 얼굴이 벌게진 서춘호가 작은 털북숭이를 꽉 끌어안았다. 고양이는 주인에게서 풍겨오는 쿰쿰한 술 냄새나 거친 수염이 싫지 않은지 얌전히 안겨있었다. 기분 좋을 때 내는 고롱고롱 소리도 냈다. 서춘호는 이렇게 온기를 주고받을 수 있는 고양이가 정말 사랑스럽고 고마웠다. 한참 그렇게 있다가 화장실에 가려고 몸을 일으켰다. 자리를 뜰 기색을 눈치챈 고양이가 주인을 향해 울어댔다.

"아빠 나가는 거 아냐. 화장실 가는 거야. 오줌 누고 와서 다시 안아줄게."

그렇게 달래고 화장실로 가려 하는데 고양이가 계속 야옹댔다.

"금방 온다니까안. 아우, 아빠 오줌보 터지겠다."

고양이는 야옹대는 걸 멈추지 않았지만 서춘호는 바지춤을 풀기 시작했다. 나이 들면서 소변 생각이 들면 참기 힘든 탓이었다. 그가 화장실로 급히 뛰어든 순간 뭔가 발에 밟혀 휘청했다. 고양이 토사물이다. 사료 모양이 그대로 살아있는 청록색 오물. 그가 집에 오기 전에 토해놓은 모양이었다. 서춘호의 얼굴이 일그러졌다. 요즘 들어 고양이가 토하는 일이 확 늘었다.

"너 속 괜찮냐?"

짠한 마음으로 돌아보니 고양이는 아무렇지 않은 표정이다.

"왜 그렇게 찡얼대나 했더니 이거 땜에 그런 거네. 아빠한테 이거 말해주려고."

서춘호가 몸을 굽혀 고양이 머리를 쓰다듬어 주려고 하는 순간 찌릿한 통증이 그를 덮쳤다. 미끄러질 때 허리를 삐끗한 것 같았다.

"아이고, 아빠가 네 말을 알아들었으면 토한 걸 밟아서 삐끗하지 않았을 텐데!"

통증 때문에 눈물이 찔끔 날 지경이다. 근데 더 급한 찔끔도 있다. 이놈의 오줌. 서춘호는 아픈 허리 때문에 어정쩡한 포즈로 간신히 볼일을 보기 시작했다. 너무 아픈 탓일까. 소변 줄기마저 시원치 않았다. 끄응 소리와 함께 일을 보며 생각했다. 저 녀석이 요즘 몇 번이나 토했더라?

다음 날 아침. 이틀에 한 번씩 나가는 동물병원 청소를 하러 문을 열고 나서는데 앞집 체리 김씨와 마주쳤다. 체리 김씨는 작은 트럭에 수입 체리를 싣고 팔러 다니는 사람인데, 서춘호가 체리 김씨라 부르는 걸 듣기 싫어했다. 뼈대 있는 광산 김씨 집안 사람을 왜 체리 김씨로 부르냐는 거다.

"그럼 체리를 팔지 말고 광산을 캐든가. 누가 체리 팔러 다니래?"

서춘호가 너스레를 떨어도 무뚝뚝한 체리 김씨는 입을 한 번 삐죽할 뿐이다. 저런 붙임성으로 어떻게 길바닥에서 장사할 생각을 했는지 신기할 지경이다. 체리 김씨도 머리카락이 희끗거리는 나이에 가족과 떨어져서 혼자 고생하는 사람이다. 서춘호처럼 가족을 버렸거나 이혼을 한 건 아니었다. 몸이 아픈 아내는 고향으로 돌아가서 살고 있고, 하나 있는 아들은 엄마를 돌보러 시골로 쫓아 내려가서 읍내 병원에서 간호조무사로 일한다고 했다. 4년제 간호대학을 나온 건 아니지만 똑똑하고 다정해서 직장에서 칭찬도 받고 아픈 엄마도 잘 돌본다는 게 체리 김씨의 자랑거리였다.

"왜 그래? 어디 아파?"

서춘호의 굼뜬 동작을 본 체리 김씨가 물었다.

"허리를 삐끗했어. 어제 아들내미가 토해놓은 걸 모르고 밟는 바람에."

"맨날 똥 싸고 오줌 싸는 것도 모자라서 토도 해? 걔도 어제 한

잔했어?"

체리 김씨가 모처럼 농담을 했다. 기분 좋은 일이라도 있나. 아니나 다를까 또 그놈의 레퍼토리 등장이다.

"그러게 아들을 두려면 나처럼 효자를 둬야지."

그러면서 체리 김씨는 입고 있는 잠바를 툭툭 쳤다. 간호조무사 아들이 보내준 건가 보았다. 그걸 자랑하고 싶어서 이 말 저 말 떠들어댔다는 걸 눈치챈 서춘호는 뻔한 수작에 장단을 맞춰주기 싫어서 무성의하게 대꾸했다.

"잠바 색이 그게 뭐야. 늙은이 색이잖아. 칙칙해."

그러고는 재빨리 자리를 떴다. 체리 김씨가 약이 올라 뭐라고 지껄일 것 같아 일부러 후다닥 움직였다. 그깟 아들 자랑 한번 받아주면 되는데, 그게 왜 그렇게 싫은지 춘호 자신도 알 수 없었다. 괜한 심술인가. 아니면 지금은 어떻게 컸는지도 모르는 딸 생각이 나서 그런가. 그는 짧은 한숨을 내쉬었다.

"걸음이 왜 그래요? 허리 다치셨어요?"

동물병원에서 미용을 담당하는 수진 씨가 서춘호를 보더니 눈을 동그랗게 떴다. 그녀는 쉰 살 가까운 나이에 결혼을 안 하고 혼자 사는데, 나이답지 않게 순진하고 누구에게나 친절했다. 앵앵대는 말투지만 듣기 싫기보다는 애교가 넘쳐서 상대를 무장해제 시켰다. 하지만 그녀의 무장해제 능력은 인간 한정인가 보았다. 미용을 하러 오는 개나 고양이 중에는 애교가 안 통해서 이빨을 드러내거나 발톱을 세우는 녀석들이 종종 있었다. 겁나서 그러기도 하고 예민하거나 사나운 성격 탓이기도 하다. 어떤 이유에서건 성이 잔뜩 난 고객은 수진 씨의 손을 향해 덤벼들곤 했다. 안타까운 건 수진 씨 역시 겁이 많다는 점이었다. 강아지 털을 다듬는 솜씨는 좋았지만 으르렁대는 고객을 만나면 허옇게 질리곤 했다. 서춘호는 자기 일을 하다가도 이빨을 드러낸 고객을 보면 그들을 진정시키는 일을 몇 번 도왔다. 덕분에 그의 팔과 손은 발톱에 긁히거나 이빨에 찍혔지만 별거 아니라고 호기롭게 웃어넘기곤 했다. 모처럼 자신의 용기와 대범함을 과시하려 그런 거지만, 신세를 진 수진 씨는 진심으로 고맙고 미안해했다. 꼬박꼬박 다정한 인사와 따뜻한 커피를 건네곤 했다.

"선생님, 혹시 개나 고양이 파스도 있나요? 있으면 하나 주세요. 허리를 삐끗했거든요."

서춘호가 농담하듯 말을 건네자 수진 씨도 비슷한 분위기로 말을 받았다.

"고양이 파스는 없고 인간용 파스는 하나 있는데 그거라도 드려요?"

수진 씨는 자신의 캐비닛에서 파스를 꺼내주었다. 그걸 붙이니 좀 살 것 같았다. 파스 붙인 부위가 후끈대자 든든하기까지 했다. 이거면 병원 청소 끝낼 때까지는 그럭저럭 버틸 수 있을 것 같았다.

동물병원 청소는 입원했거나 호텔에 맡겨진 개와 고양이의 똥오줌을 치우는 일부터 시작했다. 일을 하는 중에 링거를 꽂고 늘어진 개 한 마리가 서춘호의 눈에 들어왔다. 종은 잘 모르지만 구불구불한 갈색 털이 길고 덩치가 중간쯤 되는 녀석인데, 나이 들고 병이 깊어서 그런지 생기가 하나도 없었다. 꿈벅이는 눈은 백내장 때문에 초점 잃은 회색빛이었다. 개를 보고 있으니 서춘호는 제집에 홀로 있을 고양이 생각이 나서 가슴팍이 뻐근했다. 혹시라도 그 녀석이 아프면 어쩌나. 요즘 토하는 일이 잦은데 괜찮을까.

가난한 이에게 병은 재앙이다. 돈이 없으면 병은 가속도가 붙는 법. 서춘호는 가슴이 쪼그라들었다. 이젠 책임감이란 원죄를 잊고 지낼 수 있게 됐다고 생각했는데 또다시 그 구렁텅이에 빠지는 건가. 숨이 막혀오고 무릎에서 힘이 빠졌다.

아닐 거야. 괜찮을 거야. 그는 이번에도 자신에게 제일 익숙한 방법을 꺼내 들었다. 감당할 수 없는 의무에는 눈을 감아버리는 거다. 어떻게든 될 거라는 무책임한 희망 속으로 숨어버리면 그나마 견딜 만했다.

대신 그가 마음먹은 일이 하나 있다. 며칠 전 휴대폰을 이리저리 뒤지다가 어떤 광고 문구가 눈에 들어왔다.

[소원성취 앱이 애틋한 소원을 이뤄드립니다.]

'애틋한'이란 말에 마음이 동했다. 그가 바라는 소원이야말로 애틋한 걸로 치면 누구 못지않았다. 그는 당장 앱을 깔고 상담 일정을 잡았는데 오늘이 바로 그날이다.

✦

"히야, 아가씨가 사장이에요? 젊은 사람이 능력 있네!"

한소원과 마주하고 몇 마디 인사를 나눈 서춘호는, 기운 없어 보이는 아가씨가 소원성취 앱의 책임자라는 얘기에 엄지손가락을 치켜세우며 너스레를 떨었다.

"근데 아가씨, 이 사무실은 고객센터 같은 거랑 좀 안 맞아. 이 거 말고 카페나 식당 같은 거 하면 딱이야. 요즘은 구닥다리 단독 주택을 고쳐서 만든 카페가 유행인 거 알지? 내가 그런 현장에서 몇 번 일해봐서 잘 알아. 인테리어도 따로 신경 쓸 거 없어. 옛날에 쓰던 구닥다리 물건 몇 개 갖다놓으면 그게 요즘 스타일이야."

쓸데없는 오지랖이 발동하는 서춘호다. 그는 한소원 앞에서 뭘 좀 아는 사람인 양 떠벌렸지만 그건 순전히 예상치 못한 고객센터 분위기와 향긋한 차 대접에 기분이 좋아진 탓이다.

"이 정도 사이즈면 견적 딱 나오지. 저쪽 벽만 확 뚫어서 큼지막하게 창문으로 만들고 마당에다 나무랑 꽃 좀 심으면 괜찮을 것 같네. 지금 마당은 너무 삭막해. 내가 이런저런 분야에서 일종의 프리랜서로 뛰는데, 외식업 경력도 좀 있어서. 하하하."

그가 말하는 이런저런 분야는 잡다하다. 건설 현장 잡부, 편의점 심야 알바, 주유소나 세차장 알바, 물류센터 상하차, 지하철 택배 기사 등등. 오리고깃집과 커피전문점을 해봤으니 외식업 경력도 아주 거짓말은 아니다. 그러면서도 서춘호는 마음 한구석으론 혹시라도 앞에 앉은 사람이 대답하기 어려운 걸 물어보면 어쩌나 마음을 졸였다. 다행히 한소원은 업종 변경에는 관심이 없나 보았다. 내내 웃는 듯 마는 듯 묘한 표정으로 듣고 있다가 작은 목소리로 말했다.

"고객님⋯⋯. 저는 지금 고객님께 필요한 서비스를 제공하기 위해 상담해드리고 있는 겁니다. 제가 아니라요."

소원의 말에 서춘호는 웃음을 터뜨려 민망함을 감췄다. 어색한 분위기나 깨보자고 했던 말에 빡빡하게 굴긴. 그는 깜박했던 용건을 떠올리며 얘기를 시작했다.

"아들내미가 하나 있어요. 잘생기고 말 잘 듣고 애교도 있고 순하고⋯⋯. 아무튼 뭐든지 다 이쁜 녀석인데 문제가 하나 있어. 말을 못해. 입만 열면 맨날 야옹야옹. 냥냥 소리에 아주 속이 터져. 고양이거든. 아하하하"

서춘호는 크게 웃다가 이내 입을 다물었다. 소원이 전혀 웃지 않았기 때문이다. 너무 실없어 보였나. 뻘쭘해진 그는 웃음을 거

뒤틀리고 다시 말을 이었다.

"아무튼 걘 내 아들이야. 아니, 아들 그 이상이지! 내 소원은 딴게 없어요. 내가 걔 말을 알아들을 수 있으면 좋겠어. 맨날 냥냥거리면서 뭐라고 지껄이는데 그걸 알아먹질 못하니 아주 속이 터져요. 분명히 나한테 해달라는 것도 있고 먹고 싶어 하는 것도 있을 텐데 하나도 알아들을 수가 없잖아. 나만 속 터지나? 걔도 마찬가지겠지. 배고프다고 했는데 내가 달라는 밥은 안 주고 쓰다듬기만 해줘 봐, 속에서 얼마나 천불이 나겠어. 어떨 때 생각하면 미안하고 민망해죽겠다니까."

얘기를 마친 서춘호는 의기양양했다. 외워 온 것도 아닌데 이렇게 말이 술술 나오다니. 말을 할 때마다 눈치를 받거나 무시를 당하는 일에 익숙했던 그는, 말없이 들어주는 한소원의 태도가 마음에 쏙 들었다. 그는 내친김에 휴대폰을 꺼냈다.

"우리 애가 대체 얼마나 이쁘길래 이 야단인지 궁금하죠? 내가 증거를 보여줄게. 아주 기가 막혀. 홀딱 반할 수밖에 없다니까. 자, 이거 봐요. 우리 아들내미. 귀엽죠?"

서춘호는 휴대폰에 있는 고양이 사진을 고객센터 젊은 사장에게 들이밀었다.

"내가 원래 스마트폰은 안 사려고 했거든. 나 같은 사람은 이딴 거 필요도 없고 구닥다리가 더 편해. 근데 결국 샀잖아. 왜? 우리 아들 사진 찍으려고⋯⋯. 처음엔 괜한 데 돈 썼나 했는데 아니야.

얘가 사진발이 죽여줘요. 캬, 뉘 집 자식인데 이렇게 이쁘냐!"

그는 사진을 넘기면서 화면으로 빠져들었다. 자고 있거나 먹고 있거나 하품을 하거나 창밖을 내다보고 있는 모습 등등. 사진 속 고양이는 거기서 거기인 거 같지만, 그의 눈에는 모든 순간이 어여쁘고 사랑스러웠다. 눈치를 보아하니 여기 사장도 고양이에게 반한 게 틀림없었다. 딱히 말을 한 건 아니지만 사진을 보는 눈길이 여간 정성스럽지 않았다. 덕분에 서춘호의 목소리는 한 톤 더 올라갔다.

"얘하고 난 사람이랑 고양이지만 아들하고 아빠 인연이 틀림없어. 얘가 날 많이 닮았거든……. 어허, 못 믿겠나 봐? 진짜라니까요. 증거 대볼까? 내가 어릴 때 별명이 베개야. 맨날 누워있는다고. 근데 얘도 누워있는 걸 너무 좋아해. 당연히 운동은 질색하는 것도 똑같고. 근데 좋아하는 운동이 하나 있어. 하는 건 아니고 보는 것만. 배구. 내가 김연경 선수 팬인데 김연경 경기를 보고 있으면 얘도 옆에서 꼼짝않고 TV에 빠져있다니까. 지난번 도쿄올림픽 때 정말 재밌었지. 우리 둘이 나란히 앉아서 신나게 응원했다니까. 그뿐 아냐. 우리 둘 다 입이 짧아. 난 어려서부터 밥 먹을 때마다 깨작대는 게 일이었는데 얘도 나랑 똑같아. 어릴 때 엄마한테 잔소리 무지하게 들었는데, 얘가 딱 그러더라고! 하하하. 뭐든지 퍽퍽 잘 먹어야 건강한데 왜 그런 거까지 날 닮아가지고 말야, 쓸데없이……."

단숨에 떠드느라 목이 갈라진 서춘호는 차를 한 모금 들이켰다.

"따지고 보면 이 녀석이 애비를 봐주느라고 그런 거 같기도 해요. 애비 벌이가 시원치 않은데 뱃구레가 크고 밤낮으로 맛난 것만 찾아봐요, 내가 뭔 수로 그걸 감당하겠냐고. 제 딴에는 애비 생각하는 것도 같은데 그래도 너무 쪼금 먹어. 거기다 툭하면 설사하고 토하고……. 휴, 다 못난 애비 탓이지."

생각지도 못하게 회환이 밀려왔다. 남들은 멀쩡히 해치우는 아빠 노릇이 자신에겐 왜 그리 버거운 걸까. 그는 아빠란 말이 도무지 감당하기 힘들었다. 스스로 생각해도 한심했다. 머릿속엔 야옹대는 고양이와 딸 얼굴이 오버랩되었다. 서춘호는 가슴 한구석 꽁꽁 뭉쳐둔 죄책감이 꿈틀대는 걸 느꼈다.

한소원은 그때까지 입을 다물고 있었다. 소원을 찾아오는 고객은 주로 여자가 많았고 남자였다고 해도 서춘호와 비슷한 나이대의 고객은 드물었다. 주름과 흰머리가 보이기 시작하는 남자는 대개 소원이란 단어는 잊고 사는 듯했다. 그런데 오늘 고객은 달랐다. 얼굴은 고단하고 주름이 깊었지만 어딘가 비어있는 느낌. 아직도 뭔가 허기진 것 같고 철이 없어 보이는 구석도 있었다. 그가 자신의 얘기를 풀어내는 걸 들으면서 소원의 머릿속엔 다른 사람이 떠올랐다. 그녀의 엄마였다.

배 속에 자리 잡은 소원의 존재를 알게 된 건 엄마가 남자친구와 헤어지고 난 후였다. 무책임한 그에게 다시 연락할 생각은 없었다. 엄마는 배 속에서 움직이는 작은 아기가 소중하고 사랑스러웠다. 힘든 미래가 뻔히 보였지만 아기가 꿈틀거릴 때마다 어린 엄마는 가슴이 벅차올랐다. 그 벅차오름은 아기가 태어나서 엄마 젖을 빨 때에도, 처음으로 '엄마' 소리를 했을 때에도, 까르르 웃음을 터뜨리며 엄마 품으로 달려올 때에도 계속됐다. 엄마는 어린 딸이 기쁨 속에 살아가길 기도했다. 그랬던 엄마가 열 살 딸을 혼자 두고 떠나버렸다.

엄마는 얼마나 안타까웠을까. 얼마나 애틋했을까. 사춘기 나이를 지나면서 소원은 그 생각에서 벗어나지 못했다. 자신의 외로움에 짓눌릴수록 엄마가 느꼈을 안타까움이 짐작됐다. 그때부터 소원이 되풀이해서 꾸던 꿈이 바뀌기 시작했다. 소원은 툭하면 엄마를 잃던 순간을 되풀이하는 꿈을 꿨는데, 언제부턴가 똑같은 상황이 엄마의 시점에서 펼쳐지곤 했다.

그녀와 엄마 사이에 거대한 횡단보도가 놓여있고 차들은 아주 느리게 두 사람 사이를 오가고 있다. 소원이 엄마를 향해 웃어 보이면 엄마도 환한 표정으로 답한다. 아주 멀리 있는데도 꿈이라서 그런지 엄마 표정이 생생하다. 출근하며 급하게 묶어 올린 머리에서 흘러내린 몇 가닥이 바람에 날리는 것도 보이고 딸을 향해 웃느라 벌어진 입도 보인다. 어린 소원이 엄마를 올려다볼 때마다 눈에 잡히던 엄마 목에 있던 작은 쥐젖도 보이고 옅은 갈색 눈도 보인다. 어린 딸을 볼 때면 촉촉해지던 그 눈. 꿈이 반복될수록 엄마의 눈에 더 집착하게 됐고 그러자 어느 순간부터 엄마 시점에서 꿈을 꾸기 시작했다. 차에 받혀 몸이 붕 뜨는 순간 엄마의 눈으로 건너편에 선 딸을 봤고, 아스팔트에 몸이 쿵 떨어지는 찰나엔 엄마 입버릇대로 '에구, 우리 소원이'를 웅얼댔다.

자신의 시점으로 꿈을 꿀 땐 무서웠고, 엄마 시점으로 꿈을 꿀 땐 애가 탔다. 외로운 내 딸은 괜찮을까. 친구 하나 없는 저 아이는 앞으로 어쩌지.

꿈을 통해 생생하게 느끼던 엄마의 마음이 서춘호와 얘기를 나누던 중에 느닷없이 비집고 들어와 단숨에 소원을 사로잡았다.

"아가씨, 괜찮아요?"

누군가 소원의 어깨를 흔들었다. 흐려졌던 초점이 서서히 맞춰지고 보니 서춘호다. 그는 걱정스런 눈으로 소원을 내려다보고 있었다. 소원은 잠깐 어리둥절했지만 이내 정신의 퍼즐을 재빨리 끼워 맞췄다. 그녀를 순식간에 백일몽으로 밀어 넣은 것은 서춘호의 눈이었다. 누군가를 걱정하고 그리워하는 그의 눈빛을 보니 엄마가 떠올랐다. 뺨이 축축한 걸 보니 눈물까지 흘린 모양이다. 소원은 엄마와 비슷한 눈빛을 가진 이 고객을, 마음을 다해 돕고 싶어졌다.

"죄송해요. 몸이 잠깐 안 좋았어요. 얘기는 잘 들었습니다. 원하시는 기능을 만들어드릴 테니 휴대폰을 잠시 주시겠어요?"

매무새를 다듬은 소원이 말했지만 서춘호는 걱정스런 표정을 풀지 않았다.

"몸이 안 좋으면 다음에 다시 올까요?"

소원은 괜찮다며 한사코 휴대폰을 받아 들었다.

"시간이 좀 걸리는데……. 차를 더 드릴까요?"

서춘호가 됐다고 하자 소원은 기다려 달라는 말과 함께 거실 반대쪽 문을 열고 사라졌다.

"아가씨가 몸도 쬐끄맣더니 무리했나 보네. 젊어서 너무 그러면 나이 들어 고생인데."

혼자 거실에 남은 서춘호는 남은 차를 마시며 중얼댔다. 식었지만 차의 향이 참 좋다고 생각하면서도 왠지 기분이 이상했다. 방금까지 함께 있던 한소원의 얼굴이 잘 기억나지 않았다. 이유는 알 수 없었다. 기억이 완전히 씻긴 건 아니고 생각이 날 듯 말 듯 흐릿했다. 근데 그게 뭐 대수랴. 조금 있으면 다시 볼 사람인데. 그나저나 서춘호는 이곳의 소파가 마음에 쏙 들었다. 이렇게 편안한 소파에 앉아보는 건 정말 오랜만이었다. 자신이 사는 두꺼비집은 소파는커녕 변변한 의자 하나 없었다. 이런 게 집에 있으면 잠자기 좋아하는 아들내미가 얼마나 좋아할까. 서춘호는 고양이를 떠올리며 또다시 짠해졌다.

얼마나 지났을까. 지루해진 서춘호가 졸음을 참지 못해 하품을 수없이 씹어 삼킬 때쯤 한소원이 돌아왔다. 그녀를 보자 서춘호는 졸음을 털어내려 마른세수를 했다.

"기다려주셔서 감사합니다."

한소원이 서춘호에게 휴대폰을 돌려주자 춘호가 물었다.

"설명서 같은 거 없나요? 난 스마트폰 잘 못하는데."

"조작법은 아주 간단하니까 걱정 마세요. 앱이 구동되기 시작하면 사용법도 알려주니까 그대로 따라하시면 돼요. 아마 만족하실 거예요."

서춘호는 긴가민가했지만 별말은 하지 않았다. 다만 작동법이 어려우면 다시 와도 되냐고 물었다. 소원은 고개를 끄덕인 후 서춘호를 현관 쪽으로 안내했다. 고객에게 문을 열어주며 한마디 덧붙였다.

"바라는 소원 꼭 이루시기를 바랍니다."

그녀는 최대한 활짝 웃으려 했지만 그게 쉽진 않았다. 여전히 어색한 웃음이었는데 그걸 본 서춘호는 그녀가 왠지 좀 딱해 보였다. 저 사람도 엔간히 외롭구나 싶은 느낌을 지울 수 없었다. 하지만 그 느낌이 길게 가진 않았다. 얼른 집에 가서 앱을 써볼 생각에 들떴기 때문이다.

집 앞 골목에 접어들 때쯤 서춘호의 주머니가 요란하게 울렸다. 꺼내 보니 그의 휴대폰에 알림창이 떠있었다.

[고객님을 위한 서비스가 시작됩니다.]

서춘호는 얼른 집으로 달려가서 앱을 열어보니 그건 일종의 사진 필터 앱이었다. 잘은 모르지만 화면은 급히 만든 듯 어딘가 조잡해 보였다. 이걸로 뭘 어쩌란 거지. 어리둥절해있는데 곧 안내창이 떴다.

[마음을 읽어드립니다. 속마음을 헤아려보고 싶은 상대를 촬영해보세요.]

마음을 읽어준다니 어떻게?

서춘호는 짜증이 나기 시작했다. 이래서 사용법을 알려달라고 한 건데 사용법이 쉽다는 말만 믿고 돌아 나온 자신에게 화가 났다. 마음 같아선 확실하게 설명을 듣고 싶었지만, 고객센터 여자가 몸이 안 좋아 보이는 바람에 마음이 약해진 게 문제였다. 이러니 평생 야무지지 못하다는 소리나 듣고 살았지. 서춘호가 자책을 하고 있는데 누군가 그의 팔을 톡 쳤다. 고양이다. 집에 오자마자 휴대폰만 붙들고 있는 주인에게 한마디 하는 것 같았다. 서춘호의 팔뚝에 앞발을 올리고 동그란 눈으로 쳐다보며 야옹댔다. 앞발의 촉감이 말캉하고 따스했다. 귀여운 녀석. 서춘호는 자기도 모르게 입꼬리를 기분 좋게 올리며 휴대폰을 들었다. 시험 삼아 앱을 써볼 심산이었다.

찰칵. 셔터 소리가 경쾌했다. 그런데 화면이 이상했다. 액정이 깜깜해지고 로딩 중을 알리는 원이 빙빙 돌아갔다. 뭐야, 사진도 제대로 안 찍히는 거야? 성질이 뻗치려는 순간 서춘호의 눈이 휘둥그래졌다. 자신은 분명히 고양이를 찍었는데 화면엔 웬 사내아이가 찍혀있었다.

아이는 놀아달라는 표정으로 위를 올려보고 있었다. 배경은 분명 서춘호의 집이다. 놀라운 건 그 아이의 손이 붙들고 있는 게 바로 자신의 팔이란 점이다. 즉 고양이가 보여야 할 자리에 사내아이가 있는 거다. 어떻게 된 일이지? 주인이 놀란 탓인지 고양이가 뒤로 주춤 물러섰다. 하지만 시선은 여전히 주인을 향해 있었다. 귀를 쫑긋 세우고 눈을 동그랗게 뜬 게 놀란 모양이다. 서춘호는 다시 휴대폰을 들어 고양이를 찍었다. 찰칵. 화면은 또다시 어두워지고 동그란 원이 돌다가 이내 사진이 떴다. 아까 그 사내아이다. 이번에도 고양이가 있어야 할 자리에 아이가 있다. 아이 역시 놀라고 긴장한 표정으로, 갑자기 왜 그러냐고 묻는 것 같았다.

"귀신이 곡할 노릇이네!"

서춘호는 자신의 휴대폰을 흔들어보기도 하고 휴대폰과 고양이 사이 빈 공간을 손으로 휘휘 저어보기도 했다. 휴대폰과 고양이 사이에 뭐가 있나 싶어서다.

"내가 왜 이러냐? 술을 마신 것도 아닌데."

서춘호는 정신을 차리려는 듯 자기 뺨을 찰싹 때리고는 다시 휴대폰을 들여다봤다.

"얘는 하늘에서 떨어진 거야 뭐야. 아니지. 그 여자가 내 휴대폰에 귀신을 심어놓은 건가?"

서춘호는 퍼뜩 고양이를 돌아봤다. 고양이는 여전히 같은 표정이다. 아빠 왜 그러냐고 묻는 것 같다. 순간 서춘호의 머릿속을 번쩍 스치는 생각이 있었다. 그는 흥분된 표정으로 휴대폰을 쥔 손을 뻗어 고양이와 평행하게 들었다. 그러곤 액정화면과 고양이를 번갈아 쳐다봤다.

"너 혹시?"

그의 얼굴에 미소가 번진다. 눈가 주름이 겹겹이 잡히고 입이 벌어져 상한 치아가 드러났다. 하지만 눈은 아이처럼 빛났다. 뺨에는 묘한 생기마저 돌았다. 그는 싱크대 장을 열고 고양이 간식 하나를 꺼내 들었다. 입 짧은 고양이가 유일하게 싹싹 비워내는 간식이다. 가격이 비싸서 양껏 먹이지는 못하는데, 주인이 그걸 꺼내 든 걸 본 고양이가 야옹대기 시작했다.

"아들, 너 이거 먹고 싶지? 먹고 싶어 못 살겠지?"

서춘호가 간식을 흔들어대자 고양이는 눈으로 간식을 쫓았다. 마음이 급해져서 야옹대다가 급기야 뒷발로 버티고 일어나 앞발을 손처럼 버둥거렸다. 서춘호는 그걸 놓치지 않고 버튼을 눌렀다. 잠시 후 화면에는 사내아이가 나타났다. 약 올라서 못 살겠다는 표정으로 두 팔을 위로 번쩍 올리고 있다. 아이의 표정은 생생했다. 두 눈 아래에 부풀어오른 뺨, 동그란 이마. 근심이 한 번도 스친 적 없어 보이는 미간. 숨결이 보일 듯 벌어진 입. 아이는 사랑스럽고 어여뻤다. 아무리 봐도 아이를 코앞에서 찍은 것처럼 정교했다.

"아들! 이게 너구나. 네가 사람이면 지금 바로 이 표정인 거야!"

서춘호는 코끝이 시큰해졌다. 매일 품에 안고 자면서도 뭔가 마음 한구석에 남던 아득함이 스르르 사라지는 느낌이었다. 사람 얼굴로 확인하니 고양이의 기분이 선명하게 와닿았다. 소리가 잘 안 들리던 TV의 볼륨을 높였을 때처럼 긴가민가하던 의문이 해소되며 속이 시원했다.

냐옹.

주인의 눈이 벌게지거나 말거나 고양이는 마음이 급했다. 왜 간식을 빨리 내놓지 않느냐고 야단이었다. 간식을 얼른 까서 주자 고양이는 앞발로 주인의 손을 붙들고 정신없이 간식을 핥았다. 만족감에 눈을 가늘게 뜨고 귀는 뒤로 젖혀 납작하게 만들었다. 서춘호는 다시 카메라 버튼을 눌렀다. 사진 속 아이는 그의 손을 잡고 한껏 웃으며 행복한 표정이었다. 만약 동영상이었다면 먹는 소리와 함께 웃음소리도 함께 들렸을 것 같았다. 아쉽게도 동영상으로는 찍히질 않았다. 더할 수 없이 행복해하는 아이 모습에 서춘호는 눈가가 뜨끈해질 지경이었다. 아이의 행복이 그의 가슴을 벅차게 했다.

"아들, 많이 먹어. 아빠가 일 열심히 해서 너 좋아하는 거 잔뜩 사줄게. 정말로."

그의 목소리는 떨렸지만 눈은 여느 때보다 빛났다. 기억나지 않을 정도로 오래전에 느껴본 기쁨과 활기가 온몸에 퍼졌다.

그날 저녁부터 밤까지 서춘호는 시간이 어떻게 흐르는지 알지 못했다. 연거푸 고양이 사진을 찍고 그걸 아이의 얼굴로 확인하며 즐거워했다. 나중에는 배터리가 다 돼서 충전기를 꽂은 채 사진을 찍기도 했다. 한참을 그렇게 있다가 퍼뜩 정신을 차리고 보니 방 안이 어두워져 있었다.

"히야, 이제 아빠도 우리 아들 닮아서 어두운 곳에서도 잘 보이는가 보다! 이렇게 깜깜해지도록 몰랐네."

불을 켜니 갑자기 허기가 밀려왔다. 얼른 라면을 끓여와 밥상을 펴고 TV를 켰다. 고양이는 옆으로 누워 느긋하게 앞발과 배를 핥기 시작했다.

후루룩대며 TV를 보는데 광고 하나가 눈에 들어왔다. 요리사 복장을 한 서양 남자가 진지한 표정으로 요리를 하고 있었다. 기분 좋게 올라오는 하얀 수증기 속에서 그의 움직임은 우아하고 신중했다. 접시에 담긴 음식은 먹음직스럽고 따뜻해 보였다. 요리사는 근사하게 플레이팅된 접시를 들고 홀로 거대한 다이닝 테이블로 갔다. 테이블의 저쪽 끝에는 고양이 한 마리가 앉아있었다. 요리사가 그 앞에 접시를 내려놓자 고양이는 우아한 자태로 음식을 맛있게 먹었다. 습식 사료 광고였다.

"저건 내가 먹어도 맛있겠다. 너도 저거 먹고 싶지 않냐?"

그의 말을 알아들은 걸까. 고양이는 TV 화면을 힐끗 보더니 조용히 일어나 TV 앞으로 갔다. 서춘호는 이때다 싶어 얼른 휴대폰을 집어 들었다. 소원성취 앱을 구동하니 카메라 화면으로 바뀌었다.

"아들! 여기 좀 봐봐. 너도 저거 먹고 싶어? 나중에 우리 같이 나눠 먹을까?"

요란하게 떠들자 고양이가 뒤를 돌아봤다. 서춘호는 그 순간을 놓치지 않고 버튼을 눌렀다. 잠시 후 사내아이 사진이 나타났다. 그런데 기대와는 달랐다. 녀석은 그저 덤덤한 표정이었다.

"너 그러면 안 돼. 맛있는 거 보면 먹고 싶다고 그래야지."

서춘호는 안타까웠다. 지금 보니 사진 속 사내아이는 마른 편이다. 팔다리도 가늘고 몸도 작다. 사람으로 보여주니 고양이의 왜소함이 확 와닿았다. 속상했다. 하지만 이내 마음이 바뀌었다. 만약 사진 속 애가 통통했으면 그건 가짜일 터였다. 하지만 아이가 마르고 작으니까 그거야말로 자신의 고양이를 제대로 보여준다는 확실한 증거 같았다. 서춘호는 다시 한번 감격했다. 새삼 고양이를 꼬옥 끌어안았다.

"아들! 아빠가 저거 꼭 사 올게. 맛도 좋고 영양도 무지 많다니까 우리 아들 꼭 사줘야지!"

고양이는 야옹거리더니 이마를 서춘호의 팔에 부벼댔다. 고양이 특유의 친근감의 표시다. 그 장면을 사진으로 찍으니 아이가 배시시 웃고 있었다. 만족스럽다는 표정은 더할 수 없이 느긋했다.

서춘호는 기분 좋게 벌러덩 누웠다. 오늘 저녁에 찍은 사진들을 차례차례 다시 보았다. 사진에 홀려 눈을 연신 가늘게 떴다가 크게 떴다가 반복했다. 한참 동안 사진을 보던 그는 문득 벌떡 일어나 뭔가를 찾았다. 한쪽에 던져뒀던 돋보기안경을 쓰고 한결 선명해진 시야로 다시 화면을 들여다보았다.

사진을 보는 그의 표정이 천천히 변해갔다. 사진 속 사내아이가 누구를 닮았다 했는데 자세히 보니 서춘호 자신을 닮았다. 크지는 않지만 옆으로 긴 눈매, 가느다란 입술, 긴 얼굴형에 튀어나온 광대까지. 아들이라고 해도 믿을 만한 얼굴이었다. 어쩌면 당연한 일이다. 사람이었다면 날 닮아야지 누굴 닮겠는가. 서춘호의 마음이 알 수 없는 뿌듯함으로 꽉 차올랐다. 그때 문자 알림음이 울렸다.

[저예요, 서은주. 지금 통화 가능하세요?]

문자를 본 서춘호의 표정이 놀라움과 반가움으로 뒤섞였다. 서은주. 그의 딸이다.

✦

전화벨이 울리자 서춘호는 냉큼 받아 간신히 대답했다. 집을 떠나온 후에 딸과 통화한 적이 몇 번 있기는 했다. 그땐 전부 서춘호가 건 것이고, 딸은 마지못해 몇 마디 대답하고는 서둘러 전화를 끊곤 했다. 그런데 오늘은 아이가 먼저 전화를 걸어왔다.

－전화번호 바뀌었으면 어쩌나 했는데 그대로네요.

수화기 너머에서 들려오는 목소리는 건조하고 가라앉아있었다. 그리고 어른의 목소리였다. 딸아이가 어른이 됐을 무렵부터는 통화한 적이 없었다. 서춘호는 주눅 든 말투로 잘 있었냐고 물었다. 죄책감이라는 말로는 모자란 무거운 심정이 그를 꼼짝못하게 했다. 무슨 말을 해야 할까. 뭘 물어봐야 할까. 숱한 생각이 머릿속을 빙빙 돌아 쓰러질 것만 같다.

－길게 얘기 안 할게요. 제가 돈 보내드릴게요. 100만 원.

갑자기 돈을 보내겠다니 무슨 소리지.

－다다음 주말에 별일 없죠? 있어도 취소하세요. 그날 제 결혼식이에요.

그는 머리가 띵했다. 결혼식이라니.

딸은 건조하게 얘기를 이어갔다. 원래는 자신의 결혼식을 서춘호한테 알리거나 부를 생각은 전혀 없었다고 했다. 근데 엄마, 즉 그의 아내가 요즘 이상해졌다고 했다. 아빠가 나간 뒤에도 꿋

꿋하게 살던 사람인데 딸 결혼을 앞두고 조금씩 흔들린다고.

　–엄마는 외동딸이잖아요. 몇 년 전에 외할아버지 외할머니 다 돌아가셨구요. 혼자 제 결혼식을 치러야 해서 심란한가 봐요. 잠도 잘 못 자고 툭하면 한숨이에요. 혼주석에 덜렁 혼자 앉아 있을 생각을 하면 아득하대요. 그래서 고민하다가 아빠를 오라고 하면 어떨까 얘길 했더니 그러래요. 무슨 소리냐고 펄펄 뛸 줄 알았는데……. 할 수만 있다면 마네킹이라도 옆에 앉혀두고 싶대요.

　서춘호가 허황되고 마음이 약한 것에 비해, 아내는 현실적이고 쉽게 꺾이지 않는 사람이었다. 솔직히, 아내라면 버틸 수 있을 거라며 책임을 떠넘긴 면도 있었다. 그랬던 아내가 툭하면 한숨이라니. 힘겨운 세월이 그녀를 약하게 만든 걸까.

　–착각하지 마세요. 엄마나 나나 아빠가 그립거나 의지하려는 건 절대 아니에요. 그날 딱 하루만 아빠를 고용하려는 거예요. 하객 알바라고 생각하세요. 그러니까 돈 보내면 그걸로 백화점 가서 양복 사 입고 이발도 하고 오세요. 제가 돈이 남고 처져서 이러는 건 아니에요. 아빠가 어떻게 사는지 대충 알게 돼서 보내는 거예요. 계좌번호는 문자로 보내세요.

　딸은 서춘호의 대답도 듣지 않고 전화를 끊었다. 그가 계좌번호를 보내기도 전에 딸에게서 다시 문자가 왔다. 결혼식 날짜와 장소가 적혀있었다. 다정한 인사나 안부 같은 건 없었다. 서춘호는 안경을 쓰고 계좌번호를 찍었다. 번호 뒤엔 몇 마디를 썼다 지웠다 했다. 한참을 고심한 끝에 완성한 문장은 이랬다.

[연락 줘서 고맙다. 우리 딸이 얼마나 예쁜 신부일지 기대된다. 아빠]

완성된 문장을 한참을 들여다보던 서춘호는 '우리 딸이 얼마나 예쁜 신부일지 기대된다'는 문장을 지웠다. 조금 있다가 '아빠'라는 글자도 지웠다. 결국 그는 '연락 줘서 고맙다'라는 일곱 글자만 보냈다. 그러곤 길게 한숨을 내쉬었다. 고양이는 어느새 잠들었다. 그는 부드럽게 늘어진 고양이의 털을 천천히 쓰다듬으며 오늘 하루가 무척 길다고 생각했다.

✦

딸이 보내준 100만 원이 통장에 들어오자 서춘호는 기분이 묘했다. 기쁘기도 하고 감격스럽기도 하고 한편으론 부담도 됐다. 딸이 이제 다 커서 애비한테 이렇게 큰돈을 쥐어줬다는 게 기특했고, 비록 껍데기뿐인 혼주 노릇이지만 그래도 자신을 기억해주었다니 감격스러웠다. 하지만 과연 혼주 노릇을 제대로 해낼 수 있을지는 자신이 없었다. 혼주 자리에 앉을 상상만 해도 다리가 후들거리고 식은땀이 흘렀다. 문제는 그뿐이 아니었다. 양복은 또 어떻게 준비한단 말인가. 100만 원이란 액수를 보면 백화점에 가서 사 입어야 할 것 같은데 그는 백화점이 낯설고 어렵기만 했다. 입구에 들어서자마자 주눅이 들었다. 점원들의 상냥한 인사는 너무 황송해서 불편할 지경이었다. 큰맘 먹고 양복 파는 곳까진 갔지만 거기서 전신 거울을 보자 아찔했다. 세련되고 화려한 그곳과 전혀 어울리지 않는 비쩍 마르고 초라한 자신을 봤기 때문이다. 이제 쉰여섯 살인데 70대라고 해도 믿을 외모였다. 그렇게 몇 번이나 백화점과 쇼핑몰을 우물쭈물 오가는 사이 결혼식 날짜는 무심하게 다가왔다. 초조했다.

그 와중에 고양이 사진 찍기는 유일한 위안이었다. 녀석과 놀면서 사진을 찍을 땐 골치 아픈 일이 전혀 생각나지 않았다. 어떤 순간에 셔터를 눌러도 녀석은 행복한 표정이었고 부드러운 웃음을 보냈다. 물론 대부분의 시간을 잠으로 보내는 고양이다 보니 사진 속 아이도 잠자는 모습투성이였다. 그래도 괜찮았다. 고양이 앞에서는 주눅이 들지도 않고 고양이 때문에 양복을 사 입지 않아도 되니 말이다. 그저 맘껏 사랑해주기만 하면 되니 좋았다. 유일한 고민은 녀석이 좋아하는 간식이나 TV 광고에 나오는 습식 사료를 사 먹이기엔 그의 주머니가 너무 얄팍하다는 것뿐이었다.

"그 사료 회사에서 고양이 집사 수기 공모한대요. 거기에 사연을 한번 보내보세요."

동물병원 미용사 수진 씨가 특유의 앵앵대는 말투로 말해줬다. 돈이 없어서 고급 사료를 먹이지 못한다는 서춘호의 푸념을 듣고 하는 얘기였다.

"신제품이 나왔으니까 홍보 땜에 그런 거겠죠? 그 캔 사료 이름이 불어로 '특별한 고양이'라는 뜻이라, '특별한 고양이'라는 주제로 글을 써서 내면 상을 준대요. 입선만 해도 사료를 준다니까 한번 써보세요. 밑질 거 없잖아요."

서춘호는 귀가 번쩍 뜨였다. 특별한 고양이 중에서도 더욱 특별한 고양이는 바로 우리 아들내미 아닌가. 자신들을 위해 마련된 잔치가 틀림없었다.

✦

잔치는 마련됐는데 차려놓은 만찬을 퍼먹는 일은 생각처럼 쉽지 않았다. 문자 한 줄 보내기도 쉽지 않은 그에게 수기 쓰기란 너무 아득한 미션이었다.

고양이랑 처음 만났을 때 얘기를 써야 하나. 김밥 나눠 먹는 얘기를 써야 하나. 이름조차 지어주지 않았으면서도 아들이라고 부르는 복잡한 심정을 써야 하나.

"아들, 아빠 좀 도와줘. 너 폼 좀 잘 잡아봐. 네 사진 보고서 영감 좀 받게."

수기 생각에 막막해질 때마다 서춘호는 소원성취 앱을 꺼내 들었다. 사진을 찍으면 실마리가 풀릴지도 모른다는 생각에서다. 사진 속 사내아이는 한결같았다. 카메라를 언제 들이대도 평화로웠다. 가볍게 웃고 있거나 졸고 있거나 멍하게 있거나 잠을 자고 있었다. 맨날 그 사진이 그 사진이니 영감을 받긴 쉽지 않았다. 만약 서춘호가 눈이 밝고 생각이 깊은 사람이었다면 고양이가 느끼고 뿜어내는 평화와 푸근함에 마음이 더 크게 일렁였을지 모른다. 하지만 그는 깊이 생각하는 훈련 자체가 안 된 사람이다. 결국 조금은 짜증 섞인 목소리로 투덜댔다.

"아들. 딴 표정 좀 지으면 안 되냐?"

소용없는 일이었다. 바깥 풍경도 잘 보이지 않는 손바닥만 한 반지하 집에서 하루 종일 지내는 고양이가 특별한 표정을 지을 리 없었다. 그러다 보니 어쩌다 나오는 바퀴벌레가 반가울 지경이었다. 간만에 만난 사냥감에 고양이 표정이 드라마틱해지기 때문이다. 그나마도 쉽지 않았다. 서춘호와 바퀴벌레와 고양이라는 삼각편대가 있어야만 포착할 수 있는 순간이기 때문이었다. 예전엔 툭하면 출몰하던 바퀴벌레가 작정하고 기다리니 발길이 뜸했다. 결국 얼마 지나지 않아 고양이 사진 찍기는 시들해지고 말았다.

"소원성취란 말은 너무 거창했던 거 아냐? 시시하구만."

사진만 잔뜩 찍고 수기는 한 글자도 쓰지 못한 어느 날 휴대폰에 찍힌 사진들을 들여다보던 서춘호는 중얼댔다. 뭐든지 진득하게 하지 못하고 쉽게 싫증을 내는 성격이 이번에도 고개를 들었다. 떨떠름한 기분에 휴대폰을 던지는데 문득 달력이 눈에 들어왔다. 나흘 뒤면 딸의 결혼식이다. 어떻게 해서든 오늘은 양복을 사고 몸에 맞게 수선해야 할 시점이 왔다. 정신 차려야 한다. 고양이한테 정신이 팔려서 정작 자신의 딸을 챙기지 못하다니. 사람 노릇을 하려면 이러고 있으면 안 된다. 딴 건 다 관두고 오늘은 무조건 백화점에 가야겠다고 마음먹는데 뒤에서 툭! 소리가 났다. 돌아보니 고양이었다. 조금 전까지 얌전히 어슬렁거리던 녀석이 온몸이 뻣뻣해져 쓰러져 있었다. 서춘호는 너무 놀라 고양이를 부르지도 못했다. 순식간에 온몸의 피가 빠져나가버린 것 같았다.

서춘호는 고양이를 수건으로 감싸 안고 병원으로 달려갔다. 가는 도중에 고양이는 정신을 차렸고 뻣뻣하게 굳은 몸도 풀렸지만 기운이 하나도 없었다. 서춘호는 병원에 어떻게 왔는지 의사에게 뭐라고 말했는지 기억이 잘 나지 않았다. 다만 늘어진 고양이를 본 의사가 다급하게 녀석을 안아 검사실로 데려가던 모습만 또렷하게 남았다.

시간이 얼마나 흘렀을까. 대기실 의자에 웅크리고 있던 서춘호는 자신이 수건을 끌어안고 있다는 걸 알아챘다. 고양이 털이 붙어있는 수건을 멍하니 내려다보고 있는데 의사가 그를 불렀다.

"심근비대중이에요. 심장 한쪽이 비대해지는 병인데, 걸리는 고양이가 제법 있어요."

그 병에 걸리면 혈전이 생기기 쉽고 그게 혈관을 막아 기절하는 일이 있다고 했다. 그래도 다행히 제때 처치해서 위기는 넘겼다고.

"누가 심장병에 걸렸다고 하면 심각하다고 하죠? 고양이도 마찬가지예요. 이번 위기는 넘겼지만 앞으로 약도 잘 먹이고 조심해야 할 게 많습니다. 마음 단단히 먹으세요."

그 말을 하는 의사의 표정이 서춘호에겐 익숙했다. 어린 시절엔 그의 부모님, 커서는 직장 상사, 결혼 후에는 그의 아내와 딸이 짓곤 하던 표정이다. 뭐 하나 제대로 하는 게 없는 서춘호를 보며 미덥지 않아 하는 사람들의 눈빛과 말투. 서춘호는 명치끝이 서늘해지는 걸 느꼈다.

나는 왜 이 모양일까. 정신 차리고 야무지지 못하게 굴면 연약한 생명을 놓치게 될지 모른다. 돌덩이 같은 책임감이 무서워서 여태 도망치며 살아왔는데 결국 또 이렇게 덜미가 잡히고 말았다. 살다 보면 아무리 피해도 결국 부딪히는 문제가 있는 법이다.

"일단 아이부터 보세요."

의사 말에 따라 입원실에 들어가니 고양이가 투명한 문이 달린 칸에 지친 기색으로 누워있었다. 다리에는 링거 주사가 꽂혀있었고 그걸 건드리지 못하게 목에는 넥카라를 채웠다. 저 작은 몸으로 죽음의 경계를 넘나들었다는 게 믿기지 않았다.

"아들……. 많이 아팠어?"

겨우 생각해낸 말을 건넸지만 고양이는 아무 소리도 내지 않았다. 겁을 잔뜩 집어먹고 있는 보호자를 조용히 바라볼 뿐이었다. 서춘호는 문득 궁금했다.

고양이는 지금 무슨 생각을 할까. 병이 심각하다는 걸 느끼고 겁이 날까? 병원이 낯설어서 집에 가고 싶진 않나? 혹시 여태 병을 못 알아차린 서춘호를 원망하고 있는 건 아닐까?

머릿속에 온갖 생각이 장맛비처럼 들이치는데 고양이는 고요하기만 했다. 아프다고 우는 것도 아니고 괴롭다고 찡그리지도 않으니 서춘호의 속이 답답하다. 말이라도 한마디 하면 좀 나을 텐데 아무 말도 없으니 안쓰러움과 죄책감이 더 커졌다.

멍하게 있던 그는 휴대폰을 꺼내 들었다. 소원성취 앱을 통해 고양이의 기분을 알고 싶었다. 찰칵. 셔터 소리가 들리고 기다리라는 표시가 돌아갔다. 여느 때보다 길고 지루한 시간이 흘렀다. 드디어 표시가 멈추고 화면 가득 사진이 떠올랐다.

아이는 희미하게 웃고 있다. 불평을 하거나 짜증 내는 기색 없이 서춘호를 보며 엷게 미소를 띠고 있었다. 부드럽게 아빠를 부르는 듯했다. 아픈 건 그 아이인데 되레 서춘호를 위로하는 표정이었다.

서춘호는 감정을 어쩌지 못해 입을 삐죽 앞으로 내밀었다. 손을 쓸 틈도 없이 눈물이 흘렀다. 그는 손을 뻗어 조심스레 고양이를 쓰다듬었다. 따뜻한 온기와 오르내리는 숨결이 거친 손에 전해졌다. 그 부드러운 움직임이 서춘호의 가슴을 쿵쾅대게 만들었다. 온몸의 피도 빠르게 돌았다. 그는 지금 해야 할 일이 떠올라 의사에게 달려갔다. 그러곤 낡은 철문처럼 무겁게 삐걱대는 목소리로 말했다.

"선생님, 살려주세요. 우리 아들……. 살려만 주세요. 뭐든지 할게요. 할 수 있는 건 다요."

말투는 낮고 단호했다. 그는 난생처음 책임감을 양어깨에 둘러메고 그 무게를 온몸으로 받아내는 중이다. 관절이 으스러지고 힘줄이 터져나갈 것 같지만 이번엔 피해선 안 되었다. 달아나지 말자. 그는 거친 손으로 눈물을 닦아내며 이를 악물었다. 딸에게 다시 한번 상처를 주게 될 거란 예감이 들었다. 하지만 이번엔 달라야 한다. 상처를 주되 그에 대한 원망은 담담히 받아내리라.

원장실을 나온 서춘호는 수진 씨를 찾았다. 마침 강아지 미용을 마치고 뒷정리를 하던 수진 씨는 눈물범벅인 그를 보고 깜짝 놀랐다. 서춘호는 충혈된 눈으로 상대를 똑바로 바라보며 말했다.

"선생님, 저 좀 도와주세요."

✦

서춘호는 집을 나서기 전 다시 한번 거울을 보았다. 거울이라곤 화장실 거울뿐인데 그나마도 닦지 않아 뿌옜다. 하긴, 잘 보여봤자다. 어차피 초라하고 볼품없는 몰골은 변함없을 테니. 그래도 오늘은 조금 달라 보였다. 사이즈가 잘 안 맞지만 양복에 넥타이를 갖춰 입었고 제멋대로 길어서 뻗쳤던 머리는 단정하게 깎았다. 그는 거울을 보며 서툰 손짓으로 머리를 다듬으며 중얼댔다.

"수진 씨는 여차하면 사람 미용실 차려도 되겠네. 으르렁대는 개 땜에 벌벌 떨 거 없이."

그의 헤어 스타일은 동물병원 미용사의 솜씨다. 양복 살 돈으로 고양이 병원비를 낸 그는 수진 씨에게 이발을 부탁했다. 수진 씨는 당황했지만 사정을 얘기하니 고개를 끄덕였다. 가위와 이발기를 쓰긴 해도 사람과 개의 미용은 천지 차이건만 수진 씨는 정성스레 머리를 만져줬다. 타고난 솜씨가 있어서인지 서춘호의 엉망진창 헤어 스타일은 훨씬 단정해졌다. 물론 주의를 기울여보면 허술하고 어색한 솜씨를 눈치챌 수 있지만 말이다.

"이 정도면 훤하네. 내가 장가가는 거라고 해도 믿겠어!"

서춘호는 자기 몸에 맞지 않는 큰 양복을 탁탁 털고 현관문을 나섰다.

"지금 나가?"

집 앞에 트럭을 대고 물건을 싣던 체리 김씨가 인사를 건넨다.

"밥 먹을 때 조심해. 옷에 음식 묻혀 오면 알지?"

서춘호가 입은 양복과 넥타이는 체리 김씨의 것이다. 옷을 빌려달라고 하자, 아들이 사준 거라 안 된다고 손사래 쳤지만, 체리 두 상자를 사겠다고 하니 머뭇대면서도 옷을 내줬다. 체리는 동물병원에 갖다 줄 생각이다. 고마운 마음도 있고 고양이가 입원해있으니 잘 좀 부탁한다는 뜻도 담아서.

"걱정 마. 아예 식탁보를 목에 두르고 밥 먹을게. 그러면 되지?"

서춘호는 찡긋하며 돌아서다가 문득 생각난 듯 한마디를 덧붙였다.

"근데, 당신 아들 말이야……. 물건 보는 안목 좀 어떻게 안 될까? 지난번에 잠바도 그러더니 넥타이 색깔이 이게 뭐야, 얼굴색이 팍 죽게시리. 이왕 사주는 거 이쁜 거 좀 사 오라고 해."

체리 김씨의 얼굴이 체리처럼 벌게졌다. 당장 옷 벗으라고 소리를 질렀지만 서춘호는 느긋하다. 마음 약한 체리 김씨는 달려들어 옷을 벗겨가는 짓은 안 하리라는 걸 잘 아니까.

묘한 일이다. 며칠 전까지만 해도 딸 결혼식을 생각만 해도 가슴 아래가 갑갑하고 가기 싫은 마음도 들었는데 막상 그날이 되니 기분이 은근 들떴다. 마침 날씨도 기가 막혔다. 맑은 시냇물에서 팡팡 두드려 빤 것 같은 상쾌한 공기와 햇살이 잔칫날에 딱 어울렸다. 비록 딸이 보내준 돈은 몽땅 고양이 병원비로 쓰고 주변 사람들 도움으로 차려입은 초라한 혼주지만 말이다.

아내와 딸도 나처럼 가뿐한 기분일까. 서춘호는 마음 한편이 무거웠다.

걱정하던 일은 역시 벌어졌다. 예식장에 도착해서 대기 중인 아내와 딸을 찾아가니 두 사람의 표정이 순식간에 일그러졌다.

"보내준 돈……. 딴 데 썼어요?"

흰 접시꽃처럼 환하게 꾸민 딸이 화를 누르고 바짝 다가와 속삭였다. 서춘호는 미리 각오한 바가 있어서 당황하지 않았다. 게다가 수없이 상상하던 딸의 모습이 생각보다 훨씬 아름답고 의젓해서 눈물이 날 지경이었다.

"은주야……. 너 너무 이쁘구나. 고맙다."

서춘호는 떨리는 목소리로 말했다. 기특하고 미안한 마음을 뭐라 표현하지 못해 턱이 덜덜 떨려왔다. 하지만 딸은 굳은 표정을 풀지 않았다.

"옷이며 머리며, 이게 뭐예요?"

서춘호는 어디서부터 어떻게 설명해야 할지 몰라 우물쭈물댔다. 휴대폰에 있는 사진을 보여줄까. 고양이 사진이랑 소원성취 앱으로 찍은 사진을 보여줘야 하나. 하지만 그 생각은 이내 접었다. 믿기도 힘들 테고 설사 믿는다 해도 그의 초라한 행색을 이해할 리도 없었다. 그저 미안하다고, 사정이 있었다고 웅얼댈 뿐이었다.

"얘, 됐다. 길게 얘기할 거 없고……. 지금이라도 얼른 미용실에 보내자."

아내였다. 그는 남편은 쳐다보지도 않고 딸에게 말했다. 현실을 빨리 받아들이고 수습에 나서는 태도는 예나 지금이나 그대로다.

"밖에 나가서 왼쪽으로 쭉 가면 미용실이니까 거기 가서 서은주 이름대고 머리 좀 빨리 만져달라고 해. 그럼 알아서 해줄 거야. 머리 하고 나서 여기 올 거 없고 식 올리기 전에 혼주석으로 오면 돼. 어차피 신랑 신부 동시 입장 할 거니까."

아내는 냉정하지만 차분하게 말을 마치고 속상해하는 딸을 토닥거려 의자에 앉혔다. 서춘호는 이런 순간에도 핏대를 올리거나 혀를 차는 대신 냉정함을 유지하려 애쓰는 아내가 대단하면서도 딱해 보였다. 날 만나지 않았다면 훨씬 밝고 유쾌하게 살았을 사람인데. 서춘호는 딱딱한 인상으로 나이 든 아내가 안쓰러웠다. 이를 악물고 버틴 세월이 그녀 얼굴에서 부드러움을 뺏어간 게 틀림없었다. 결혼식 때문에 한 짙은 화장과 견고한 헤어스타일은 딱딱한 인상을 좀 더 도드라져 보이게 만들었다. 서춘호는 진심을 담아 미안하다고 하려다가 관뒀다. 아내와 딸에게 깊이 자리 잡은 상처는 말 몇 마디로 아물 리 없다는 걸 알기에 말없이 신부 대기실을 나왔다.

결혼식이 끝날 때까지 그는 한마디도 하지 않았다. 대화를 할 사람도 없었고 누구도 그에게 말을 걸지 않았다. 혼주석에 나란히 앉아있던 아내는 딸과 사위가 퇴장 행진을 시작하자 눈물을 찍어냈지만 그에게 말을 걸진 않았다. 그렇게 한참 동안 말을 안 하다가 처음 꺼낸 말이, 사진 찍고 가라는 거였다. 그는 말없이 끄덕한 뒤 사진을 찍었고, 촬영을 끝내고는 자신은 피로연장에는 가지 않겠다고 했다. 그의 말에 아내는 고개만 끄덕했다.

그뿐이었다. 딸은 사진 촬영 때문에 정신이 없어 보여 말을 걸지 못했다. 사람들의 축하를 받으며 활짝 웃는 딸의 모습에 눈물이 찔끔 났지만, 그것 역시 멀리서 바라볼 뿐이었다.

누구의 인사도 받지 못하고 뻘쭘하게 식장을 빠져나오면서 서춘호는 양복 앞자락을 툭툭 쳤다. 체리 김씨가 옷에 음식을 묻혀 올까 봐 걱정했는데 무사히 나왔다 싶어 빙긋 웃었다. 밖으로 나와 여전히 빛나는 햇살을 보며 그는 혼잣말을 중얼댔다. 이젠 다 됐다고. 욕심부리지 말고 그들한테서 멀리 있자고.

하마터면 눈물이 찔끔 날 뻔했지만 침을 꿀꺽 삼키니 견딜 만했다.

✦

한 달 후.

주말이지만 서춘호는 아침부터 마음이 급했다. 얼른 나갈 준비를 해야 하는데 고양이가 협조를 안 했다.

"너 뛰면 안 된다고 했지. 뛰면 심장이 벌렁대서 큰일 난다니까."

그는 풀쩍 뛰어올라 도망가려는 고양이를 재빨리 잡았다. 녀석의 몸을 자신의 두 다리 사이에 가둔 후 주사기 모양의 필건(pill gun)을 고양이 입에 넣었다. 필건은 반려동물에게 알약을 먹이기 쉽게 해주는 도구다. 심근비대증 약을 먹이려는 참이었다.

처음 병을 진단받고 난 후부터 지금까지 꼬박꼬박 때맞춰서 약을 먹이다 보니 이제는 약 먹이는 일도 수월해졌다. 고양이도 약을 먹이기 전에는 싫다고 몸부림을 치다가도 워낙 순식간에 약을 집어넣으니 자신이 알약을 삼킨 줄도 몰랐다.

"캬, 지금 이 표정은 좀 찍어보면 좋을걸! 앱을 괜히 지웠네."

서춘호는 고양이를 놔주면서 중얼댔다.

고양이의 입원과 딸의 결혼식을 치르고 난 후 그는 소원성취 앱을 지웠다. 고양이 상태를 사람 표정으로 바꿔서 보는 게 재밌긴 했지만 더 이상 그럴 필요를 느끼지 못했다. 고양이 표정과 눈빛을 있는 그대로 이해하면 그걸로 충분했다. 더군다나 심각한 병이 있는 상태에서 앱에 의존하다가 자칫 미묘한 변화를 놓칠 수 있고 그랬다간 뜻하지 않은 일을 당할 수 있겠다는 깨달음도 한몫했다.

서춘호는 예전보다 단정한 머리에, 면도도 깨끗이 하고 다녔다. 늘어놓은 것들을 치워 집 안 역시 깔끔해졌다. 이런 변화는 책임감 때문이었다. 병든 고양이를 돌봐야 한다는 생각에 자신과 주변을 바꾸었다. 약값과 병원비를 벌기 위해 예전보다 일을 더 많이 해야 했지만 예전만큼 쉽게 널브러지진 않았다. 운동기구의 중량을 늘리면서 근육을 키우는 사람처럼, 그는 책임감이란 무게로 삶의 근력을 키워가는 중이다. 피로감은 커졌지만 잠은 더 깊고 달콤해졌다. 되는대로 해결하던 자신과 고양이의 식사도 제법 신경 쓰기 시작했는데, 오늘 외출도 그와 관련됐다.

"아들, 내가 뭐랬냐. 맛도 좋고 영양 좋은 사료 아빠가 꼭 먹여 준다고 했지. 기다려. 아빠가 오늘 맛있는 거 받아 올 거니까!"

그가 말하는 '맛있는 거'는 '특별한 고양이'라는 습식 사료이다. 광고를 보며 입맛을 다시던 바로 그것. 동물병원 수진 씨가 알려준 공모전에 수기가 뽑혀 오늘 시상식에 간다. 처음에는 속이 얹힌 것처럼 막막하던 글쓰기가 어느 순간부터 누가 불러주는 걸 받아쓰듯이 술술 써진 덕에 수기를 쓸 수 있었고, 곧바로 응모했었다. 비록 상금이 나오는 입상은 하지 못했지만 서춘호는 만족스러웠다. 부상으로 '특별한 고양이' 습식 사료가 나오기 때문이다. 처음부터 목표는 그것이었으니 불만이 있을 리 없다.

"오늘 그 자리에서 바로 주면 좋겠는데……. 무거워서 들고 오기 힘들라나?"

시상식에 가려고 사료 회사가 있는 건물에 들어가니 서춘호는 기분이 한껏 들떴다. 자기도 모르게 콧노래가 나왔다. 근데 그의 콧노래는 길게 이어지진 못했다. 예상 못 한 목소리가 그를 불렀기 때문이다.

"아빠?"

은주였다.

✦

'특별한 고양이' 수기 공모 시상식이 진행되는 동안 서춘호는 내내 허둥댔다. 하마터면 그의 이름이 불릴 때에도 계속 자리에 앉아있을 뻔했고, 기념 촬영을 할 때에도 어디에 서야 할지 몰라 이리저리 끌려다니기만 했다. 정신이 겨우 든 건 시상식이 끝나고 사료 회사 사람들과 수상자들이 큰 회의실을 빠져나갈 때였다. 딸이 그의 팔을 잡아끌었다.

"명단에서 이름을 보고 설마 했는데…"

어이가 없긴 은주도 마찬가지인가 보았다. 알고 보니 은주의 직장이 사료 회사였다. 시상식 관련 일을 맡아 차출돼 나왔는데 수상자 명단에서 그의 이름을 발견한 거다.

"고양이 키워요?"

짧은 말이지만 많은 게 담겨있는 말 같았다. 당신처럼 무책임한 사람이 어떻게 동물을 키우냐는 물음, 심지어 그 얘기로 수기를 써서 상까지 받게 됐냐는 의아함. 아빠의 무책임함 때문에 상처받은 딸 입장에선 당연히 나올 법한 반응이었다.

"좀 어이없지, 나 같은 사람이……. 어쩌다 보니 그렇게 됐다.

원래 길고양이였어. 따라 들어오길래 별생각 없이 데리고 있었더니 정이 붙더라고. 살이 오르는 걸 보면서 뿌듯하기도 했고……. 그러다가 알게 됐지. 내가 고양이를 돌본 건 너랑 엄마에 대한 미안함 때문이라는 거. 나 같은 인간도 누구를 돌볼 줄 안다는 걸 확인하고 싶었달까. 미안하다. 너랑 엄마를 그렇게 팽개친 주제에 누굴 돌보냐고…….”

서춘호는 입이 바짝 말랐다. 이런 얘기를 듣는 딸은 기분이 어떨까.

조심스레 딸을 살펴보니 결혼식 때와는 또 다른 느낌이었다. 그때는 예뻤지만 드레스를 입고 화장을 해서 어린 시절 모습을 찾기는 힘들었는데, 지금 보니 어릴 때 모습이 얼핏얼핏 보였다. 자신을 닮은 눈매에 아내를 닮은 코와 턱. 결혼 생활이 즐거운지 안색도 뽀얗고 생기가 돌았다.

“우리도 고양이 키워요. 두 마리. 그래서 아빠가 수기에 쓴 게 거짓말이 아니란 건 알아요. 아빠 이름 보고 설마 해서 수기를 읽어봤거든요.”

서춘호는 얼굴이 뜨거워졌다. 고양이에 대한 애정과 진심이 딸한테는 역겹게 느껴지지 않았을까.

“그나마 다행이네요. 나쁜 남편, 나쁜 아빠이긴 해도 나쁜 집사까지는 아니라서.”

딸은 눈을 내리깔고 덧붙였다.

"고양이는 끝까지 책임지세요. 나처럼 상처 안 받게. 아프니까 먹이는 거 더 신경 쓰고요. 우리 회사 사료⋯⋯ 괜찮아요."

다른 말은 더하지 않았다. 근무 시간이라 일하러 가야 한다고 서둘러 가버렸다.

서춘호는 섭섭하지 않았다. 딸이 상냥하게 굴었다면 죄책감이 더해져 힘들었을 거고, 더 냉정하게 굴었다면 그는 더 위축됐을 거다. 아이는 자신을 닮지 않고 잘 자라줬다. 그게 고마웠다.

집에 온 서춘호는 '특별한 고양이' 캔을 열어 깨끗한 접시에 담았다. 광고에 나오듯이 근사한 접시에 담아내진 못해도 오랫동안 기대한 특별 만찬을 하려면 이 정도는 해야 할 거 같았다.

"아들, 얼른 와. 끝내주지? 누나네 회사에서 만든 거야. 누나가 이거 아주 좋은 거랬어. 그러니까 너도 이거 먹고 더 기운 내야 해."

고양이는 주인의 말이 다 끝나기도 전에 접시에 머리를 박고 맛있게 먹었다. 냥냥 소리를 내는 걸 보니 입맛에 딱인가 보았다. 흐뭇하게 그걸 바라보던 서춘호는 사료를 조금 떠먹어봤다. 입맛에 맞지는 않지만 그래도 뒷맛이 구수하고 잡맛이 별로 없었다. 서춘호는 문득 딸이 차리는 음식을 상상해봤다.

"누나가 엄마를 많이 닮아서 참 다행이지만 손맛은 안 닮았으면 좋겠는데. 솔직히 우리 마누라가 음식 솜씨는 꽝이었거든……. 그래도 몸에 안 좋은 음식은 안 했어. 그건 엄마 닮아도 되겠다. 어떠냐, 아들? 먹으니까 몸에 막 기운이 팍팍 돌고 그러냐? 누나 말대로지?"

열심히 사료를 먹는 고양이를 서춘호가 쓰다듬어주자 고양이는 잠깐 고개를 들어 그를 본다. 그리고 언제나 그랬듯 100퍼센트 진심인 목소리로 대답했다. 야-옹.

✦

한때 한소원은 자신이 아주 작은 존재가 되었으면 좋겠다고 생각했었다. 초파리나 개미처럼 작아져서 사람들이 특별히 주의를 기울이지 않는 한 자신을 의식하지 못하길 바랐다. 미래나를 만들 때에도 마찬가지였다. 예상 못 한 사람들의 열광에 소원은 당황했고 관심이 집중될수록 더 철저히 뒤로 숨다가 끝내 일을 그만뒀다. 미래나를 관두는 일이 쉽진 않았다. 돈이 모이고 사람이 모이면 흔히 그렇듯 사람들은 저마다 계산기를 두드리며 자신의 이익을 따지고 소원의 속내를 의심했다. 그녀의 퇴장은 다른 꿍꿍이가 있는 것 아니냐는 의심의 눈초리 때문에 순탄하지 않았다. 결국 소원이 큰 손해를 감수하고 물러나겠다는 뜻을 밝히고 나서야 평화로운 이별이 가능했다. 공중에서 돈다발을 뿌리고 사람들이 그걸 쫓는 틈을 타 빠져나온 셈이다. 소원에게 남은 건 오래된 동네의 낡은 집과 당분간 버틸 수 있는 정도의 돈뿐이었지만 만족스러웠다. 무료로 소원성취 앱을 배포할 수 있다는 것만으로도 충분했다.

서춘호와의 만남 이후 소원은 작은 마당을 내다보는 시간이 늘었다. 그곳에 길고양이들이 가끔 들르기 때문이다. 소원과 고양이들이 거리를 좁힌 적은 없다. 고양이들은 집주인이 없을 때만 모습을 드러냈고, 집주인은 고양이를 발견하더라도 다가가지 않았다. 그런데 얼마 전 작은 변화가 생겼다. 소원이 고양이 사료와 물그릇을 거실에서 잘 보이는 마당 한편에 놓아두기 시작했다. 고양이들을 위해 소원이 준비한 것들이다.

한동안 물과 사료의 양은 줄어들지 않았다. 그래도 사료가 눅눅해지고 물이 더러워지면 새로 바꿔놓았다. 그렇게 며칠이 지난 어느 날 점심 무렵, 창밖으로 작게 웅크린 실루엣이 보였다.

흰 바탕에 검은 무늬 고양이였다. 배가 고팠는지 먹는 일에 몰두했다. 사료를 씹느라 작은 뒤통수가 들썩였고, 경계심을 풀었는지 꼬리도 아래로 편하게 늘어뜨리고 있었다.

소원은 한참 동안 고양이를 지켜봤다. 배가 채워진 녀석은 고개를 들더니 그루밍을 시작했다. 왼쪽 앞발로 얼굴을 닦아내고 그 발을 핥았다. 몇 번이나 같은 동작을 반복했다. 얼굴 다음에는 뒷다리를 올려 잡티를 골라냈고, 체조 선수처럼 몸을 구부려 배도 깨끗이 핥았다. 구석구석 몸단장을 끝낸 녀석은 앞발을 쭉 뻗

어느긋하게 기지개를 펴더니 천천히 뒤돌아 사라졌다.

소원의 시선은 고양이의 뒷모습을 끝까지 따라갔다. 높은음자리표처럼 치켜든 꼬리와 여유 있게 꿈틀대는 어깨뼈의 움직임까지 놓치지 않았다.

고양이가 완전히 빠져나간 걸 확인한 소원은 마당으로 나갔다. 자신이 너무 일찍 나가면 고양이가 놀랄까 봐 끝까지 신중했다. 그릇 가까이 가보니 사료가 많이 줄어있었다. 소원은 지금까지 느껴보지 못한 뿌듯함에 가슴이 벅차올랐다. 고양이가 남기고 간 사료를 한 알 집어 먹어보았다. 이내 얼굴을 찡그렸지만 그녀의 눈은 기쁨으로 빛났다.

이런 걸 맛있게 먹는 녀석은 대체 어떤 생명일까.

소원은 고양이가 먹고 간 흔적을 바라보았다. 고양이 손님이 머물렀던 자리엔 뿌듯함이란 밥값이 남겨져있었다. 예상 못 했던 대가는 소원에게 안도감을 안겨줬다. 어쩌면 자신도 그렇게 이상한 존재는 아닐지도 모른단 생각이 들었다. 그녀는 기쁨에 물든 표정으로 고양이가 사라진 마당 한구석을 한 번 더 바라봤다.

CASE 33 나도 안 되는 게 있는 사람

라바아둠케라 케라라바 붐.

어린 시절 소원은 이 말을 중얼대곤 했다. TV에서 방영된 어린이 드라마 「매직키드 마수리」에 나온 주문이다. 인기 많았던 시리즈였던 만큼 드라마에 나오는 주문을 외거나 등장인물을 줄줄이 꿰던 아이들이 많았는데, 소원의 마음은 조금 더 각별했다. 인간 사회를 배우기 위해 마법 세계에서 온 마수리네 가족처럼 소원 역시 자신이 외계인이란 상상을 하곤 했었다. 기억나지 않는 사고로 우연히 지구에 착륙해서 간신히 적응은 했지만 지구인들과 대화하는 게 어려운 외계인.

"나도 마수리네 가족이었으면 좋겠어!"

마수리를 보던 소원은 종종 엄마한테 그렇게 말했었다. 마수리네는 엄마, 아빠, 할아버지, 누나에다가 나중에 합류하는 다른 식구들까지 합쳐진 대가족이 되어 온 가족이 소파에 둘러앉을 땐 자리가 비좁아 보일 지경이었다. 반면 소원에겐 오직 한 명뿐이었다. 엄마. 어린 소원은 왁자지껄한 마수리네가 부러웠다.

"애가 사람을 가려서 얘기하나 봐?"

다른 사람 앞에서 입을 열지 못하는 소원의 증상이 선택적 함구증 때문이라고 설명하면, 아이가 말 상대를 고른다고 생각하는 사람이 있었다. 오해였다. 소원이 말하고 싶은 상대와 그렇지 않은 상대를 가리는 건 아니었다. 누구와도 즐겁게 떠들거나 노래하고 싶었지만 목소리가 성대를 타고 넘지 못하고 딱딱하게 굳어버렸다. 입 밖으로 나오지 못한 말들은 화석이 되어 소원의 마음 밑바닥에 무겁게 쌓여갔다. 어린아이가 감당하기 힘든 무게였다. 사정을 알 리 없는 짓궂은 아이들은 그녀를 쿡쿡 찌르며 말해보라고 놀려댔다.

"소원아, 인사는 노크 같은 거야. 노크를 하면 문이 열리고 안에 들어갈 수 있잖아. 그러니까 문을 똑똑 두드리는 거처럼, 네가 인사를 먼저 하는 거야. 안녕, 이렇게. 그러면 친구들도 문을 열어주고 '안녕' 할 거야."

엄마는 딸이 조금만 용기를 내면 해결될 거란 희망을 품고 있었다. 선택적 함구증이 단순히 숫기의 문제는 아니란 설명을 들었는데도 그랬다. 엄마의 말에 소원은 놀이터에 가거나 학교에 갈 때마다 '안녕'이란 말을 수없이 되뇌며 연습했지만, 놀이터 모래를 밟거나 교문에 들어서면 그 말이 저 밑바닥으로 가라앉았다. 어떨 땐 말을 해야 한다는 생각에 너무 집중한 나머지 속이 울렁대거나 머리가 띵해질 지경이었지만 마음먹은 대로 되지 않았다. 그러면서 언제부턴가 소원은 자신이 지구에 불시착한 외계인이라고 생각하기 시작했다. 외계인이라서 지구 말이 어렵고 지구인을 대하기도 힘든 거라고. 집은 자신이 타고 온 우주선이라서 말이 술술 나오는 거라고. 우주선 안은 안전하고 행복했지만, 외계에서 온 아이는 우주선 창문 밖으로 보이는 사람들과 거리 풍경을 보며 외로워졌다.

라바아둠케라 케라라바 붐. 여기는 한소원. 친구 나와라, 오버.

그때부터 한참이 지난 지금, 소원은 아직도 지구인이 멀게만 느껴질 때가 있다. 사람들은 모두 문 안에 있고, 자신 혼자 문 밖에 있는 기분이 들곤 한다. 이젠 '안녕'이란 말로 노크하는 게 옛날만큼 어렵지는 않지만, 문을 두드리고 난 후엔 뭘 어째야 할지 여전히 난감하고 막막했다.

✦

자신의 아파트에서 눈을 뜬 정도순은 더럭 겁이 났다. 자신이 죽은 줄 알았기 때문이다. 어젯밤은 죽음만큼 깊었다. 넓고 넓은 술의 망망대해에 빠져 허우적대다 겨우 잠든 기억이 설핏 났다. 술 생각을 하자마자 그녀의 위에선 거친 파도가 일렁였다. 도순은 벌떡 일어나 화장실로 달려가 토하기 시작했다. 토하다 보니 어젯밤 술자리에서 자신이 외친 말이 번쩍 떠올랐다.

"그래! 내가 미친년이다, 미친년!"

술 깨고 생각해보니 어제는 정말 제대로 미친 것 같았다. 미치지 않고서야 그렇게 정신없이 퍼마실 순 없다. 가만있어봐. 그렇게 정신없이 마셨으면 계산은 어떻게 했지? 혹시 하는 마음으로 후다닥 휴대폰을 찾아보니 역시. 이번에도 술값은 그녀 차지였다. 64만 원, 일시불.

치사한 것들. 취해서 해롱대는 친구가 카드를 들고 뛰쳐나가는데 아무도 안 말렸다 이거지. 그랬으면서 집에 잘 들어갔냐는 문자 한 통 없다. 괘씸하다. 도순은 다짐했다. 내가 다시는 이것들이랑 술을 마시나 봐라.

카톡! 어젯밤 같이 술 마신 멤버 중 한 명이었다. 조금 전의 결심을 그새 잊은 도순이 얼른 휴대폰을 들여다봤다.

'속 괜찮냐? 우리 쌍둥이 오늘 니네 가게 가도 되지?'

에라이. 내가 아니라 애들 걱정이구만. 유난히 활발한 친구네 쌍둥이 애들을 생각하니 벌써부터 머리가 지끈댔다. 도순은 프랜차이즈 빵집을 하는데, 목이 좋은 데다 부지런한 주인 덕에 장사가 제법 잘되었다. 전국 우수 매장으로 뽑힌 게 벌써 세 번째다. 친구네 쌍둥이는 직업 탐구라는 명목으로 오늘 그녀의 빵집에 와서 토끼처럼 뛰어다닐 거다. 제발 맨손으로 이 빵 저 빵 집어 드는 일은 없어야 할 텐데. 그러고선 집에 갈 땐 빵 한 보따리 챙겨주길 바라겠지. 어제저녁 쌍둥이 엄마가 살치살을 쌈 싸먹으며 한 말이 생각났다.

'도순아! 나는 니 친구인 게 너무 좋아. 돈 잘 벌어, 인심 좋아, 손 커……. 거기다가 서방도 없고 애들도 없으니 우리가 이렇게 니 덕을 보고 살잖나!'

친구 입에서 삐져나온 깻잎은 그 말이 끝날 때까지 입안으로 들어가지 못하고 입술 끝에 매달려있었다. 깻잎 한 장 제대로 들어갈 틈 없이 고기를 잔뜩 입에 쑤셔 넣은 탓이었다.

난파선 조각처럼 둥실둥실 떠내려온 어젯밤 기억에 도순은 한숨을 쉬었다. 눈치 볼 서방이 없고 학원비 받아가는 애들도 없다는 해방감을 왜 지들이 누리려 드는지. 차라리 서방이나 애들한테 쓰면 줄줄 새는 기분은 안 들 것 같은데.

그때 진도 9의 지진이 그녀의 머리를 뒤흔들었다. 숙취의 쓰나미다. 뒤이어 임플란트를 하려고 뼈 이식을 한 아래턱이 욱신대는가 싶더니 지금 당장 물을 마시지 않았다간 내장이 바싹 말라 부스러질 것 같았다. 도순은 어지러움을 간신히 떨치고 일어나 냉장고를 열었다.

냉장고 내부는 신전처럼 성스러운 냉기를 뿜고 있었다. 재빨리 안을 훑어보니 헛개차 한 병이 고고하게 도순을 내려다보고 있다. 숙취 때문에 엉망인 그녀를 보며 헛개차는 '다시 술을 마시면 성을 간다던 말은 말짱 헛것이구만!' 하며 혀를 차는 듯했다.

도순은 헛개차 병을 얼른 꺼내 뚜껑을 비틀었다. 헛소리하는 헛개차를 가만두지 않겠다는 듯 힘을 꽉 줬다. 헛수고였다. 손만 아프고 열리지 않았다. 다시 힘을 줬다. 이를 악물고 미간도 찌푸렸다. 그 바람에 아래턱이 또다시 욱신댔다. 하지만 역시 헛수고. 뚜껑이 꽉 막힌 헛개차는 '나 멀쩡하지롱!' 하며 메롱대는 것만 같았다. 약이 오른 도순은 티셔츠 앞섶을 뚜껑에 덮어 다시 한번 힘을 줬다. 역시 꿈쩍도 않았다.

반면 그녀의 손가락과 손바닥은 아우성을 쳤다. 힘을 주느라 허옇게 질린 손이 '주인님, 전 글렀어요' 하며 부들부들 떨었다. 도순은 예전부터 플라스틱 뚜껑 따는 걸 잘 못했다. 매장 조명이 고장 나면 척척 고치고, 무거운 식재료도 너끈히 옮기는 그녀였지만, 희한하게 플라스틱 뚜껑엔 약했다. 그녀가 생수나 음료수 뚜껑을 못 열어 쩔쩔매면 뚜껑을 대신 따주던 친구들은 한마디씩 덧붙였다.

'역시 친구가 최고지?'

솔직히 '역시'는 아니었다. 굳이 부사를 하나 고른다면 '그나마' 정도?

그때 갈증이 또다시 강력한 시그널을 보냈다. 당장 물 내놔!

다시 뚜껑을 비틀었지만 이번에도 꽝이다. 도순은 있는 대로 약이 올랐다. 짜증이 폭발해 음료수를 내동댕이치자 맥없이 통이 터져 헛개차가 쏟아졌다. 저렇게 헛되이 죽을 거면 나나 마시게 해주지. 도순이 영석한테 천만 원을 빌려준 것도 그런 이유인지 모른다. 돈이 아까워 꼭 틀어쥐고 살다가 덜컥 헛되이 죽고 말까 봐. 뚜껑을 꽉 물고 버티다가 터져버린 저 헛개차처럼 굴진 않으리라.

도순은 컵을 집어 들어 정수기에 갖다 댔다.

✦

"이모! 이모는 맨날 빵 먹어서 얼굴도 빵빵해요?"

쌍둥이는 말을 툭 던지고 웃음을 터뜨렸다.

"니네들, 이모한테 까불지 말라고 했지. 인터뷰 다 끝났으니까 놀이터 가서 있어."

"우리가 애야? 놀이터에서 놀게."

"엄마, 나 배고프단 말이야."

아이들이 몸을 꼬며 앵앵 대자 쌍둥이 엄마는 슬쩍 도순을 봤다.

"그렇게 쫑알대면 배가 안 고플 수가 없지. 그래서 이모가 준비해뒀어요."

도순이 빵이 잔뜩 담긴 봉지를 건네자 아이들은 환호하며 밖으로 나갔다.

"이럴까 봐 빵집 말고 다른 데로 직업 탐구 가보자고 했는데 애들이 무조건 도순 이모네 가야 된대. 쟤네도 나중에 빵집 하고 싶다나. 내 생일에 3단 케이크 만들어준대."

쌍둥이 엄마는 애들이 마냥 귀엽기만 한가 보다. 자기 딸들 이뻐하는 건 좋은데 왜 거기에 자신까지 동원하는 건진 모르겠다. 숙취 탓인지 도순은 괜한 심술이 도졌다.

"그나저나 너……. 어제 한 말 진짜야? 영석이랑 나영이한테 돈 해줬다는 말?"

쌍둥이 엄마가 목소리를 죽이며 바짝 다가왔다.

"걔네는 어쩜 그러냐. 낯짝이 있으면 어떻게 감히 너한테……. 그래서 너, 많이 해준 건 아니지?"

많이 해줬다. 하지만 도순은 그 말은 꿀꺽 삼키고 대꾸했다.

"그럼 어떡하냐, 나영이 수술받는다고 꿔달라는데. 사람부터 살리고 봐야지."

"아무리 그래도 그렇지 어떻게 이혼한 마누라한테 전화해서 돈을 꿔달라고……. 하여튼 영석이 그 자식, 해도 해도 너무해. 지가 한 짓을 생각하면 나 죽었다 하고 찌그러져 있을 것이지 어딜 감히! 아냐, 나영이 걔가 문제야. 아무리 그래도 그렇지 영석이가 그러는 걸 그냥 냅둬? 아니지, 첨부터 나영이가 시킨 거 아냐? 너한테 돈 꾸라고."

"됐어. 그 얘긴 관두고……. 뭐 시원한 거 마실래? 난 숙취 땜에 죽겠는데 넌 괜찮나 보다?"

"난 뭐 별로 안 마셨으니까. 네가 하도 달리니까 난 술이 안 받더라고."

도순이 얼음물을 들이켜자 친구는 그 모습이 딱해 보였다. 속이 울렁대서 아무것도 먹지 못했다는 말까지 듣더니 혀를 찬다.

"쫌만 있어봐. 애들 학원 보내고 다시 올게. 기가 막히게 하는 해장국집이 있거든. 가서 한 그릇 사다줄 테니 한술 떠. 술 먹고 속 가라앉히는 덴 그 집 해장국이 최고야. 그이가 엊그제 새로 알려준 데야. 걔가 맛집 찾는 덴 귀신이잖아. 먹어보니까 숨은 달인이야. 배달도 안 해."

쌍둥이 엄마는 고등학교 동창과 결혼했다. 고등학생 때부터 두 사람은 요란하게 만났다가 헤어지기를 반복했다. 둘의 사이가 덜컥거릴 때마다 동창들은, 한 번은 남자 쪽에 불려가서 코가 삐뚤어지도록 술을 마시고 다음번엔 여자 쪽에 불려나가 눈물 콧물을 닦아주며 맞장구를 쳐줘야 했다. 여자는 삼수 끝에 대학에 들어갔지만 공부에 취미가 없어서 걸핏하면 휴학을 했었는데, 하필 그녀의 휴학 기간과 조금 늦은 남자의 군 입대 시기가 맞아떨어졌다. 커플은 밤낮없이 붙어 지내더니 결국 남자가 자대 배치를 받은 직후에 여자는 임신 사실을 알았다. 남자도 없는 상황에서 배가 너무 빨리 불러온 친구는 눈물의 세월을 보냈는데 알고 보니 쌍둥이였다. 결국 두 사람은 쌍둥이를 낳고 결혼했다. 아무 준비 없던 부부의 출발을 보며 혀를 차는 사람도 있었지만 지금은 누구보다 잘 산다. 애들은 쑥쑥 자라고 부부는 여전히 동창생 기분을 낸다. 도순은 가끔 그들이 부러웠다.

"걔네는 그렇게 해서 살림 차렸으면 잘 살 것이지 왜 아프고 난리냐. 사람 맘 약해지게시리……."

도순의 굳은 표정을 보며 쌍둥이 엄마는 혼자 중얼댔다.

"얘들아! 얼른 와. 이모한테 인사드리고 가자. 학원 늦겠어."

그때까지 밥 생각이 전혀 없던 도순은 해장국을 사다준다는 친구 얘기에 급격히 배가 고파졌다.

일찌감치 엄마가 된 친구는 손맛도 좋고, 먹는 데 인심이 후하다. 도순의 냉장고를 채우는 장아찌나 밑반찬은 저 친구 솜씨다. 문제는 밑반찬을 무기로 너무 많은 일에 도순을 동원한다는 거다. 친정 엄마 칠순 잔치 준비부터 김장거리 살 때나 애들 캠핑 준비에도 도순을 불러내곤 했다. 좀 더 정확하게는 도순의 SUV를 불러냈다.

SUV 말고도 사람들은 저마다 다른 이유로 도순을 불러냈다. 누구는 궂은일에 제일 먼저 팔을 걷어붙이는 도순의 배포를 기대하기도 하고, 누구는 도순의 후한 술값 인심을 노리기도 했다. 어떤 이유에서건 친구들은 입을 모아 말한다.

"도순이는 의리 짱이야."

그놈의 의리. 도순은 지겨웠다. 갑자기 늙어버린 얼굴로 영석이 찾아왔을 때만 해도 그렇게까지 지겹진 않았을지 모른다. 그런데 영석이가 나영이 뇌종양이라고 얘기하며 수술의 골든타임을 놓치면 어려워질지 모르니 도와달라는 얘기를 했을 때 감이 왔다. 의리 때문에 그의 부탁을 결국 들어주게 될 거라는 거. 하지만 이 일 때문에 그녀는 자신의 의리가 임계치를 넘었다는 걸 깨달았다. 영석과 나영은 그녀에게 절대 지울 수 없는 상처를 남긴 사람들이다. 그 두 사람이 함께 살기 전, 여자는 도순의 가장 친한 친구였고 남자는 도순의 남편이었다.

도순이 영석과 결혼한 건 그의 순진한 면 때문이었다. 연애 비슷한 걸 하던 시절, 어쩌다 보니 두 사람은 함께 밤을 보냈는데 아침에 먼저 눈을 뜬 도순은 퍽 당황스러웠다. 화장실에 가고 싶은데 도저히 알몸인 채로 침대에서 일어나 화장실로 갈 수가 없었다. 그렇다고 옷을 입자니 그것도 쉬운 노릇은 아니었다.

화장실 가면서 옷을 어디까지 입어야 하지? 팬티에 브래지어만 입고 가는 건 알몸만큼 쑥스럽고, 옷을 다 입자니 세수도 안 한 상태에서 좀 우스운 것 같고. 이불을 몸에 둘둘 감고 가야 하나? 그러다가 영석의 알몸을 보게 되면 어쩌지?

머리가 복잡해서 다리를 꼭 붙이고 오므리고 있는데 영석이 그녀 등 뒤에서 말을 건넸다.

"도순아. 인났지? 저기, 있잖아 나……. 너무너무 오줌 마려운

데 참고 있걸랑. 네 앞에서 홀딱 벗은 걸 보여주기 쪽팔려서……. 근데 더 이상 못 참겠다. 미안하지만 눈 좀 감고 있어줄래?"

그 말에 도순은 웃음이 나와 오줌을 지릴 뻔했다. 그리고 남자가 귀여웠다. 이런 남자라면 안심하고 마음을 줘도 될 거라 믿었다. 그랬던 영석이가 아내의 베프와 붙어먹다니. 두 사람을 아는 이들은 충격에 빠졌다.

"정말 미안하다. 뭐라 할 말이 없어."

영석은 진심으로 사과하고 맨몸으로 집을 나갔다. 두 사람이 처음 같이 자고 일어난 아침에 그랬듯, 부끄러워하며 후다닥 퇴장했다.

그랬는데 몇 년이 지나고 그가 갑자기 도순을 찾아왔다. 고개를 숙이며 뻔뻔하게 돈을 부탁했다. 도순은 생각해볼 테니 가보라고 했지만, 마음이 불편해서 견딜 수가 없었다. 저렇게 돈이 없는 건 이혼할 때 영석이 한 푼도 챙기지 않아서 아닐까. 결국 도순은 영석이 얘기한 500만 원의 두 배를 이체했다. 힘든 병이니 잘 먹고 잘 돌보려면 돈이 더 필요할 것 같아서 그랬다.

돈을 보낸 다음 날. 그러니까 어제, 도순은 친구들을 불러냈다. 돈 보낸 걸 후회하진 않았지만 자신도 이제 좀 변하고 싶었다. 궂은일에 팔을 걷어붙이는 일도, 힘들어하는 친구를 챙기는 일도, 이젠 그만하고 싶었다.

어지러운 생각에 속이 울렁대서 얼음물을 마시는데 도순의 귀에 갑자기 쩌억 소리가 들렸다. 뼈가 쪼개지는 소리 같았다. 동시에 무시무시한 통증이 덮쳤다. 늑대가 그녀의 아래턱을 물어 으스러뜨린 듯한 통증이었다. 너무 아파 제자리에서 주저앉은 도순은 정신을 잃을 것 같았다. 뭐가 잘못된 거지. 곧이어 알바생이 달려왔다.

"사장님 턱이 퉁퉁 부었어요!"

알바생의 눈이 동그래졌다. 도순은 몸을 일으켜 휴대폰을 꺼내 들었다. 혼자 병원에 가긴 힘드니 도움을 청해야 했다.

쌍둥이 엄마에게 전화를 걸었다. 받질 않는다. 아니, 얘는 뭘 하느라고. 다른 친구에게 전화를 걸었다. 중요한 약속이 있어서 나가는 길이란다. 또 다른 친구는 전화를 받자마자 속삭이는 말투로 지금 극장에서 영화 보는 중이라며 대답도 안 듣고 전화를 끊었다.

할 수 없이 옆집에 있는 부동산 사장인 최 여사한테 전화했다. 와줄 수 없냐고 하자 "도순 씨, 어떡하지? 나 지금 손님 모시고 집 보러 왔거든." 하면서 의례적으로 미안해했다.

그 후에 몇 군데 전화를 더 돌렸건만 안 된다는 얘기뿐이었다. 다들 말은 안 했지만 심장 발작도 아니고 임플란트 때문에 아픈 정도는 혼자 갈 수 있지 않느냐는 되물음을 감지할 수 있었다. 결국 도순은 알바생에게 가게를 맡기고 택시를 불러 혼자 병원 응급실로 향했다. 운전할 엄두가 안 났기 때문이다.

몇 가지 절차를 거쳐 응급실에 들어가 앉으니 잠시 후에 의사가 왔다.

"우리 환자분, 많이 아프셨나 봐요. 응급실까지 오신 걸 보니."

의사가 살갑게 물으며 도순의 턱을 살짝 받쳐 올렸다. 그러곤 이리저리 살피고 증상을 물었다. 도순은 임플란트를 해 넣으려고 치조골 이식을 받았다는 사실과 오늘 아침부터 통증이 있었던 걸 얘기했다.

"아이고, 환자분 얼굴이 엄청 부으셨네. 힘드셨죠?"

그 말에 도순은 눈물을 흘리기 시작했다. 아파서 우는 철부지처럼 보일까 봐 멈추려 했지만 눈물이 줄줄 새어나왔다. 의사는 잠깐 당황하더니 다시 다정한 말투로 말했다.

"휴지 드릴 테니 속 편히 우세요. 긴장도 풀릴 거예요. 대신 너무 많이 울진 마시고. 안 그래도 아픈데 너무 울면 머리까지 띵해지잖아요."

도순은 더 서럽게 울었다. 통증 때문만은 아니었다. 기가 막혀서다. 무슨 일만 생기면 도순부터 찾아대던 사람들이, 막상 그녀가 도움을 청할 땐 다들 딴청만 피웠다. 물론 일부러 그러는 게 아니란 건 안다. 공교롭게 벌어진 일일 뿐이었다. 그래도 자상하게 염려의 말을 해준 건 생판 모르는 의사뿐이라니. 도순은 의사가 건넨 휴지로 콧물을 닦으며 결심했다.

지긋지긋해. 다 관둘 거야.

✦

    소원성취 앱 고객센터에 오기까지 도순은 많이 망설였다. 소원성취라는 말부터 벌써 웃기지 않나. 애들 장난도 아니고, 이게 뭐 하는 짓인가 싶은 마음도 들었지만 까짓거 밑져야 본전이란 심정으로 상담 날짜를 잡았다. 친구들한테 질려서 골치가 아픈 건데 친구를 찾아 의논할 수도 없는 노릇이었다.

    응급실에서 돌아온 후 쌍둥이 엄마가 뒤늦게 해장국을 들고 나타나 그렇게 술 좀 살살 마시지 그랬냐고 툭 칠 때 도순은 하마터면 소리를 빽 지를 뻔했다. 얼굴이 부어 입 벌리기가 쉽지 않은 게 다행이었다.

    '우리 알바랑 비슷한 나이 같은데…… 느낌이 너무 다른데?'

    가느다란 체격의 한소원을 처음 본 순간 도순은 생각했다. 기운이 하나도 없어 보이는 게 잘 먹지도 않는 것 같았다. 소원이 따끈한 차를 권하자 도순은 이때다 싶어 자신의 커다란 가방을 뒤졌다.

    "우리 가게가 있는 상가에 떡집이 아주 맛있거든요. 빵 가게 사장이 떡을 싸가지고 다닌다는 게 좀 웃기지만 사실 전 빵보다는 떡이에요. 바빠서 대충 먹고 다닐 땐 떡을 꼭 갖고 다녀요……. 먹어볼래요? 찰떡인데 많이 달지도 않고 맛있어요."

도순은 부스럭 소리와 함께 비닐에 담긴 떡을 꺼냈다. 소원은 어리둥절한 기색이다.

"내가 원래 좀 오지라퍼예요. 그거 좀 어떻게 해보려고 여기까지 왔지만. 아하하…… 이왕 싸 온 떡이니까 맛 좀 봐요. 안 그래도 출출했었는데 이렇게 차를 마시니까 떡 생각이 더 간절하네요."

도순은 비닐을 열어 한 입 크기로 잘라둔 떡을 꺼내 먹었다. 맛있게 치댄 찰떡 위에 밤이며 콩이 붙은 떡은 보기만 해도 푸짐했다. 소원은 여전히 망설이는 눈치다. 그래, 입 짧은 사람은 덥석 집어 드는 일이 없지. 도순은 으레 그러려니 하며 한 번 더 권했다.

"감사합니다."

모기만 한 소리로 인사를 건넨 소원이 떡을 입에 넣었다. 천천히 조심스럽게 우물거리던 그녀가 배시시 웃어 보인다.

"맛있네요."

"그쵸? 더 먹어요."

비닐을 더 크게 벌려놓고 권하자 소원은 생머리를 귀 뒤로 넘기고 떡 하나를 더 집었다. 도순은 괜히 뿌듯해졌다. 살집이라곤 찾기 힘든 가느다란 소원의 팔을 보며, 도순은 자신의 엄마를 떠올렸다.

지금은 도순이 살집도 붙고 강단 있어 보이지만 자랄 땐 달랐다. 성장이 늦되어 또래보다 작은 딸 때문에 속을 끓이던 엄마는 몸에 좋다는 걸 부지런히 해먹이며 아이를 반질반질하게 만들려

애썼다. 엄마는 도순의 가녀린 팔과 어깨를 보며 혀를 끌끌 차곤했다. 젊은 나이에 임플란트를 해 넣어야 할 정도로 이가 부실한 것도 어린 시절 연약함의 흔적이다. 만약 지금도 엄마가 살아계셨다면 여기까지 오지도 않았을지 모른다. 그냥 엄마한테 가서 맛난 걸 실컷 얻어먹으며 한바탕 하소연하고 다 털어버렸을 거다.

그녀가 영석과 이혼했을 무렵 도순의 엄마는 병이 깊었다. 하지만 상심한 딸 생각에 엄마는 별다른 내색도 안 하다가 갑자기 병이 심해져 돌아가셨다. 이별을 준비할 각오도 시간도 없었던 도순은 장례식장에서 눈물도 흘리지 못했다. 눈물이 나는 대신 숨이 막히고 손발이 마비돼서 몇 번이나 정신이 아득해졌다. 엄마를 떠나보내면서 제대로 울지도 못했던 딸은 그때 생각만 하면 가슴 한복판이 째지듯 쓰렸다. 자신 땜에 엄마가 더 일찍 떠나셨다는 생각을 떨칠 수 없어서다.

엄마 생각에 시야가 흐려졌던 도순은 퍼뜩 정신이 들었다. 이상한 느낌이 들어서다. 아니나 다를까 맞은편에 앉아있던 소원의 낌새가 불길했다. 기침을 하는 듯 하더니 이내 가늘게 꺽꺽대며 얼굴이 허옇게 질리기 시작했다. 순식간에 입술은 파래지고 가는 몸이 힘없는 버들잎처럼 펄럭댔다. 떡이 기도에 걸린 것 같았다.

"잠깐만요, 내가 도와줄게요!"

도순이 벌떡 일어나 소원을 뒤에서 두 팔로 안았다. 소원의 명치 있는 데서 손을 마주 잡은 뒤 하나 둘 셋 하며 힘껏 위로 끌어

올렸다. 성인치고는 너무 가벼웠다.

"정신 차려요! 뱉어야 돼요! 겁먹지 말구요!"

예전에 상가 번영회에서 소방서를 방문했다가 배운 응급조치 방법이다. 제발 통하길. 도순은 있는 힘껏 여자의 명치를 위로 끌어올렸다. 몇 번이나 했을까. 툭. 뭔가 튀어나왔다. 떡이다. 아무 소리도 내지 못하던 소원이 켁켁대며 숨을 몰아쉰다.

"잘했어요, 한소원 씨. 자, 얼른 이쪽으로 누워봐요."

도순이 소원을 소파에 눕혔다. 안 그래도 기운 없어 보이던 소원은 그새 더 작아진 것 같다. 그녀의 뺨엔 눈물이 번졌고 이마엔 땀도 맺혔다. 도순은 자신의 가방에서 생수를 꺼낸 후 소원의 머리를 뒤에서 받쳐줬다.

"자, 물……. 천천히 마셔요. 괜히 또 탈 나면 안 되니까."

조금씩 물을 삼키고 호흡을 다듬은 소원의 혈색이 돌아오고 입술도 다시 붉어졌다.

"아이고, 철렁했어요. 자칫하면 나, 철컹철컹 수갑 찰 뻔했잖아요. 떡 먹여서 사람 죽였다고."

도순이 뒤로 물러앉으며 너스레를 떨자 소원도 희미하게 웃는다. 이 사람은 소리 내서 웃을 줄 모르나? 자신과 너무 다른 스타일에 도순은 자꾸만 물음표가 생긴다.

"고맙습니다."

작지만 또박또박한 발음으로 소원이 말했다. 그녀의 눈을 본 도순은 마치 영화 속 한 장면 같다고 생각했다. 연기 잘하는 여배우가 자신의 진심을 눈빛으로 표현하면 딱 저런 느낌 아닐까.

"정신 차려줘서 나도 고마워요. 근데 공치사는 아니지만, 어쨌건 내가 그쪽의 생명의 은인이니까 내 소원은 꼭 들어줘야 돼요. 안 되면 될 때까지. 알았죠?"

그때까지도 소파에 누워있던 소원이 몸을 일으켰다. 그녀는 땀과 눈물 때문에 얼굴에 들러붙은 머리카락을 손으로 모아 귀 뒤로 넘기고 입을 열었다.

"그럴게요. 감사의 마음을 담아 꼭 그렇게 하겠습니다."

도순은 머쓱했다. 저렇게 가느다란 손목을 가진 여자한테 내가 지금 뭘 시키고 있나 싶었다. 애초에 떡을 먹인 건 자신인데 생명의 은인 운운하는 건 너무 치사하지 않나. 그러면서도 한편으론 진심으로 보이는 소원의 말이 고마웠다. 그녀를 믿고만 싶었다.

"혹시 동창회나 모임 같은 데서 총무 같은 거 해본 적 있어요?"

본격적으로 상담을 시작하며 마주 앉았을 때 도순이 먼저 물었다. 예상했던 답이 돌아왔다. 소원은 총무 같은 건 해본 적 없다고 했다.

"난 아무래도 총무 노릇을 하려고 이 세상에 태어난 것 같아요. 나는 처음부터 장사를 했고 회사는 안 다녀봐서 회사 총무실이란 데가 뭘 하는지는 잘 모르지만 동호회, 번영회, 동창회 같은 데선 총무를 여러 번 했었어요. 사람들 모여서 으쌰으쌰 하면 연락 돌리고 돈 걷어야 하는 일은 꼭 생기잖아요. 총무 일을 좋아하냐고요? 에이, 그럴 리가. 총무처럼 성가신 일이 없어요. 사람들이 모여서 밥 한번 먹는다고 해봐요. 일단 날짜 잡는 것부터 보통 일이 아네요. 누구는 월요일이 좋다, 누구는 수요일이 좋다, 다들 제각각 말하는 걸 모아서 적당한 날을 골라야죠. 메뉴 정하기는 또 어떻고요. 누구는 한식파, 누구는 중식파, 누구는 또 치킨파. 다들 제멋대로인데 최대한 불만 안 나오게 메뉴 조정해야죠. 그 메뉴에 맞는 식당 잡아야죠, 모이고 나면 회비 걷어야죠, 모임 끝나면 다들 잘 들어갔냐고 챙겨야죠. 내가 이런 총무 감투를 서너 개씩 동시에 쓰고 있다니까요. 어떨 땐 내가 손들고 나가기도 하고, 어떨 땐 누가 옆구리 찔러서 울며 겨자 먹기로 해요. 아무튼 내 팔자는 내가 꼰다니까."

단숨에 달린 도순은 차를 한 모금 마시고 계속했다.

"사실 내가 원래 그랬어요. 어려서부터 친구 좋아하고 왁자지껄하게 노는 게 제일 좋았거든요. 또래 애들보다 몸도 작고 이갈이도 늦게 하고 그랬는데, 친구라면 자다가도 벌떡 일어나서 나갔다니까요. 어릴 적 생각하면 항상 냄새부터 기억나요. 땀 냄새랑 흙냄새. 하루 종일 밖에서 놀다 보면 몸에 그런 냄새가 배잖아요. 그거 땜에 엄마한테 잔소리도 많이 들었어요. 기집애가 맨날 놀러 다니느라고 무르팍 성할 날이 없고 팔꿈치가 새카맣다고요.

씻는 것도 대충 씻어서 팔뚝에 검실검실 땟자국이 났었어요. 그땐 어울려 노는 게 뭐 그렇게 재밌었는지……. 근데 내가 요즘 어떤지 알아요? 다 귀찮고 성가시다는 생각뿐이에요. 아무도 날 모르는 데 가서 한 달만 숨어 살다가 왔으면 좋겠어요. 요즘 제주도 한 달 살기 뭐 그런 게 유행이라면서요. 만약 내가 그런 델 가면 이름도 딴 걸로 댈 거예요. 무지하게 이쁘고 세련된 이름으로. 뭐, 굳이 솔직할 필요 있나요? 다 까발려봤자 구질구질한 사연일 뿐인데."

소원은 눈도 깜박이지 않고 열심히 들었다. 도순은 얘기를 하면 할수록 더 신이 났다. 상대방이 아무런 추임새를 넣진 않았지만 온몸으로 듣고 있단 걸 느꼈기 때문이다. 역시 생명의 은인이라고 좀 더 열심인가.

이유야 어떻든 도순은 모처럼 자기 얘기를 늘어놔서 후련했다. 맨날 딴사람들 우는 소리, 아쉬운 얘기를 들어주던 입장이었는데 지금은 완전히 자신의 독무대 아닌가.

"얘기를 하다 보니 한도 끝도 없는데……. 아무튼 내가 하고 싶은 얘기는, 나도 안 되는 게 있는 사람이고 싶다는 거예요. 근데 사람들은 내가 마음이 태평양쯤 되는 줄 아나 봐요. 툭하면 쪼르르 달려와서 앓는 소리, 우는소리……. 내가 생긴 건 우락부락해도 사실 맘이 약하거든요. 생전 가야 힘들다는 사람한테 야박하게 굴지 못하는데, 가끔은 나도 피곤한 일이 있고 지칠 때가 있잖아요. 제 소원이 뭔지 아세요? 거절을 잘했으면 좋겠어요. 너도나도 와서 치대지 않도록. 뭐 그렇다고 야멸차게 인연을 딱 끊고 싶다는 건 아니고……. 그런 거 있잖아요, 아주 자연스럽고 스무스하게 거절해서 서서히 멀어지는. 난 그걸 잘 못하니까 제발 누가 그렇게 만들어줬으면 좋겠어요."

소원은 눈을 가늘게 떴다. 막막한가 보았다. 쉽지 않은 의뢰일 거다. 도순은 입맛이 까끄러웠다. 괜한 짓을 한 것 같았다. 되는 건 된다고 하고, 안 되는 건 안 된다고 분명하게 굴면 되는데 왜 여기까지 와서 알지도 못하는 사람한테 떠벌리고 있는 건지. 치사하게 생명의 은인 운운하면서 말이다.

버들잎처럼 연약해 보이는 저 아가씨가 못하겠다고 하면 질척대지 말고 일어나야겠다고 마음먹는 순간, 한소원이 입을 열었다.

"잘 될지는 모르겠지만 일단 시도는 한번 해보겠습니다. 휴대폰을 주세요. 원하시는 기능을 만들어드릴게요."

"어머, 되는구나, 돼!"

도순은 흥분해서 얼른 제 휴대폰을 건네줬다.

"아, 잊을 뻔했네요. 고객님의 음성을 녹음해야 합니다. 괜찮으시죠? 녹음기 앱을 켜고 몇 마디만 해주실래요?"

"무슨 말을요?"

"아무 말이나 괜찮아요. 성함이랑 지금 날씨 같은 걸 말해도 돼요."

도순은 시키는 대로 했다. 소원이 휴대폰을 들고 작업실로 들어가자 혼자 남겨진 그녀는 이런저런 생각에 빠졌다.

'뭐에다 쓰려고 녹음하는지 물어볼 걸 그랬나? 혹시 보이스피싱에 내 목소리를 쓰는 건 아니겠지? 에헤, 설마! 저런 팔뚝으론 그런 짓 안 할 것 같은데.'

그러면서도 자기 자신이 한심했다. 팔뚝 가는 거랑 사기 치는 거랑 무슨 상관이 있단 말인가. 아무 근거도 없이 사람을 덜컥 믿고 보는 식이니 맨날 남들 뒤치다꺼리나 하는 신세다. 도순은 가라앉았던 아래턱 통증이 다시 몰려오는 걸 느꼈다.

✦

집으로 가는 길. 마침 퇴근 시간이라 도로가 꽉 막혔다. 도순의 머릿속도 비슷했다.

"받지 않을 전화번호를 신중하게 골라주세요."

휴대폰을 돌려주며 한소원이 몇 번이나 했던 말이다.

"이 앱은 일종의 자동응답기 기능이 설치돼있어요. 이 앱에다 받고 싶지 않은 전화번호를 등록해놓으면 그 번호로 오는 전화나 문자를 걸러줄 거예요. 등록된 전화번호로 걸려 온 전화는 벨이 울리거나 진동이 오지 않고 누군가 대신 받아줄 거예요."

"누가요?"

"일종의 AI가요. 간단하게 문자 답장도 하고, 고객님의 목소리를 바탕으로 만든 가짜 목소리가 고객님 대신 전화를 받는 거죠. 아까 녹음해준 목소리를 소스로 썼어요. 전화 건 사람은 만들어낸 가짜 목소리라는 건 눈치 못 챌 거예요. 통화는 짧게 끝날 테고 얼핏 들으면 고객님의 진짜 목소리 같거든요."

"AI요? 그거 컴퓨터 같은 거 아네요? 그게 어떻게 통화를 해요? 걔가 사람이랑 말도 할 줄 알아요?"

의심 반, 호기심 반으로 도순이 되물었다.

"당연히 사람 말을 잘 모르죠. 그게 바로 이 앱의 핵심 기능이에요. 상대방 언어를 분석해서 그에 적절한 답을 하긴 하지만, 우리말을 배운 지 얼마 안 된 외국인처럼 100퍼센트 이해하진 못하거든요. 결국 대답은 대충 뭉개는 식으로 하게 되고, 그걸 들은 상대방은 완곡하게 거절하는 뜻으로 생각할 거예요."

"그런 게 돼요? 신기하네."

"생각만큼 신기한 일은 아니에요. 이미 많이 활용되는 기술을 응용했거든요."

"근데 요즘은 통화 말고 문자도 많이 하잖아요. 그거는요?"

"비슷한 원리예요. 문자를 받으면 텍스트를 분석해서 꼬박꼬박 답은 하지만 역시 말을 잘 못하기 때문에 즉답은 피하는 문자가 갈 겁니다."

도순에겐 마냥 신기한 얘기였지만 소원은 자신 있는 표정이었다. AI가 사람의 말을 이해하고 그에 맞는 답을 하는 건 생각보다 벌써 많이 발달한 분야라고 했다.

"온라인에서 물건을 사거나 문의할 때 챗봇 많이 쓰시잖아요. 그거랑 비슷한 기술이에요."

그러면서 덧붙이길, 도순을 대신해 전화와 문자를 받는 AI가 무례하거나 거친 말은 하지 않을 테니 걱정하지 말라고 했다. 그리고 앱에다 전화번호를 등록해두면 그 번호로 오는 전화나 문자는 알림이 울리지 않는다고 했다. 전화 온 걸 도순이 알면 신경이 쓰일 테니 아예 연락이 온 것도 모르게 했다는 설명이다.

"다시 말씀 드리지만 앱에다 올릴 전화번호는 신중하게 고르셔야 해요. 계속 전화를 안 받아도 문제가 안 될 사람, 부탁을 거절해도 되는 사람인지 잘 생각하세요."

설명을 다 듣고 소원성취 고객센터에서 나와 집으로 향하는 길에 빨간 신호등 앞에서 신호를 기다리던 도순은 문득 깨달았다. 한소원의 얼굴이 벌써 기억나지 않았다. 평범한 눈, 평범한 입술, 평범한 얼굴형을 가졌지만 그래도 나름 특유의 분위기가 있었는데 어찌된 일인지 기억 속에서 그 얼굴이 순식간에 흐릿해졌다. 마치 오 데 코롱 향수처럼 기억이 금세 휘발되었다.

"앱을 써보고 불편하신 점이 있으면 연락주세요."

친절하기도 하고 돈도 안 받는 데다 AS까지 해준다니 여러모로 희한했다. 생명의 은인 어쩌고 해서 부담 느꼈나. 아니면 그 사람도 부탁을 거절하지 못하는 스타일인가. 한소원은 도순이 여태 만나본 사람 중에 가장 특이한 여운을 남긴 사람이었다. 겉과 안의 구분 없이 투명한 홑겹의 사람.

'그런데도 정작 얼굴은 기억도 안 나다니. 나도 머리가 다 됐나 봐.'

빠앙. 뒤차가 경적을 울렸다. 생각에 잠긴 도순은 신호가 바뀐 것도 몰랐다. 그녀는 천천히 액셀을 밟았다.

✦

그날 밤 도순은 한참 동안 폰을 붙들고 씨름했다. 소원성취 앱에 올릴 전화번호를 골라내기 위해서다.

거절(拒絕)이란 말의 한자를 풀어보면 '막고 끊는다'는 의미가 있습니다.
고객님이 고른 전화번호는 당신이 막고 싶은 골치 아픈 인연이자, 끊어내고 싶은 인간관계일 것입니다.
남에게 끌려다니기보단 자기 자신에 집중해서 판단을 내리는 데 이 앱을 활용해보세요.

앱의 안내창에는 이런 글이 떠있었다. 도순은 남에게 끌려다니지 않고 자신에게 집중하라는 말을 곱씹었다. 남한테 끌려다니지 말라는 말까지는 알겠는데, 나한테 집중하는 건 뭐지? 배고프면 밥 먹고 졸리면 잠을 자라는 얘기는 아닌 것 같은데.

도순은 안내문을 몇 번 더 읽은 후 앱에 등록할 전화번호를 고르기 시작했다. 문득 장기하와 얼굴들의 「깊은 밤 전화번호부」라는 노래가 떠올랐다. 노래 속 주인공은 300명의 전화번호를 갖고 있어도 술 한잔하거나 잠깐 얘기하고 싶은 사람은 하나 없다고 푸념한다. 그 많은 전화번호부에서 확 와닿는 이름이 없다는 건 똑같지만, 오히려 도순은 그중 누가 술 한잔하자거나 얘기 좀 하자고 연락이 올까 봐 두려웠다. 얘는 이래서 짜증나고, 쟤는 저래서 피곤하고. 사람 멀미. 약이라도 먹어서 멈추고 싶었다. 도순은 멀미를 일으키는 사람의 전화번호를 부지런히 찾아나갔다.

✦

"사장님 뭐 좋은 일 있으세요?"

점심을 먹고 난 알바생이 도순에게 물었다.

"왜?"

"요 며칠 사장님이 자꾸 콧노래를 부르시잖아요. 얼굴도 좋아 보이시고."

"그랬나?"

도순은 짐짓 모르는 척했지만 이유가 짐작됐다. 일할 때 방해하는 전화도, 쉴 때 태클을 거는 문자도 확 줄었기 때문이다. 일로 얽혀있거나 꼭 받아야 하는 사람의 전화번호 말고 웬만한 전화번호는 전부 소원성취 앱에 등록했다. 과감하게 전화번호를 올리면서 문득 깨달았다. 살면서 꼭 만나야 할 사람이 그리 많지는 않구나.

연락이 줄고 사람 만날 일도 줄어들면서 눈에 띄는 변화는 몸의 부기가 빠진 거다. 일주일에 서너 번은 밤늦게까지 사람들과 어울리던 그녀는 아침이면 얼굴과 몸이 퉁퉁 붓곤 했는데 며칠 새 부기가 쫙 빠졌다. 몸이 가벼워지니 아침에 일어나는 일도 훨씬 수월해졌다.

사람들과 어울리는 일이 딱 끊기니 처음엔 안절부절못했다. 풀지도 않은 시간 보따리가 도순 앞에 던져진 것 같았다. 보따리를 열 엄두도 나지 않았고, 설사 연다고 한들 뭘 해야 할지 몰랐다.

궁리 끝에 시작한 게 러닝이었다. 운동을 하고 싶으면 피트니스 센터에 가서 강습을 받거나 요가나 필라테스 학원을 다닐 수도 있었다. 하지만 운동 때문에 또 다른 사람을 만나고 전화번호를 주고받아야 하는 게 싫었다. 그래서 혼자 시작할 수 있는 운동을 고른 것이 러닝이었다.

빵집 문을 닫고 난 시간, 동네 공원 트랙엔 사람이 얼마 없었다. 운동이 아직은 어색한 도순에겐 딱이었다. 처음에는 운동복을 입는 것조차 쑥스러워 집에서 입는 옷을 대충 걸치고 나갔지만 달리기 시작하는 순간 깨달았다. 사람들이 러닝용 옷과 운동화를 사는 덴 이유가 있구나. 집에서 뒹굴 때엔 아무 문제 없던 편한 바지가, 달릴 때에는 불편하기 짝이 없었다. 느슨한 허리 고무줄은 자꾸만 내려가서 우물쭈물하게 만들고 늘어진 티셔츠는 땀에 젖어 몸에 휘감겼다.

운동화와 운동복을 사 입고 공원 트랙에 나서니 왠지 자신이 그럴싸해 보였다. 아직은 10미터만 뛰어도 헉헉대고 어깨와 허리가 무거웠지만, 도순은 쩔쩔매는 자기 자신이 마음에 들었다. 그녀는 한 번도 스스로 땀을 내본 적이 없었다. 일하느라 땀을 흘린 적은 많지만, 러닝을 하고 티셔츠를 적시는 땀과는 완전히 달랐다. 돈이나 다른 것 때문이 아닌, 온전히 자신을 위한 땀방울이었다. 뿌듯했다.

그리고 뛰다 보니 알게 됐다. 아무리 달리기 천재라도 100미터를 한걸음에 가는 사람은 없다는 거. 빠르건 느리건 한 걸음 한 걸음 움직여야 한다. 숨이 턱까지 차올라도 순전히 자신의 뼈와 근육만으로 몸을 옮긴다. 그 지루함과 철저함이 좋았다. 결정적으로 모든 과정을 혼자 해내야 한다는 점이 좋았다. 살면서 오롯이 혼자 치러내는 일은 별로 없지 않나.

사람들과 연락을 하지 않고 쓸데없는 모임을 갖지 않는 건 생각하지 못한 즐거움을 만들어냈다. 다만 한 가지, 자기 대신 전화를 받고 문자를 보내주는 AI가 과연 무슨 말로 사람들을 상대하는지, 어떤 말로 문자나 카톡의 답장을 보내는지 몰라 불안하긴 했다. 한소원이란 사람이 깔아준 앱은 주고받은 내용을 확인할 수 없게 만들어졌다. 그 궁금증을 풀 수 있었던 건, 앱을 시작하고 보름 정도 지났을 때였다.

✦

　쌍둥이 엄마가 뚱한 얼굴로 빵집 문을 열고 들어온 건, 평일 낮 오후 세 시쯤이었다. 구워놓은 빵들이 식었을 때라 알바생과 도순은 정신없이 빵을 포장하고 있었다. 조금 있으면 케이크가 나올 시간이기 때문에 그 전에 손을 부지런히 놀려야 했다.

　손님들은 포장지를 무심히 뜯어버리지만 빵에 따라 비닐 포장을 접는 법은 다양했다. 주름을 잡아 부채꼴로 만드는 게 있는가 하면 어떤 건 빵을 조심스레 눕혀서 넣어야 하고 또 다른 건 리본과 행사 스티커를 붙여서 손님들의 눈길을 끌어야 했다. 해야 할 일이 늦어지는 걸 두고 보지 못하는 도순은 마음이 급했다.

　"바빠?"

　빵집에 온 쌍둥이 엄마는 묘하게 시비를 걸 듯 말을 걸었다.

"어, 왔어?"

친구를 흘낏 본 도순은 다시 빵 포장으로 눈을 돌렸다.

"많이 바쁜가 봐. 잘 버는 사람은 역시 다르네."

뾰족한 말투에 도순은 하마터면 부채꼴 모양으로 접었던 비닐을 놓칠 뻔했다.

"왜? 출출해서 예민한 거야? 신제품 나왔는데 맛 좀 볼래?"

"됐어. 누굴 거지로 아나."

씹어 뱉듯이 말한 쌍둥이 엄마는 차갑게 도순을 불렀다.

"야, 정도순."

그러더니 오른손을 들어 자기 앞에 진열된 우유크림빵에 둘째 손가락을 푸욱 박았다. 그러곤 손가락을 휘휘 돌렸다. 구멍이 점점 커지면서 하얀 크림이 뭉글뭉글 올라왔다. 그건 일종의 테러였다. 도순은 입을 벌린 채 그대로 굳어버렸다. 친구는 의기양양한 표정으로 이번엔 딸기크림샌드케이크로 향해 손가락을 뻗었다.

"안 돼!"

도순은 소리를 빽 질렀다.

잠시 후 도순과 쌍둥이 엄마는 빵집 테이블에 마주 앉았다. 도순은 무슨 말을 해야 할지 알 수가 없었다. 쌍둥이 엄마가 턱 끝을 치켜들고 먼저 입을 열었다.

"너, 내가 싫고 짜증 나면 그냥 말로 해. 이상하게 굴지 말고."

"이상하게 군 건 너잖아. 남의 빵에 손가락을 막 찔러대고."

"네가 먼저 내 속을 푹푹 찔러댔잖아!"

쌍둥이 엄마는 하관을 뒤틀며 말했다. 화가 조절되지 않는 모양이었다.

"도대체 무슨 말을……."

"왜 갑자기 시치미야? 전화랑 문자는 그따위로 받아놓고!"

순간 도순의 말문이 막혔다. 소원성취 앱. 그놈의 AI가 사고를 친 건가?

"애들이 쌍으로 아파서 열 떨어뜨리느라고 밤새 못 잤다고 해도 '힘내ㅋㅋ'. 피곤해서 돌아가시기 직전인데 서방은 술 마시고 밤 늦게 온다고 해도 '힘내ㅋㅋ'. 힘내다 죽겠다고 해도 '힘내ㅋㅋ'. 너……, 내가 그렇게 귀찮고 성가시면 아예 답을 하지 마. 왜 그딴 식으로 답을 보내서 사람 약을 올려?"

아, 역시.

"그래도 바빠서 그런가 보다 했어. 물건 들어오고 손님 오면 정신없는 거 아니까. 몇 날 며칠 꾹꾹 참다 전화했더니 이번엔 말끝마다 '아, 정말?'만 했잖아. 억양도 계속 똑같이 '아, 정말?' 이야, 너 그렇게 말하는 기술은 어디서 배웠냐? 혈압을 팍팍 올리는데, 완전 짱이더라. 속을 아주 홀라당 뒤집고! 정도순, 너 왜 그래? 넌 내가 그렇게 만만하냐?"

그러게, 그놈의 AI 목소리는 왜 그렇게 말했을까. 도순은 머리가 지끈댔다.

"그래도 너랑 알아온 세월이 얼만데 풀어야겠다고 생각해서 다시 문자했더니 또 그놈의 '힘내ㅋㅋ'! 야, 넌 무슨, 힘 못 내서 죽은 귀신이 붙었냐? 사람을 아주 우습게 보고 말이야!"

도순은 고개를 떨궜다.

미안하다, 그건 내가 한 말이 아니다, 네 전화 받기 싫어서 AI한테 전화 좀 대신 받게 했더니 그 사달이 난 거다……. 이렇게 말하면 친구 마음이 풀릴까.

도순의 마음을 알 리 없는 친구는 계속 밀어붙였다.

"난 말이야……. 널 내 동생처럼 생각했었어, 친동생."

에? 동생?

"네가 맨날 씩씩한 척하고 다녀도 서방 없지, 애도 없지 그렇다고 친정 엄마가 살아계시지도 않지. 애가 어디 맘 붙일 데가 없어서 맨날 이놈의 빵 가게에 파묻혀서 사는 거 다 아니까. 내가 왜 우리 집 코앞 빵집을 냅두고 여기까지 오는 줄 알아? 친구 혼자 고군분투하며 사는 게 안쓰럽고 대견해서 그런 거야! 하나라도 더 팔아주려고!"

친구야, 말은 똑바로 하자. 네가 우리 집에 오는 건 할인도 받고 공짜 빵도 챙기려는 거잖아.

도순은 피식 웃음이 나는 걸 간신히 참았다. 그러느라고 비 맞는 새처럼 고개를 푹 숙여 몸을 웅크렸다. 한참을 그렇게 있는데 의외의 반응이 돌아왔다.

"야……. 너, 울어?"

머리채라도 잡을 듯이 기세등등하던 친구의 말투가 꺾인 거다.

"우냐?"

도순은 웃음이 터질 것 같았지만 이를 악물었다. 생각지 못하게 찾아온 실낱같은 돌파구를 꽉 붙들기로 했다. 너무 꽉 붙든 탓에 웃음은 소리 없이 성대 안쪽에서 요동쳤고 그 바람에 어깨가 들썩여졌다.

"야……. 그렇다고 뭐 울기까지 해. 사람 무안하게시리……."

쌍둥이 엄마의 말투는 쉬폰 케이크처럼 부드러워졌다.

"이래서 내가 널 동생처럼 보는 거야……. 내가 사실 다 알지. 겉으론 센 척하지만 속으로는 물러터지고 맘 약한 애란 거. 기집애, 따끔한 소리 몇 마디 들었다고 금세 눈물 바람이고. 네가 이렇게 나오면 난 또 마음 약해지지. 야, 그만 울어. 나도 그만할 테니까 너도 뚝!"

이제는 아예 쌍둥이 딸들을 달랠 때 말투다.

친구는 도순 앞으로 냅킨을 내밀었다. 그녀의 손길에서 민망함과 미안함이 묻어나왔다. 도순은 더 크게 웃음이 나는 걸 참으며 간신히 말했다.

"……고마워."

＊

　AS를 해달라고 해야 하나 말아야 하나. 도순은 고민이 됐다. 쌍둥이 엄마 얘기를 들으면 자동응답 기능에 문제가 있지만, 또 다르게 생각하면 영혼 없는 대답이 은근히 효과적인 것 같았다. 쌍둥이 엄마도 우유크림빵 테러 사건 후에 화가 한풀 꺾였다.

　"마음 편해지면 그때 연락해. 기다리고 있을게. 대신 나중엔 다 얘기해줘야 돼. 뭐 땜에 그렇게 스트레스받고 뭐 땜에 눈물 뚝뚝이었는지. 알았지?"

　친구는 그렇게 말하고 돌아갔다. 도순은 그녀의 오해와 억측과 배려가 고마웠다. 어쨌건 바라던 바를 이룬 셈이기도 했다. 인간관계의 휴지기가 필요했는데 그것까지 자연스럽게 이뤄졌으니 말이다. 결국 도순은 소원성취 앱을 당분간 그대로 두기로 했다.

　누수가 생긴 곳은 생각 못 한 지점이었다.

　며칠 후, 유리창 너머로 빵집을 향해 오고 있는 영석을 발견한 도순은 하던 일을 멈췄다. 그녀에게 영석은 아직 딱딱한 화석이 되진 않았나 보았다. 그를 보자마자 머리가 지끈대고 심정이 복잡해졌다.

　딸랑.

　문에 붙은 종이 울리고 가게에 들어선 영석은 도순을 향해 똑바로 다가왔다. 그의 얼굴이 굳은 걸 보자 도순의 마음도 돌처럼 차가워졌다. 영석은 얼굴만큼 딱딱한 목소리로 말했다.

"잠깐 얘기 좀 하자."

두 사람이 있는 놀이터에는 아무 느낌 없는 바람이 불어왔다. 도순은 자신의 일터에서 전 남편과 마주하긴 싫었고 그렇다고 카페에 들어가는 것도 갑갑해서 빵집 옆에 있는 놀이터로 영석을 이끌었다.

오래전엔 도순과 영석도 둘만의 공간을 찾아 이리저리 쏘다닌 적이 있었지만, 지금은 둘이 함께 있고 싶은 곳은 어디에도 없었다. 어느 곳이든 어색하고 불편할 뿐이다.

"너한테 빌린 돈……. 이번 주말에 돌려줄게. 잘 썼다."

예상보다 빠른 상환이다.

"나영이 수술 잘 받았고, 퇴원했다. 주기적으로 병원 가는데 경과도 좋은 편이니 걱정 말라고 하더라. 덕분이야."

"다행이네. 근데 뭐 하러 여기까지 왔어. 계좌 이체 하면 되지."

도순의 얘기에 영석은 미간을 좁히더니 말을 머뭇댄다. 결국 한숨부터 짧게 쉬었다.

"후…… 도순아. 나영이 아픈 사람이야. 너도 알지?"

무슨 말이 나올지 몰라 도순의 신경이 곤두섰다.

"나영이나 나나…… 네 앞에서 떳떳할 수 없단 거 알아. 더군다나 너한테 돈까지 빌리고. 내가 생각해도 정말 쪽팔려. 그래서 너한테 돈 빌린 거 나영이한테는 얘기 안 했었는데 어쩌다 보니 걔도 알게 됐어. 너무 미안하고 고마워서 걔가 너한테 문자 보낸 건데, 후…….."

아차, 나영이 전화번호도 소원성취 앱에 등록했는데. 진작에 AS를 받을걸. 도순은 아랫입술을 깨물었다.

"하루는 나영이 표정이 너무 안 좋길래 왜 그러냐고 했더니 아무것도 아니라고 하다가 얘기하더라. 너한테 문자했다고……. 도순아, 미안하다. 정말로. 우린 진심이야. 근데 지금은 우리 좀…… 봐주면 안 되겠니?"

도순은 손가락 끝에서부터 심장까지 피가 빠르게 식어가는 걸 느꼈다. AI가 뭐라고 했는지부터 알아내야 한다.

"영석아, 내 말이 좀 이상하게 들리겠지만…… 내가 뭐라고 문자했는지 들었니?"

영석의 얼굴이 일그러졌다.

"뭐?"

"내가 뭐라고 보냈는지 까먹어서 그래……. 그게 그러니까, 내가 요즘 문자를 보내고도 깜박깜박하는 바람에……. 혹시 내가 '힘내ㅋㅋ' 이렇게 보냈대?"

남자의 얼굴이 싸늘하게 질렸다.

"너 정말……."

그는 튀어나오려던 말을 삼키고 말을 이었다.

"차라리 욕을 하지 그랬냐. 그게 차라리 속이 편했을 텐데. 너계속…… 사랑합니다, 축복합니다, 행복하세요. 이 세 가지 말만돌려 썼잖아."

영석의 눈이 경멸의 빛으로 번들댔다.

"그래, 너 의리녀 정도순인 거 세상이 다 알지. 그래서 끝까지스타일 구기긴 싫었냐? 아무리 널 배신했어도 통 큰 모습 보이고싶은 거야? 솔직히 네가 누굴 사랑하고 누굴 축복하는데? 그럴 리가 없잖아!"

그 말이 도순의 마음을 차갑게 관통했다. 날카로운 파편이 사방으로 튀었다.

"너 웃긴다. 그 말이 왜? 사랑하고 축복한다는 게 나쁜 말도 아니잖아. 내가 너희한테 쌍욕을 했니, 머리채를 잡았니? 다 뒤엎고싶은 걸 꾹꾹 참느라 속이 다 문드러진 건 난데, 뭐? 차라리 욕을하라고? 욕했으면 뭐라고 할 건데. 속 편해졌으니 고맙다고 칭찬할 거였어?"

놀이터를 지나는 사람들이 도순과 영석을 힐끔거렸다.

"나도 쌍욕도 하고 성질도 부리고 싶어. 그러고 싶은 걸 꾹 참고 간신히 정신 줄 붙들고 사는데 왜 나한테 시비를 거냐고. 니네좀 봐달라고? 허, 참나. 내가 뭘 더 얼마나 봐줘야 하니? 너희야말로 나 좀 봐주라. 번갈아 가며 나한테 와서 징징대지 말고 제발

나 좀 그냥 냅두라고!"

　도순은 그 자리에 철퍼덕 주저앉아 웅크렸다. 당황한 영석이 그녀를 붙들려 했지만 뿌리쳤다. 우물쭈물 서성대던 영석은 조금 더 머물다 발길을 돌렸다.

　잠시 후 울음은 그쳤지만 웅크린 자세 그대로 한참을 있었다. 그녀의 어깨와 등 위로 가벼운 바람이 한 겹 한 겹 쌓였다. 아까는 아무 의미 없던 바람의 느낌이 조금 변한 것 같았다. 어깨를 토닥여주고 등을 문질러주는 듯했다. 엄마의 손길이 생각나는 바람이었다.

✦

　소원성취 앱 고객센터는 두 번째 방문이지만 도순은 여전히 헷갈렸다. 골목은 거기서 거기 같고 이 집인가 싶으면 주소가 달랐고, 저 집인가 싶으면 대문이 낯설었다. 더듬더듬 찾아서 고객센터에 가니 지난번보다는 긴장이 풀린 얼굴의 한소원이 그녀를 맞았다.

　"어서 오세요."

　두 번째 만남이지만 인사는 그뿐이었다. 표정은 밝아도 수다는 어색한가 보았다.

　"공짜로 간 앱인데 AS까지 해준다고 해서……. 빵 좀 들고 왔어요. 명색이 빵집 주인인데 또 떡을 들고 올 순 없어서요."

이것저것 다양하게 넣은 빵 봉투를 내밀자 소원의 눈이 커졌다. 예상 못 했다는 표정이다.

"빵 싫어하는 건 아니죠?"

"좋아해요. 감사합니다."

말은 그랬지만 도순은 그 말이 믿기지 않았다. 저렇게 가는 팔은 어떤 음식을 좋아해서 신나게 먹는 사람의 것이 아니다.

"혹시 화를 내시진 않을까 걱정했었어요. 앱 서비스가 마음에 들지 않아서 오시는 거니까요. 근데 이렇게 빵까지……."

여기 오기 직전까지 도순 역시 어떻게 행동해야 할지 갈피를 잡을 수 없었다. AS를 해준다니 빵이라도 들고 와야 할지 아니면 앱 때문에 난처한 일을 당했으니 한판 붙어보자고 기세등등하게 와야 할지 알 수가 없었다. 앱이 뭔가 어설프게 작동한 것 같긴 한데, 그렇다고 도끼눈을 하고 따지고 드는 건 어이없는 갑질 같았다.

'이래서 자고로 공짜 좋아하면 안 되는 거야.'

도순은 평범한 세상 이치를 되새기며 용건을 얘기했다.

"내가 뭘 몰라서 하는 얘기겠지만…… 난 그 AI라는 게, 영화에 나오는 것처럼 사람하고 똑같이 생각하고 말하는 건 줄 알았어요. 근데 아닌가 봐요. 얘길 들어보니까 녹음기처럼 똑같은 소리만 나온다고 하더라고요. 그거 듣고 열받아서 찾아온 친구들이 있어요. 너 왜 그렇게 말을 이상하게 하냐고."

이쯤에서 한소원이 앱에 대해 뭐라고 변명이라도 할 줄 알았는데 아니었다. 그녀는 눈 한번 깜박이지 않고 열심히 얘기를 듣기만 한다. 도순은 왠지 머쓱했다.

"딴사람한테도 저랑 비슷한 서비스를 설정해준 적 있나요? 그 사람들은 뭐래요?"

"고객님들의 소원은 다 제각각이라 이 기능으로 보정해드린 건 정도순 님뿐이에요."

소원에 맞게 맞춤형으로 보정해준다는 말. 처음 왔던 날 들은 설명인데 깜박했다.

"아, 네……. 근데요, 녹음기처럼 영혼 없이 대답하거나 문자를 보내면 안 될 것 같아요. 그러면 내가 이상한 사람이 되잖아요."

표정 변화가 크지 않은 한소원이지만 이 말을 듣고는 개운치 않은 기색이다.

"제가 좀 혼란스러워서 그러는데요……. 고객님은 자신이 이상한 사람이 되고 싶진 않은 거였나요?"

"당연하죠. 그러고 싶은 사람도 있어요?"

어이없는 웃음을 섞어 대답하자 소원이 다시 묻는다.

"고객님께서 사람들이 지긋지긋하다고 하셔서, 확실한 방법은 그것밖에 없다고 생각했어요. 사람들이 고객님한테 거리감을 느끼게 만드는 거요. 그러려면 이상하게 보이는 건 어쩔 수 없고요.

제가 잘못 생각한 건가요?"

"잘못 생각한 거까진 아니지만…… 그렇다고 이상하거나 재수 없는 사람이 되고 싶진 않았어요. 만약 그럴 생각이면 여기 와서 앱을 깔고 자시고도 없이 사람들한테 성질부리고 끝냈겠죠."

"솔직히…… 전 잘 모르겠어요. 다른 사람한테 좋은 사람으로 남고 싶긴 하지만, 정작 사람들이 성가시고 귀찮다니. 앞뒤가 안 맞는 얘기 아닌가요?"

소원은 정직한 표정으로 물었다.

이번엔 도순이 코너로 몰린 것 같다.

"뭐, 그렇긴 한데……. 그래서 고민도 했던 거고……."

두 사람은 대사를 까먹은 배우들처럼 잠시 멀뚱하게 있었다. 다시 얘기를 이은 건 소원이었다.

"뭔가를 바라거나 해결해야 할 땐 자신한테 솔직해지는 게 제일 먼저 같아요. 정말 내가 원하고 바라는 게 뭔지, 그걸 위해 포기해도 되는 건 뭔지. 그것만 선명하게 골라내면 해결책도 조금은 쉬워질 텐데 말예요."

듣고 보니 그랬다. 도순은 여태 뭘 버릴지 결정을 미루기만 했다. 좋은 사람으로 남고 싶다는 소원과 귀찮고 성가신 일을 외면하고 싶은 소원이라는 두 개의 떡을 양손에 쥐고 있었다.

"민망하네요, 속을 들켜서. 사람 마음이라는 게 참 웃기죠. 나도 내 속을 잘 모르겠으니."

말을 하니 찜찜한 마음이 조금 풀어졌다. 솔직함이 주는 해방감이랄까.

"사람 땜에 속 끓일 땐 특히 더 그런 것 같아요. 서로 반대되는 마음이 뒤섞여서 뒤죽박죽 정신 차리기가 어렵죠……. 소원 씨는 어때요? 친구들이랑 얽히는 일 많지 않나요?"

소원은 대답 없이 생각에 잠겼다.

"전 그런 적이 없어요. 친구가 없어서요."

"에? 여태 한 명도?"

"여태 한 명도."

이크. 도순은 자신이 몰라도 될 시큼한 곳을 건드린 기분이다.

"어릴 땐 있었어요. 엄마요. 근데 엄마가 돌아가시고 난 다음엔 친구가 없어요. 단 한 명도."

짐작 못한 얘기에 도순은 당황스러웠다. 내가 뭔데 이 사람을 헤집었지.

"예전에 어떤 글에서 이 세상은 인간을 피하는 데 성공한 생물만 생존한다는 말을 읽은 적 있어요. 제 맘이 바로 그랬어요. 사람들을 피하고 싶고 숨고 싶고. 어울리기가 너무 힘들었거든요. 그렇지만 이젠 다른 세상으로 나오려고 하는 중이에요. 사람들이 있는 세상으로. 잘 나올 수 있을진 모르겠지만요."

"왜 사람을 피하면서 살았어요? 뭐 특별한 이유라도?"

얼씨구. 또 뭘 물어보는 거야. 내 주제에 이 사람한테 도움을 줄 수도 없잖아.

도순은 혼란스러웠다. 그래도 그냥 물어봐야 할 것만 같아서 한 번 더 질문했다. 다행히 상대방은 별로 불쾌해하는 것 같지 않았다. 아니, 오히려 엷은 미소를 띠었다.

"……난 재수 없는 아이였거든요. 엄마를 죽게 할 정도로."

✦

"사장님, 짜게 드셨어요? 왜 그렇게 물을 많이 드세요?"

빵집으로 돌아온 도순이 차가운 물을 따라 연거푸 두 잔을 마시자 알바생이 물어본다.

"그랬나 봐. 먹을 땐 몰랐는데."

거짓말이다. 도순이 물을 들이켠 건 한소원과 만나고 온 여파 때문이다. 뭔가 미안한 짓을 잔뜩 저지르고 후다닥 도망쳐 나온 기분이었다. 책임지지 못할 일을 왜 들쑤셔댔는지.

소원은 자신의 얘기를 들려줬다. 다른 사람에게 말하지 못했던 어린 시절 이야기, 엄마가 마음 아파했던 이야기, 엄마의 사고를 눈앞에서 본 일까지. 그녀는 덤덤히 말했지만 도순은 눈물을 찍어내느라 애먹었다. 굳이 힘든 얘기를 꺼내게 해 미안한 마음도 들었다. 으이그, 이놈의 오지랖!

도순이 세 번째 잔을 채우려는데 가게가 시끄러워졌다. 친구네 쌍둥이들이 온 거다.

허구한 날 붙어있는데도 아이들은 쉴 새 없이 조잘댄다. 어쩜 저렇게 매일매일 신나고 재밌는 얘기가 많을까. 데칼코마니처럼 웃는 쌍둥이를 보던 도순은 문득 생각했다. 누구는 이 아이들보다 두 배는 오래 살았어도 친구 한 명 없는데, 이 아이들은 엄마 배 속에서부터 함께한 존재가 있는 걸 보면 특별한 축복을 받은 건지 모른다.

"이모, 우리 이거요!"

멍하게 생각에 빠진 도순 앞에 아이들은 산딸기크림 크루아상 샌드위치 두 개를 내밀었다. 쌍둥이가 제일 좋아하는 빵이다.

"이모가 크림 많이 든 걸로 골라줄게. 어디 보자, 요게 많이 들었다. 누구부터 줄까? 자, 언니부터."

도순은 쌍둥이 중 8분 언니에게 빵을 건넸다. 그러자 8분 동생이 작게 구시렁거렸다.

"치, 또 언니부터."

삐죽 나온 작은 입술을 보니 피식 웃음이 났다.

"왜? 맨날 언니부터라 열받아?"

도순이 슬쩍 도발하자 8분 동생은 마침 잘됐다는 듯 종알댔다.

"쌍둥이한테 언니 동생이 어딨어요? 키도 똑같고, 얼굴도 똑같고, 학년도 똑같은데 툭하면 언니가 누구냐고 묻잖아요. 맨날 순

서대로 언니부터 하라 그러고. 진짜 억울해요!"

동생은 세상에서 제일 높은 8분의 벽 때문에 속이 터지나 보았다. 귀여운 앙탈로 두 뺨이 살짝 달아올랐다. 반면 언니는 여유가 있다.

"이모, 얘가 왜 동생인지 알겠죠? 맨날 삐져요."

쌍둥이들은 테이블로 가서 앉으면서도 계속 자그락댔다. 동생이 삐죽거리면 언니는 툭툭 튕겨냈다. 크림을 잔뜩 올린 빵을 먹으면서 저렇게 딴 데 정신을 팔면 후회할 일이 생기기 쉽다고 생각한 순간, 불길한 예감은 기어이 현실이 되고 말았다. 동생의 빵에서 커다란 크림 덩어리가 떨어져 바닥에 철퍼덕 널브러진 것이다.

"야, 너!"

8분 언니는 쌍둥이 엄마의 말투 그대로 동생을 타박했다.

"괜찮아, 이모가 치울게."

도순이 휴지를 들고 와서 치우자 쌍둥이 언니가 옆에서 거들었다. 테이블에 튄 크림을 치우고 동생 옷에 묻은 걸 닦아냈다. 반면 동생은 자신의 실수에 당황한 데다 크림이 아까워서 어쩔 줄 몰라 몸이 굳어버렸다.

"언니는 역시 언니네. 뒤치다꺼리를 잘하네."

도순이 기특해서 한마디 하자 언니는 피곤하단 표정이다.

"이럴 때 가만있으면 엄마가 잔소리하거든요. 언니가 뭐 하냐고. 얼른 치우라고."

　쌍둥이 자매는 그렇게 서로 피곤해하기도 하고 양보도 하면서
사는가 보았다. 언니는 울상이 된 동생에게 자신의 빵을 나눠줬
고 동생은 감격스런 표정으로 받아먹었다. 간식을 해치운 아이들
은 또다시 쉴 새 없이 조잘대며 가게를 빠져나갔다. 아이들이 떠
나간 자리엔 산딸기크림처럼 달짝지근한 생기가 남아있었다. 도
순이 그 달큰한 기운을 천천히 들이마시자 찌뿌듯한 머리가 맑아
지면서 머릿속에 스파크가 일었다. 자신이 지친 건 언니 노릇만
하느라 그런 게 아닐까 하는 생각이 든 거다.

　방금 나간 아이들은 실제로 쌍둥이 자매지만, 따지고 보면 누
구나 눈에 보이지 않는 쌍둥이 자매 혹은 형제와 살고 있는지도
모른다. 어쩔 땐 언니처럼 책임감 있게 굴어야 하고, 어쩔 땐 동
생처럼 양보하기도 해야 한다. 반반으로 된 건, 짬짜면이나 하프
앤하프 피자만은 아니다. 사람도 언니 반 동생 반의 마음을 장착
하고 상황 따라 끝없이 변신한다. 근데 도순은 너무 오랫동안 언
니 노릇만 해왔다. 잘한다 잘한다 하니까 언니만 풀가동이었다.
그러다 보니 에너지가 바닥난 것이다. 이리 와서 언니 노릇 좀 해
달라는 손짓에 진저리가 쳐졌다. 그녀에게도 철부지 동생의 시간
이 필요했다. 지금이 바로 그때인지 모른다.

　동생 노릇을 하자고 드니 갑자기 몸이 들썩거렸다. 좀이 쑤셨

다. 빵집이 갑갑하기만 했다. 아이처럼 폴짝대고 싶어졌다.

"나 좀 나갔다 올게. 미안!"

알바생에게 외친 도순은 밖으로 나갔다. 알바생은 꼼꼼하고 부지런한 사장이 왜 요즘 틈만 나면 자리를 비우는지 의아했다.

빵집에서 나와 바깥 공기를 들이켜니 무척 상쾌했다. 햇살은 뛰기 좋은 날 아니냐고 도순을 부추겼다. 러닝화도 아니고 운동복도 아닌데 어쩌지. 도순은 고민했지만 잠깐이었다. 햇살의 유혹에 기꺼이 넘어가 달리기 시작한다.

"정 사장 어디 가? 급한 일 있어?"

부동산 최 여사는 운동복도 안 입은 도순의 뜀박질이 급한 볼일 때문인 줄 아나 보았다.

"아이고, 잘 뛴다. 헛 둘! 헛 둘!"

무럭무럭 김이 올라오는 가래떡을 식히던 떡집 사장은 응원을 보냈다. 도순은 그저 웃어 보일 뿐 속도를 늦추진 않았다. 상가 주변을 빠져나와 큰길로 나섰다.

사람들은 저마다 제 갈 길을 간다. 누구는 장을 보러, 누구는 일을 하느라, 누구는 수업에 늦을까 봐 걷거나 뛰고 있지만 도순은 다르다. 그녀는 뛰기 위해 뛸 뿐이다. 딴 사람들과 다른 이유로 달린단 사실이 도순을 상쾌하게 만들었다.

별로 많이 뛰지도 않았는데 헉헉대는 숨소리가 크게 들려왔다.

다리가 점점 무거워지면서 멈추자는 신호를 보냈지만 무시했다. 됐고, 움직이던 대로 움직여.

몸은 정직하다. 러닝을 할 땐 핑계 따위는 둘러댈 틈 없이 자신이 드러난다. 부족한 곳, 뒤틀린 곳, 어설픈 곳이 남김없이 발각된다. 준비운동이 부족했으니 종아리가 뻣뻣하고, 어제 뛰질 않았더니 어깻죽지가 무겁고, 허리가 뻐근했다.

온몸 구석구석 청진기를 댔으니 이제 머리 차례다.

거창하게 생각할 것 없다. 몸만큼만 솔직해지자. 발가벗은 머리로 생각하자. 뭘 어떻게 해보려고 끙끙대지 말고 나 자신에게 솔직해지자. 땀이 난 목 뒤를 스치는 바람이 시원했다.

도순은 러닝 할 때 종종 갔던 뚝방길 정자에 도착했다. 운동하고 있는 사람들이 보였다. 길거리에 고정된 운동기구에 다리를 올리고 종아리 마사지를 하는 퉁퉁한 아줌마. 휴대폰으로 정치 유튜브를 크게 틀어놓고 거꾸로 매달려있는 할아버지. 바싹 마른 한 줌의 몸으로 바퀴처럼 생긴 기구를 돌려 어깨 운동을 하는 할머니. 도순이 그들 곁에서 숨을 몰아쉬고 있으니 어깨 운동 할머니가 응원을 보내주었다.

"숨 쉬어! 숨 쉬어!"

도순은 할머니 말을 따라 심호흡을 했다. 습, 후. 습, 후!

크고 깊은 숨을 따라 뒤엉켰던 생각들이 정돈되었다. 그녀가 요즘 느끼는 사람 멀미. 어쩜 그것은 스스로 벌인 자작극인지도 모른다.

한소원 얘기만 해도 그렇다. 그녀가 자신의 이야기를 털어놓게 만든 건 결국 도순이었다. 의도한 건 아니었지만 그랬다. 주변 사람들도 마찬가지였다. 그들이 속 얘기를 미주알고주알 하는 것도, 속상한 일이 있을 때 그녀를 찾아오게끔 한 것도 도순 자신이었다. 이유도 알 것 같았다. 사람들 얘기 들어주는 걸 좋아했으니까. 신세 한탄 받아주고 달래주는 걸 좋아했으니까.

도순은 어릴 때부터 그랬다. 사람들이 북적대는 게 좋았다. 시끌벅적, 왁자지껄을 사랑했다. 빵집을 차린 것도 같은 이유였다. 먹을 거 푸짐하게 집어주는 걸 마다하는 사람이 없다는 걸 그녀는 본능적으로 알았다. 그러다가 지금은 좀 지친 것뿐이었다. 마흔이 코앞이니 한번은 지칠 때도 됐잖은가.

'근데 뭐…… 난 좀 헤매도 되는 거 아냐? 이 정도면 씩씩하게 잘해온 편이잖아. 내가 친구들한테 맨날 그랬잖아. 사람이 좀 징징거리기도 하고 그래야지, 꼿꼿하려고 너무 아등바등 댈 거 없다고. 그러다 뒤로 자빠져서 뇌진탕 올지 모른다고.'

도순은 자신을 미워하지는 않기로 했다. 지금 헤매는 건 예방주사인지 모른다. 아니어도 그렇다고 치자.

그녀는 휴대폰을 꺼내 문자를 보냈다. 친구 얼굴을 떠올려보자 괜히 웃음이 났다.

✦

　　빵집을 둘러보는 쌍둥이 엄마의 표정은 어쩐지 으스대는 것만
같다.

　　"별일은 없었지?"

　　말투는 못 미더운 건설 현장에 나온 감리인 같다.

　　"덕분에."

　　"우리 애들이 와서 빵 먹었지? 도순 이모가 한 수 배웠다고 돈
내지 말라고 그랬다더라. 그래서 내가 뭐랬는지 아냐?"

　　"뭐랬는데?"

　　"'니네 한 수 배웠다는 게 무슨 말인지 알아?' 했지. 모른대. 하
하!"

　　도순도 따라 웃었다.

　　"근데 애들한테 뭘 배웠다는 거야? 걔네가 가르칠 게 있어?"

　　"왜 없어. 애들이랑 얘기하다 보면 '아하!' 할 때 있잖아."

　　쌍둥이 엄마는 역시 우리 딸들이란 표정이다.

　　"도순이 넌 우리 가족 없었으면 어떻게 될 뻔했니? 내가 널 돌
보는데 이제 우리 애들까지! 너 우리가 막 되게 고맙고 그렇지?"

　　"고마워 미치지. 앞으로 나 좀 더 미치게 해줘."

　　"언제든 말만 해."

　　"그럼 일단 이거부터."

도순은 음료수 병을 내밀었다. 친구는 혀를 끌끌 차더니 냉큼 병을 집는다.

"나 없으면 병뚜껑 하나를 못 따고……. 널 대체 어쩌면 좋니?"

"뭘 어째? 내가 와달라고 할 때마다 달려와서 뚜껑 따줘야지. 24시간 병따개 대기조인거 잊지 마. 지난번엔 술 먹고 갈증 나는데 뚜껑 안 따져서 죽을 뻔했단 말이야."

둘은 눈빛을 주고받다가 피식 웃는다.

"너 그 소식 들었어? 나영이 얘기."

쌍둥이 엄마는 도순의 눈치를 보며 조심스레 얘기를 꺼냈다.

"나영이가 왜?"

"걔가…… 영석이랑 결혼식 올리기로 했대. 너한테 미안해서 식 같은 거 생각도 안 했었는데 이번에 크게 아프고 나서 마음 바꿔 먹었나 봐, 조촐하게 가까운 사람만 몇 명 부르기로 했대."

도순이 아무 반응을 안 하자 친구의 목소리가 점점 작아졌다. 아차 싶었나 보았다. 도순은 친구의 민망함을 덜어주기로 했다.

"나영이 걔 되게 웃긴다."

"그렇지? 아무래도 좀 그래."

"그런 일 있으면 날 빼먹으면 안 되는 거 아니냐? 내가 두 사람 소개해준 거잖아. 내 남편이었고, 내 친구였으니까. 근데 어떻게 지들 결혼식에 주선자를 빼먹냐?"

쌍둥이 엄마 눈이 휘둥그레졌다.

"농담이야. 난 됐고, 너 가보고 싶으면 가도 돼. 내 눈치 보지 말고."

그 순간 두 사람에겐 짧은 기억이 스쳤다. 교복 치마 밑에 체육복을 받쳐 입은, 두 사람과 나영이 함께 어울려 매점을 향해 우당탕 뛰어가던 장면. 셋은 고등학교 내내 붙어 다녔다.

어쩌다가 우린 이렇게 멀리 오게 됐을까. 도순은 괜히 울적해질까 봐 말을 돌렸다.

"너 나한테 뭐 해줄 거 없냐?"

"내가 뭘?"

"네가 그랬잖아. 서방 없지, 애들 없지, 친정 엄마도 없어서 내가 외롭다고. 네가 날 진짜 동생처럼 봐준다면 말만 그러지 말고 뭘 해줘야 할 거 아냐. 서방 빈자리를 채워주든가, 애들이나 엄마 자리를 대신 채워주든가."

"야, 그런 건 진작 얘길 하지! 일단 서방 노릇부터 해줘봐? 여보, 나 용돈 좀."

"야!"

"애들도 가능해. 엄마, 나 용돈 주세요. 친정 엄마는, 넌 엄마한테 용돈 안 주냐?"

도순의 빵집엔 고소하고 달짝지근한 냄새가 가득하다. 처음 그 냄새를 맡으면 마냥 향긋해 입맛을 다시지만, 하루 종일 있다

보면 그렇지도 않다. 느끼해지고 속이 울렁거렸다. 도순은 자신이 느낀 사람 멀미가 그것과 비슷하지 않나 생각한다. 맛있기도 하지만, 계속 이어지면 물리기도 하는 그런 것.

그래도 변함없는 게 하나 있다. 고소한 빵 냄새는 사람들을 행복하고 즐겁게 해준다는 것. 도순은 오래오래 그 냄새를 음미하기로 한다. 기꺼이, 즐겁게.

CASE 47 마지막 통화가 끝났습니다

세기은행 한남 PB센터 VIP 라운지. 이곳의 목표는 오직 하나다. 여기 온 고객이 아주 특별하다는 기분을 만끽하게 하는 것.

소파는 고객이 입에 올리는 숫자가 다른 이에게 들릴 염려 없이 널찍하게 배치돼있고, 조명은 욕망을 고급스럽게 포장하도록 계산돼있다. 라운지 중앙의 벽에는 세상의 거의 모든 색채가 담긴 커다란 회화 작품이 걸려있고, 그걸 감상하기 좋은 자리에 남녀 네 명이 빙 둘러앉아있다.

"다 된 건가요?"

태블릿PC 액정에 서명을 마친 김민준은 건너편에 앉아있는 PB센터 박 차장에게 물었다.

"다 됐습니다. 고생하셨습니다. 저희 은행을 찾아주신 데 다시 한번 감사드립니다."

박 차장은 살집 많은 얼굴에 비굴함을 한술 얹어 웃어 보였다. 상대방의 비굴함을 간파한 김민준은 코웃음을 쳤다.

"솔직히 제가 보기엔 세기은행 스타일이 좀 올드한데…… 어쩌겠어요, 아버지 때부터 인연인데."

그는 턱을 치켜들어 그림을 가리켰다.

"저 작품 리히터 맞죠? 풀 네임이 뭐더라."

"이름을 듣긴 했는데……. 하하, 제가 미술에 문외한이라."

박 차장이 더듬대자 그의 옆에 앉은 고다정이 침착하게 말을 받았다.

"게르하르트입니다. 게르하르트 리히터. 독일 작가죠."

민준은 다정에게 눈을 잠깐 돌리더니 한쪽 입술을 비틀어 올렸다.

"내가 이름은 모르지만 돈은 좀 알죠. 저게 무지무지 비싼 작품이란 거. 고다정 씨…… 맞죠?"

민준은 상대의 사원증을 흘낏 보고 되묻더니, 자신의 옆에 앉은 여자에게 고개를 돌렸다.

"자기도 나랑 결혼하려면 게르하르트 리히터 정도는 알아볼 수 있어야 해. 안 그러면 다정 씨 같은 사람은 얼마나 짜증 나겠어. 무식한 인간들이 돈만 많다고 말이야."

여자는 시큰둥했지만 다정의 얼굴은 딱딱하게 굳었다. 묘하게 뒤틀린 분위기를 감지한 박 차장이 말을 돌렸다.

"역시 우리 김민준 고객님은 문화적 안목과 경제 감각을 겸비하셨네요. 요즘은 아트테크가 각광받는다죠."

"뭔 놈의 테크가 그렇게 많은지. 이래서 어른들이 기술 배우는 게 최고라고 하나? 하하하."

김민준이 웃자 박 차장이 재빨리 따라 웃었다. 아무 감정 없는 웃음이 공중에 흩뿌려졌다.

"아무튼 전 복잡한 건 모르니까 돈은 차장님이 알아서 벌어주세요."

"하하, 믿어주시니 감사합니다."

박 차장은 고개를 돌려 옆에 앉은 다정에게 속삭였다.

"뭐 해요, 고객님 나가시는데."

얼른 나가서 엘리베이터를 잡으라는 뜻. 고다정은 벌떡 일어나 엘리베이터로 달려갔다. 그녀가 내림 버튼을 누르고 대기하고 있으니 잠시 후, 김민준 커플과 박 차장이 다가왔다. 엘리베이터 문이 열리자 박 차장이 정중하게 고개를 숙였다.

"감사합니다. 다음에 뵙겠습니다."

커플이 탄 엘리베이터 문이 닫히자 박 차장은 금세 말투를 바꿨다.

"거들먹대는 건 집안 내력이구만! 지 아버지도 은행 한번 오면 내내 휘젓고 다니더니 아들내미도 빼다 박았네! 서른 갓 넘은 놈이."

투덜대는 박 차장 옆에 선 고다정은 말이 없었다. 차갑게 질린 얼굴로 온몸이 굳은 채 서있었다.

'김민준 저 자식을 이렇게 만나다니. 5년 동안 단 한순간도 잊은 적 없던 놈을.'

다정의 입술이 파르르 떨렸다.

고다은. 다정의 여동생이다. 다시는 만날 수 없는.

다은은 모든 것이 반짝반짝 빛났다. 환한 웃음도, 큼직큼직한 이목구비도. 부드럽게 굽이치는 머릿결은 지나가는 사람을 뒤돌아보게 만들곤 했다. 햇살을 온몸으로 빨아들인 듯 빛을 내던 동생이었건만 지금은 햇살 한 점 들어오지 않는 컴컴한 땅속에 누워있다. 다정은 동생을 생각하면 턱이 덜덜 떨려온다.

"언니는 그게 문제야. 걱정이 너무 많아. 한숨 쉬고 싶을 땐 차라리 노래를 흥얼대라니까. 기분 좋아지잖아."

다정은 학창 시절 음악 시간 외에는 소리 내서 노래를 부른 기억이 가물댔지만 다은은 달랐다. 사람들 앞에서 노래 부르길 즐겼다. 외모부터 성격까지 모든 게 딴판이었던 한 살 터울의 자매는 세상에 단 둘뿐이었다. 다정이 고등학교 2학년 때 부모님이 탄 차가 사고가 나 한꺼번에 자매 곁을 떠났다. 안 그래도 내성적인 다정은 부모님을 잃은 상처를 속으로 삭이느라 힘들어했는데 휘청대는 그녀를 잡아준 게 동생이었다.

"언니는 딴생각 말고 공부나 해. 언니는 제일 잘하는 게 공부잖아. 난 공부 빼곤 다 잘하니까 할 거 많아."

다은은 공부 대신 부지런히 알바를 했다. 힘들다는 내색 한번 없이 언니의 학비를 마련했고, 틈틈이 곡을 써서 가수가 되겠다고 했다. 그렇게 몇 년, 다정은 대학교를 졸업해 은행에 취직했고 다은은 조그만 기획사에 들어가 데뷔 준비를 했다. 하지만 데뷔 준비는 말뿐이었을 뿐, 툭하면 초라하기 이를 데 없는 행사장에서 다른 가수의 히트곡을 부르는 가수로 불려 다녔다. 출연료는 말이 안 되는 수준이었다. 그러면서 다은도 지쳐갔다. 그녀가 김민준을 만난 건 그 무렵이었다.

다정은 부잣집의 사고뭉치 아들이 맘에 들지 않았지만, 동생은 빠르게 민준에게 빠져들었다. 그러면서 술자리가 늘고 외박하는 날이 잦아졌다. 다정은 가끔 잔소리 몇 마디 하는 게 전부였는데, 지금 와서 돌이키면 그 점이 가장 후회스러웠다. 그때 어떻게든 말렸어야 했는데.

어느 날부터 다은은 눈에 띄게 야위어갔고 불면과 불안에 시달렸다. 급기야 우울증 약을 먹기 시작했고 몇 달 후 어느 날 퇴근하고 집에 온 다정은 싸늘하게 식어버린 다은을 발견했다. 미안하다는 말로 시작되는 짧은 유서에는 남자 친구가 친구 두 명과 함께 다은에게 약을 먹여 유린한 뒤 영상을 찍어서 단체방에서 돌려봤고 자신은 더 이상 치욕과 공포를 견딜 수 없다는 얘기가 담겨있었다. 다정은 짐승처럼 엉금엉금 기어가 동생의 식은 몸을 흔들어댔다.

"안 돼! 날 혼자 두지 마! 제발!"

다정은 한참을 널브러져 있다가 겨우 일어나 경찰에 신고했다. 동생을 죽음으로 몬 녀석들은 곧 처벌받으리라 믿었지만, 상황은 어이없이 전개됐다. 민준의 집안이 손을 써서 사건을 틀어막은 것이다. 영상은 합의하에 촬영된 거라 문제없다고 결론 났고, 유서가 증거로 제출됐지만 놈들의 이름이 정확히 적혀있지 않다는 점을 내세웠다. 사건이 흐지부지 종결되고 남은 건, 다은이 문란했다는 쑥덕임뿐이었다. 다은의 장례를 마치고 빈집에 들어온 다정은 자신이 어둠에 잡아먹힌 걸 느꼈다. 씩씩하고 어여쁜 다은이는 상처받고 외롭게 죽어갔는데 세상은 뻔뻔하게 잘만 돌아갔다. 믿을 수가 없었다. 그녀는 이를 갈면서 하루하루를 견뎠다.

그런데 5년 만에 김민준이 다정 앞에 제 발로 나타났다. 결혼을 앞두고 자산운용 컨설팅을 받고 싶다며 은행에 왔다.

'내 동생을 그렇게 죽게 만들어놓고 넌 낄낄대며 결혼을 해?'

다은의 장례식에 오지 않았던 김민준은 다정을 알아보지 못했다.

'어떻게 하지? 뭐부터 해야 돼?'

김민준과 만난 후 화장실에 간 다정은 거울 속 자신을 뚫어져라 바라보았다. 핏기가 가신 얼굴과 부들부들 떨리는 손. 그녀는 두 손을 꽉 맞잡았다. 떨지 말자. 다정은 입술을 질끈 깨물었다.

✦

용산의 고급 주택가 골목 사이로 음 소거된 바람이 불어왔다. 바람이 닿는 높은 담 밑에는 어깨를 움츠리고 선 실루엣이 보인다. 고다정이다. 그녀가 몸을 숨기고 있는 곳은 김민준의 집 담장 밑이다. 은행에 입력된 김민준의 인적 사항을 뒤져 그의 집을 알아냈다.

그와 마주치면 어떻게 할까. 머리채를 잡아끌고 가슴팍을 쥐어뜯을까, 끔찍한 약물을 뿌릴까. 별별 방법의 복수를 상상해봤지만 어설프고 허접하기만 했다. 겁도 났다. 궁리 끝에 일단 그의 집에 가보기로 했다. 가서 보면 뭔가 답이 보이지 않을까.

그 순간 환한 불빛이 그녀를 향해 다가왔다. 전조등을 밝힌 빨간색 마세라티가 집 앞에서 멈췄다.

"사장님, 정신 차리세요. 여기가 댁이 맞죠?"

대리운전 기사가 운전석에서 내려 뒷좌석에 널브러진 누군가를 깨운다. 김민준이다.

"벌써 집이야? 히야, 우리 기사님, 베스트 드라이버네."

김민준은 술에 절은 말투로 머리가 허연 대리기사에게 건들

됐다.

"자, 여기. Keep the change. (잔돈은 가져요.)"

김민준은 지폐를 몇 장 꺼내 휙 던지더니 바닥에 떨어진 돈을 밟으며 휘적휘적 대문으로 향했다. 대리기사는 불쾌한 기색이 역력했지만 말없이 돈을 집어 들고 자리를 떴다.

다정은 어둠 속에서 조용히 나와 그를 바라보았다. 김민준은 인사불성이 되어 대문 기둥에 기댔다. 다정은 돌이라도 하나 들고 오지 않은 걸 후회했다.

'저 자식 머리채를 잡아채서 기둥에 내리칠까?'

상상만으로도 가슴이 터져버릴 것 같았다. 손을 떨며 몇 발짝 다가가려는 순간, 요란한 소리와 함께 문이 열렸다. 눈을 뜬 김민준이 뭐라 중얼대며 문 안으로 사라졌다. 다정은 얼른 그늘 밑에 몸을 숨기고 멍하게 그 모습을 바라봤다. 안 돼. 이렇게는 아냐. 정신 차리자.

술을 마시지도 않았는데 휘청대며 집에 돌아온 다정은 옷도 벗지 않고 침대에 벌렁 누웠다. 아무 계획 없이 헛걸음한 자신이 한심해서 견딜 수가 없었다. 지금이라도 그의 집에 숨어들어 잠든 김민준의 가슴팍에 칼날을 꽂는 상상도 했다. 아니, 그럴 게 아니라 그 동네 사람들이 전부 들도록 살인자라고 소리 지를 걸 그랬나. 불붙인 기름병이라도 던지는 건?

아냐, 전부 말도 안 돼.

다정은 허우적댈수록 더 깊이 두 다리를 잡아끄는 늪에 빠진 기분이었다. 어둠 속에서 버둥대던 다정은 휴대폰을 들었다. 뭐라도 하지 않으면 미쳐버릴 것 같아서다. 한참 동안 정처 없이 손가락을 움직이던 그녀는 문득 동작을 멈췄다.

[눈물이 나거나 한숨이 앞서는 소원인가요?]

소원성취 앱의 광고 문구. 눈물 나는 소원이란 말이 다정을 단숨에 사로잡았다. 그녀는 홀린 듯이 앱을 내려받았다.

✦

'차라리 점집에 갈 걸 그랬나.'

종로 한구석 소원성취 앱 고객센터를 찾아온 다정은 마음이 뒤숭숭했다.

그곳은 뭔가 이상했다. 집 안이 지나치게 깔끔하단 느낌을 지울 수 없다. 어제 바른 것처럼 하얀 벽과 천장은 사람을 묘하게 긴장시켰다. 어딘가 모르게 비현실적이었다. 드라마 세트장처럼 어색했다. 하지만 이미 되돌릴 수 없다는 생각이 들어 말없이 소파에 앉았다. 맞은편에는 자신을 한소원이라고 소개한 여자가 앉았다.

"올려주신 사전 설문을 보니 소중한 가족과 이별……하셨나 봐요."

'하나뿐인 소중한 동생을 잃고 마음이 돌덩이로 변해버렸습니다. 다시 살아갈 수 있는 방법을 찾고 싶어요.'

사전 설문에 다정이 남긴 글이다. 구체적인 이야기는 아니었지만 소원은 그 짧은 글에서 외면할 수 없는 절박함을 느꼈다. 엄마를 잃은 소원의 상처가 욱신거리며 반응했다.

다정은 천천히 얘기를 시작했다.

"저에겐 동생이 하나 있었어요. 다은이란 예쁜 애였어요. 부모님이 돌아가신 우리는 외롭고 가난했지만 그래도 서로에게 의지하며 버틸 수 있었어요. 특히 다은이는 씩씩하고 밝아서 제게 많은 힘이 됐는데……. 세상일은 동생 뜻대로 풀리질 않았어요. 하고 싶은 일이 계속 좌절되고…… 그러다가 어떤 남자를 만났어요. 어느 한구석 믿을 수 없는 남자였지만 동생은 그놈한테 많이 기댔던 것 같아요. 달콤하게 굴었나 봐요. 진심하고는 아무 상관도 없이. 불안불안했는데 결국 그놈이……. 동생이 사랑한다는 그놈이 친구 두 명과 함께 동생을 짓밟았어요. 몸과 마음까지 모두."

다정은 후드득 굴러떨어지는 분노를 누르느라 잠시 얘기를 멈췄다가 다시 이어나갔다.

"다은이는 견딜 수 없어 했어요. 처음엔 잠을 못 자더니 나중엔 옷장 안에 들어가서 자해를 하기도 하고. 그놈의 달콤함에 속은 자기 자신을 참을 수가 없었나 봐요. 결국…… 절 두고 떠나버렸어요. 아주 멀리. 근데 그 나쁜 놈은 대가를 치르지 않았어요. 그 자식 아버지가 손을 썼거든요. 발버둥 쳐봤자 소용없었어요. 경찰서에 쫓아가 악을 쓰고 뒹굴었지만 골칫덩이 취급만 당했죠. 비싼 변호사들이 겹겹이 둘러싸고 그놈을 막아줬어요. 증거가 없다, 유서에 정확한 이름이 있는 것도 아니지 않냐, 동생은 원래 정신이 온전하지 않았던 것 아니냐⋯⋯. 그때부터 제 인생은 악몽과의 싸움이에요. 밤이면 밤마다 그놈이 꿈에 나타나서 잡으려고 허우적댔지만 녀석은 계속 빠져나가고. 그렇게 끔찍하게 몇 년을 살았는데 얼마 전에 그놈을 만났어요. 회사에서요. 피가 거꾸로 솟고 속이 뒤집힐 것 같았죠. 그런데."

단숨에 거기까지 말한 다정은 결국 얘기를 멈춰야 했다. 꾹꾹 눌렀던 울음이 터졌기 때문이다. 소원은 티슈를 꺼내 그녀에게 건넸다.

"아무것도 할 수 없었어요. 정말 아무것도. 뭘 어떡해야 할지⋯⋯. 미칠 것 같아요. 그놈과 친구들을 당장 부숴버리고 싶은데 아무것도 할 수 없어서 괴로워요."

씹어 삼키려 해도 자꾸 비집고 나오는 다정의 울음소리가 거실에 가득 찼다. 한참이 지나 먼저 얘기를 꺼낸 건 소원이었다.

"부숴버리고 싶다는 건 구체적으로 무슨⋯⋯?"

다정은 눈물범벅으로 고개를 들었다.

"잘 모르겠어요. 죽어버렸으면 좋겠다고 생각했다가도 그건 아닌 것 같기도 하고. 이랬다저랬다 하는데 하나는 확실해요. 내

동생이 느낀 괴로움을 그 자식들도 맛보게 하고 싶다는 거. 나쁜 짓은 그 자식들이 했는데 왜 내 동생만 고통을 받은 건지……. 불공평해요."

다정은 분노 위에 올라탔지만 고삐를 놓친 채 이리저리 끌려다니는 것 같았다.

"이대로는 살 수 없어요. 제가 살려면 그놈들을 어떻게든 해야만 해요."

어린 시절 소원이 수없이 들었던 얘기가 있다. '에그, 어쩌다가'라는 말. 엄마 사고 후에 경찰서에 우두커니 앉아있을 때에도, 이리저리 옮겨 다니다 결국 보육원에 맡겨졌을 때에도, 좋은 성적을 받은 그녀가 혼자란 게 소문난 학교 교무실에서도. 어른들은 목소리를 낮춰가며 쑥덕였다. '에그, 어쩌다가.' 그 말이 나쁜 뜻은 아니란 건 소원도 알았다. 하지만 듣기 싫었다. 은밀하게 그 말을 주고받은 어른들이 판에 박힌 표정으로 소원에게 친절하게 굴 때마다 소리치고 싶었다.

'어쩌다가 그렇게 됐냐고요? 나 땜에 그랬어요! 내가 엄마를 크게 부르는 바람에 엄마가 죽어버렸다고요!'

단 한 번도 입 밖에 내지 않았던 말이었다. 말을 삼킬수록 소원은 심연으로 더 깊게 가라앉았다. 아무 소리도 존재하지 않는 깊은 어둠 속으로 끝도 없이 빨려들었다.

다정도 지금 그런 심정일까.

소원은 시선을 떨구고 잠시 생각에 잠겼다가 손을 내밀었다.

"고다정 씨, 휴대폰을 주세요. 소원을 위해 앱을 보정해드리겠습니다."

다정은 혼란스러운 눈길로 소원을 바라본다.

"사실은 제가 정확히 뭘 원하는지도 아직 잘 모르겠는데요……."

"자신하기 쉽진 않지만 앱을 사용하다보면 실마리가 차차 보일 거예요. 어차피 저희 앱은 방향을 잡아드릴 뿐 직접적인 해결법을 드리진 못해요. 다만 할 수 있는 범위 안에서 고객님을 위해 최선을 다합니다. 그 이상을 해야만 한다면, 그렇게 하죠."

그 순간 다정은 소원의 눈에서 물기를 본 것 같았다. 왜 그러는지는 모르겠지만 그녀가 보인 진심이 의심되진 않았다. 다정은 자신의 휴대폰을 건넸다.

"잠시 기다려주세요."

소원은 짧은 말과 함께 내실로 사라졌다.

다정은 알 수 없는 향기와 공기 속에서 혼자 남아있었다. 잠을 설친 데다 동생의 얘기를 하면서 몰려온 감정이 더해져 묵직한 피로로 변하고 말았다.

그녀는 소파 등받이에 몸을 기댔다. 자기도 모르게 긴장했던 걸까. 몸을 기대니 근육과 관절이 이완되면서 푹 꺼지는 기분이 들었다. 다정은 가늘고 길게 날숨을 뱉어냈다. 배나 가슴에 한 올의 공기도 남기지 않으려는 듯 끝까지 내쉬었다. 그렇게 하고 나니 숨이 제대로 쉬어지는 것만 같다.

✦

집에 돌아온 다정은 현관문을 열고 들어서자마자 쓰러져 잠이 들었다. 몇 시간 후 깨어났을 때 제일 먼저 기억나는 건 소원의 단호한 한마디였다.

"이 앱으로 인해 생기는 일을 감당할 수 있다는 확신이 들 때 신중하게 사용하세요."

왜 그런 말을 했을까.

그때 휴대폰에서 알림 소리가 들려왔다. 휴대폰을 열자 소원 성취 앱에서 보낸 안내창이 떠있었다.

[고객님의 소원이 이뤄질 겁니다.]

이어서 굵은 폰트의 안내문이 떴다.

[증오의 대가는 자신에 대한 혐오가 될 수도 있습니다.]

다정은 망설임 없이 'NEXT' 버튼을 눌렀다. 또 다른 안내문이 떴다.

[고객님이 앱을 사용할 수 있는 기회는 세 번입니다. 반드시 상대방의 전화번호를 정확히 누르시기 바랍니다.]

설명이 아니라 경고였다. 서늘한 예감이 다정의 가슴을 찔렀지만 또다시 'NEXT' 버튼을 눌렀다.

화면에는 전화번호를 입력할 수 있는 버튼이 떴다. 다정은 잠시 안내문을 되풀이해 읽었다. 그녀는 김민준의 전화번호를 기억하지 못했다. 한편으론 앱이 어떤 기능을 하는지 알지 못하니 불안한 마음도 들었다. 결국 다정은 휴대폰을 내려놓았다.

앱을 깔고 며칠 뒤 오후, 박 차장이 급히 달려왔다.

"고다정 씨, 얼른 VIP 라운지에 좀 가봐. 김민준 씨 와있어."

목소리에서 다급함이 읽혔다.

"난 지금 미팅부터 끝내야 하거든. 끝나고 갈 테니 김민준 씨 상대 좀 해줘."

박 차장은 두툼한 뱃살을 출렁대며 회의실로 급히 사라졌다.

침착하자. 긴장하지 말고 자연스럽게.

다정은 표정을 가다듬고 은행 2층에 있는 VIP 라운지로 향했다. 그녀가 김민준을 발견하고 인사를 건네자 구겨진 표정이 돌아왔다.

"세기은행 시설이 왜 이래요? 엘리베이터가 고장 나서 지하 3층에서 여기까지 걸어 올라왔잖아."

김민준은 상상할 수도 없는 일을 당했다는 듯 눈을 희번덕댔다.

"죄송합니다. 가실 땐 불편함이 없도록 얼른 조치를 취하도록 하겠습니다."

"그런다고 올라오느라 힘들었던 게 없어지나. 에이, 짜증 나!"

그때 박 차장이 헐레벌떡 들어왔다.

"죄송합니다, 미팅 땜에 좀 늦었습니다. 많이 기다리셨죠?"

"뭐야? 박 차장님 방금 엘리베이터 탔어요?"

김민준이 미간을 잔뜩 좁히고 쏘아붙인다.

"네?"

"지금 여기 올 때 엘리베이터 타고 왔냐고요?"

"네, 탔습니다. 김민준 고객님을 빨리 뵈려고……. 하하."

"그새 엘리베이터 고친 거야? 난 걸어오느라 실컷 골탕 먹었는데?"

영문을 모르는 박 차장은 당황했다. 김민준은 부드러운 소파에 앉으며 뾰족하게 말했다.

"긴 말 할 거 없고, 차장님 지금 다시 걸어 내려갔다가 걸어 올라와요."

"네?"

"세기은행 슬로건이 뭡니까? 고객과 함께, 맞죠? 근데 고객은 헉헉대고 걸어 올라오고 은행 직원은 편하게 엘리베이터를 탄다는 게 말이 됩니까? 얼른 튀어 내려갔다가 다시 올라와요. 계단으로."

"아니, 저기 고객님……."

"그래요, 나 고객이에요. 보통 고객이 아니라 VIP 고객! 당신네 은행에 돈뭉치 척척 갖다주는 사람! 그런 VIP가 지금 말하고 있잖아!"

순식간에 목부터 귀까지 벌겋게 달아오른 박 차장은 입술을 질끈 하고 말없이 계단으로 향했다. 잠시 후 박 차장이 무거운 몸을 헉헉대며 돌아왔다.

"말씀대로 했습니다. 그럼 이제…… 고객님 용무를 도와드리죠. 오늘 어떤 일로 오셨습니까?"

김민준은 박 차장을 쳐다보지도 않고 차갑게 뱉었다.

"에이, 이건 반칙이지. 나는 지하 3층에서 2층까지 올라왔는데 그쪽은 1층까지만 갔다 온 거잖아. 고통은 공평하게. Am I right? (내 말 맞지?)"

박 차장은 할 말이 있는 듯 입술을 달싹였지만 이내 몸을 돌려 계단으로 향했다. 그리고 몇 분 후 땀에 젖은 얼굴로 숨을 몰아쉬는 박 차장이 나타났다. 그걸 본 김민준은 꼬았던 다리를 바꾸면서 입꼬리를 올렸다.

"이게 진정한 고객 사랑이지. 나도 당신을 위해서 좋은 일 한번 했고."

"네?"

"배가 그게 웬일입니까, 운동 좀 하셔야지. 애들한테 돈 들어갈 일도 많을 텐데 배가 그 지경이면 되겠어요? 아빠가 오래오래 사셔야지. 안 그래요?"

다정은 믿을 수가 없다. 동생은 어쩌자고 저런 녀석을 만났을까. 김민준은 이번엔 그녀를 돌아본다.

"어이, 거기! 멀뚱히 있지 말고 이분 물 한잔 갖다줘요. 숨 넘어가겠어. 세기은행은 동료애 교육도 안 시키나?"

다정은 박 차장을 못 본 척 지나쳤지만 분명히 알 수 있었다. 그는 지금 수치심과 분노로 요동친다. 이후 김민준은 건들대며 용무를 봤고, 박 차장과 다정은 별말 없이 그의 요구사항을 들어줬다. 그렇게 미팅이 끝나고 자리로 돌아온 다정은 소원성취 앱의 안내문을 떠올렸다.

[고객님의 소원이 이뤄질 겁니다.]

다정은 마우스를 움직이기 시작했다. 몇 번의 클릭 끝에 김민준의 고객 카드를 열자 전화번호가 떴다.

010-0101-6789

다정은 폰을 들고 소원성취 앱을 실행해 버튼을 눌렀다.

0. 1. 0.

그때 박 차장이 다정의 옆을 지나친다. 그는 여전히 땀을 흘리고 있다. 아직도 힘든가.

0. 1. 0. 1.

박 차장은 무거운 걸음으로 은행 출입문으로 향한다.

6.

유리로 된 자동문이 열리자 박 차장은 밖으로 몇 걸음 나선다.

7.

자동문이 닫히고 소리 없는 바깥 풍경이 다정의 눈에 들어온다. 박 차장은 거리를 향해 한숨을 쉬더니 담배를 입에 물고 라이터를 켠다.

8.

그 순간 박 차장의 커다란 몸이 허물어진다 싶더니 풀썩 바닥에 쓰러졌다.

9.

청원 경찰이 박 차장을 향해 달려가자 자동문이 열리고, 다정의 휴대폰에서는 몇 번의 통화 연결음 후 "여보세요." 하는 김민준의 대답이 건너왔다. 이어서 휴대폰에서 괴상한 기계음이 들리는가 싶더니, 휴대폰과 은행 출입문 쪽에서 동시에 큰 소리가 났다.

쾅!

다정이 벌떡 일어나 은행 밖을 보니, 쓰러진 박 차장과 그를 흔들어 깨우는 청원경찰이 보이고, 그 뒤로 가로등을 세차게 들이박고 멈춘 빨간색 마세라티가 눈에 들어왔다.

'저 차는!'

며칠 전 김민준의 집 앞에서 본 차다. 그녀는 불길한 예감에 손을 떨며, 들고 있던 휴대폰을 내려다봤다. 휴대폰 화면에는 붉은 글씨가 떠있었다.

[첫 번째 통화가 끝났습니다.]

다정은 손으로 비명을 틀어막으며 털썩 주저앉았다.

✦

김민준의 죽음은 이상한 점투성이였다. 30대 초반의 건강한 남자가 대낮에 갑자기 가로등을 들이받은 이유가 설명되지 않았기 때문이었다. 그의 차 블랙박스를 돌려보니 김민준은 전화를 받다가 사고를 일으킨 걸로 추정됐다. 걸려온 전화를 받은 김민준이 "여보세요."를 했을 뿐, 별다른 말은 들리지 않아 통화 내용은 알 수가 없었다. 경찰은 그 전화가 김민준의 죽음과 연관돼있을지 몰라 휴대폰을 열어보려 했으나 쉽지 않았다. 통화 기록을 뒤져봐도 추적이 불가능한 번호로 나왔다.

세기은행 한남 지점은 김민준이 죽기 직전 다녀갔던 곳이라 경찰 조사를 받아야 했지만 특이점은 발견되지 않았다. 마지막 목격자였던 박 차장은 병원 신세였고, 다정 역시 김민준의 갑질 피해자로 여겨져 조사는 형식적으로 넘어갔다.

경찰 조사가 진행되는 동안 다정의 공포는 극에 달했다. 자신의 전화번호가 김민준의 휴대폰에 찍혀있을 거란 생각 때문이었다. 그러다가 추적이 불가능하다는 소식을 전해 듣고 주저앉을 뻔했다. 소원성취 앱이 특수한 기능을 작동한 거라 추측하며 가슴을 쓸어내렸다. 다정의 핏기 없는 표정은 오히려 자연스러워 보였다. 충격받은 거지 뭐. 은행 동료들은 혀를 차며 수근댔다.

사건이 일어난 날 밤, 다정은 한숨도 잘 수 없었다.

'내가 그런 거야. 내가 전화를 걸어서 그놈을 죽인 거라고!'

두려움 때문에 휴대폰은 만질 수도 없었다.

'내가 사람을 죽이다니. 말도 안 돼!'

자신의 휴대폰에 무슨 짓을 한 건지 따지기 위해 소원성취 앱 고객센터에 당장 가보려 했다. 하지만 뒤이은 생각이 그녀의 발목을 잡았다.

'거기선 앱만 깔아줬을 뿐 정작 전화를 한 건 나잖아. 결국 내가 저지른 거야. 내가 거길 가면 얼굴 하얀 고객센터 여자가 날 신고할지도 몰라!'

어떻게 해야 할지 몰라 초조하게 며칠을 보내던 어느 날 밤. 다정은 조심스레 소원성취 앱을 열었다. 이번에도 굵은 글씨의 안내문이 떠있었다.

[고객님이 앱을 사용할 수 있는 기회는 두 번입니다. 반드시 상대방의 전화번호를 정확히 누르시기 바랍니다.]

처음에는 세 번이었는데 한 번이 줄어있었다. 숫자를 우두커니 바라보던 다정의 머릿속에서 스파크가 일었다.

'기회가 세 번인 이유는 김민준과 공범 두 명 때문인가. 김민준이 죽었으니 이제 두 번 남은 거고. 나머지 둘은 누구지. 유서에 이름도 없는데.'

다정은 혼란에 빠졌다. 자신이 저지른 일 때문에 휘청댔으면서 어느새 다음 타깃을 노리다니. 자신이 품은 증오의 크기에 스스로 놀랐다. 그러나 이내 가슴에서 싸늘한 불꽃이 일렁였다.

동생이 죽고 나서 수천 번 상상하던 일이 드디어 이뤄지고 있는데 나약해져선 안 된다. 정신 차리자. 복수심은 허물어진 다정을 차갑게 일으켜 세웠다. 눈물에 젖어 흐물거리던 머릿속이 맑아졌다. 뭐부터 해야 하지? 잠깐 멍했지만 이내 정신을 차렸다. 김민준의 SNS를 뒤져보자.

예상은 했지만 김민준의 인스타그램은 역겨운 허세와 과시로 넘쳐났다. 울렁대는 속을 억누르며 모든 사진을 뒤졌지만 공범에 대한 단서가 잡히진 않았다. 경악했던 건 다은의 흔적이 전혀 없다는 사실이었다. 그의 인스타그램만 보면 고다은이라는 사람은 존재하지도 않았던 것 같다. 증발해버린 거다. 동생이 죽자 손을 쓴 게 틀림없었다.

뻔뻔함에 치를 떨던 중, 사진 한 장이 눈에 들어왔다. 몇 년 전 김민준과 어떤 남자가 술집에서 찍은 사진인데, 낯선 남자의 팔을 자세히 보니 여자 손 하나가 눈에 들어왔다. 겨우 손가락 몇 개 보일 뿐이지만 다은의 손이 틀림없었다. 그 무렵 다은이 자주 하던 네일아트를 알아보았다. 인조 손톱을 사서 동생이 직접 그림을 그려 넣은 거라 똑똑히 기억하고 있었다. 남자 친구 앞에서 다른 남자 팔짱을 낀 걸 보면 김민준과 다은 그리고 미지의 남자는 서로 잘 아는 사이였던 것 같다. 그렇다면 혹시 이 남자가 공범 중 한 명? 이 남자를 찾아야 한다. 그때 퍼뜩 떠오른 소식이 있었다. 사건 조사를 마치느라 조금 늦게 치러진 김민준의 장례식이 내일이었다. 은행에서 들었다. 다정의 심장이 거친 소리를 내며 뛰기 시작했다.

✦

국화와 백합으로 치장된 근조 화환이 즐비한 장례식장. 저쪽에선 또 다른 화환이 속속 도착하고 있다.

'삼가 고인의 명복을 빕니다. 세기은행 한남 PB센터 지점장 ○○○'

다정이 일하는 지점에서 보낸 조화도 눈에 띄었다. 휴가를 내고 김민준의 장례식장에 온 다정은 조금 떨어진 의자에 앉아 조문객을 살펴보았다.

빈소를 찾는 이들이 꽤 많았다. 김민준 아버지의 돈의 힘이겠지. 휑하기만 했던 다은의 장례식을 떠올리니 씁쓸해졌다. 부모님을 일찍 잃은 자매에겐 부를 사람도 많지 않았다. 세상에 혼자 남겨진 걸 절감할 수밖에 없던 시간이었다. 그런데 김민준의 장례식장은 조화가 뿜어내는 짙은 꽃향기로 가득했다. 속을 울렁거리게 만드는 그 향기에 다정의 죄책감은 휘발되고 딱딱한 분노만 남았다.

'딴생각하지 말자. 일단 사진 속 남자를 찾아야 해.'

막연했지만 이제 첫걸음이다. 분명 이들 중에 사진 속 남자 혹은 공범이 있을 거다. 그때였다.

"친구 부모님 장례식엔 가봤어도, 이 나이에 동창 장례식에 오게 될 줄은 몰랐다."

동창이란 말에 다정은 천천히 고개를 돌렸다. 고급스러운 양복과 시계로 치장한 두 남자가 보였다. 그중 한 명을 보자 심장이 터질 것 같았다. 사진 속 남자였기 때문이다.

어떡하지. 다정이 머뭇대는 동안 두 사람은 빈소 앞에 가서 조의금 봉투를 꺼내 들었다.

'뭐라도 해봐야 돼. 얼른!'

의자에서 급히 일어난 다정은 문득 고개를 옆으로 돌렸다. 스테인리스 문틀에 자신이 비춰졌다. 뿌옇게 보이긴 해도 거울을 대신할 만했다. 다정은 자신의 모습을 잠시 훑더니 긴장된 표정을 편하게 바꿨다. 묶었던 머리카락도 풀었다. 재킷을 벗어 손에 들고 심플한 민소매 블랙 원피스 차림으로 또각또각 그들에게 다가갔다.

"펜 좀 빌릴 수 있을까요?"

다정이 최대한 나지막한 목소리로 말을 건넸다. 사진 속 남자와 친구는 조의금 봉투에 이름을 쓰다 말고 다정을 향해 몸을 돌렸다. 사진 속에 있지 않았던 남자가 사인펜을 내밀었다.

"먼저 쓰세요."

남자는 다정을 훑어보며 슬쩍 웃었다. 장례식장에 어울리지 않는 은밀한 웃음이었다.

"고맙습니다."

펜을 받은 다정은 봉투에 이름을 써내려갔다. 그녀는 남자들이 그걸 보길 바라면서 일부러 천천히 썼다.

"고다은?"

지금껏 다정을 본체만체하던 사진 속 남자가 흠칫하는 기색이다. 다정은 그걸 놓치지 않았다.

"혹시 저를 아세요?"

"아뇨, 그냥 뭐……. 예전에 알던 이름이라."

사진 속 남자는 둘러댔지만 그의 눈빛은 묘한 떨림으로 꿈틀댔다. 다정은 펜을 줬던 남자도 재빨리 살폈다. 그는 아무 반응 없이 무덤덤했다.

'이 사람은 아냐.'

반면 사진 속 남자의 불안감은 공기를 진동시켰다. 다정은 머리가 띵해졌다. 티를 내선 안 돼. 그녀는 남몰래 심호흡을 한 뒤 엷은 관능을 깐 목소리로 말했다.

"의외네요. 이런 곳에서 제 이름과 인연이 있는 분을 만나다니."

사진 속 남자는 대꾸도 안 하고 빈소로 들어가 버렸다. 사인펜을 준 남자도 급히 그의 뒤를 따랐다. 둘은 절을 한 다음 유족들과 잠시 얘기를 나누고 빈소를 나왔다. 두 사람이 식당으로 가는 걸 본 다정은 조금 더 있다가 식당으로 들어갔다. 식당 한쪽에 마주 앉은 둘이 보였다. 다정은 조용히 다가갔다.

"실례지만 같이 앉아도 될까요? 조문객이 많은데 혼자 테이블을 차지하기 민망해서요."

사인펜 남자는 뭔가 기대된다는 표정으로 친구의 옆구리를 찔렀다. 사진 속 남자는 여전히 불편한 표정이다.

"친구인가 봐요, 김민준 씨랑."

말을 받은 건 사인펜 남자다.

"민준이 고등학교 동창이에요. 그쪽은 민준이랑 어떻게……."

"저희 은행 고객이셨어요. 제가 담당이었고요. 화환을 보냈는데 특별한 고객이라 직접 조문도 왔어요."

막힘없이 나오는 말에 다정 자신도 놀랐다.

"저랑 이름이 같은 사람을 안다고 그러셨죠. 혹시 여자 친구분인가요?"

사진 속 남자는 대답도 않고 다정한테서 시선을 거둬버린다.

"제 이름은 이미 알려드린 셈인데…… 두 분은?"

"저는 이민용입니다."

사인펜 남자가 말했다. 말 없던 사진 속 남자는 내키진 않지만 할 수 없다는 표정으로 얘기한다.

"남진우입니다."

이제 첫발을 뗀 거야. 다정은 숨을 크게 들이마셨다.

식사를 하며 다정은 틈만 나면 남진우의 눈을 똑바로 쳐다보았다. 부드러우면서도 깊은 인상을 줄 수 있도록 애썼다. 특히 다은이를 열심히 떠올리며 동생과 비슷한 말투나 표정을 지으려 최선을 다했다. 외모가 워낙 다른 자매였기에 쉽진 않지만, 남진우가 그녀에게서 동생과 공통점을 찾길 바라는 마음이 간절했다. 그를 도발하기 위해 다정이 떠올린 방법은 그게 전부였다. 하지만 뚱한 표정의 남진우는 다정에게 별 관심 없어 보였다.

밥을 다 먹어가자 다정은 마음이 급해졌다. 남진우에게 접근할 구실을 찾기 위해 머리를 굴리다가 자신의 원피스에 커피를 쏟았다.

"어머!"

너무 요란스럽지는 않되 당황했다는 걸 분명히 느낄 수 있는 비명이었다.

"괜찮으세요?"

이번에도 먼저 반응을 보인 건 이민용이었다. 대체 남진우는 왜 저렇게 반응이 느린 건지. 다정은 어쩔 수 없이 과감한 시도를 해보기로 했다.

"다시 회사로 들어가야 하는데 옷이 이래서 어쩌지…… . 남진우 씨 실례지만 차 갖고 오셨나요?"

"네?"

"저 좀 태워다 주실 수 있나요? 가까운 전철역까지만이라도."

다정은 남진우를 똑바로 쳐다보았다. 그녀의 눈빛은 말보다 강했다. '지금 당신한테 접근하기 위해 일부러 쏟은 거 알죠?' 이민용이 먼저 눈빛을 읽었나 보았다. 씨익 웃으며 작게 휘파람을 불었다. 그러곤 남진우의 옆구리를 툭 치며 말했다.

"진우야. 내가 약속을 깜박했네. 먼저 가야겠다. 고다은 씨, 살펴 가세요. 우리 진우 잘 부탁드리고요."

이민용이 벌떡 일어나 가버리자 남진우는 내키지 않는 표정이다가 결국 마지못해 입을 열었다.

"일어나시죠."

오그라든 다정의 가슴이 조금 편해졌다. 그녀는 대답 대신 엷게 웃으며 머리를 귀 뒤로 넘겼다. 동생의 손짓과 표정을 열심히 떠올리며 기억해낸 다은의 습관이다.

✦

고다정과 남진우가 탄 차가 지하철역에 도착하기까지 10분. 다정의 머리는 쉴 새 없이 돌고 있다. 전화번호를 무슨 수로 알아내지. 뾰족한 방법이 없어, 다정은 과감하게 밀어붙이기로 했다.

"뭔가 사연 있나 봐요? 고다은이란 사람하고."

끼이익. 남진우는 신호에 걸린 차를 거칠게 세웠다. 그의 표정이 무섭게 굳었다.

"그 이름 함부로 말하지 마요."

남진우의 눈이 묘하게 번쩍였다. 그 번쩍임에는 복잡한 감정들이 엉겨 붙어있다.

'그래, 이게 증거야. 다은이랑 관련 있다는 증거.'

다정의 목구멍으로 증오가 꿈틀대며 올라왔다.

"죄송해요. 좋은 기억이 있는 이름인 줄 알고."

남진우는 시선을 앞에 고정하고 곁을 주지 않았다. 다정은 확실히 쐐기를 박겠다는 심정으로 말을 이었다.

"어떤 인연은 스스로 걸어온대요. 굳이 억지로 찾지 않아도요."

제발 걸려들어라, 제발.

"이상하게 들리겠지만……. 우리도 스스로 걸어온 인연 아닐까 생각했어요."

"우리?"

남진우가 어이없다는 듯 중얼댔다.

이 방법은 안 통하나. 다정이 가슴을 졸이는데 뒤 차가 경적을 울렸다. 신호가 바뀐 지 좀 됐나 보았다. 다급히 차를 출발시킨 남진우가 툭 던지듯 말했다.

"010-0202-4575. 내키면 전화하든가."

다정의 눈이 커졌다.

"전화하기 싫어요? 적지도 않네."

남진우가 시큰둥하게 물었다.

"은행 다니잖아요. 숫자엔 자신 있어요."

차는 어느새 전철역 앞에 도착했다.

"010-0202-4575. 맞죠?"

안전 벨트를 풀며 다정이 확인하자, 남진우는 고개를 끄덕하곤 차를 몰고 갔다. 혼자 남겨진 다정은 얼른 전화번호를 저장했다. 휴. 다정은 눌러뒀던 큰 숨을 내쉬었다.

✦

[고객님이 앱을 사용할 수 있는 기회는 두 번입니다.]

언제 전화를 걸어야 하지? 죽음을 안겨주는 전화라는 생각에 다정은 계속 망설였다. 다정이 초조함과 혼란의 시간을 보낸 며칠 후, 은행 출입구에 들어서는 남진우가 보였다.

"왜 전화 안 해요?"

다정이 앉아있는 창구로 성큼성큼 다가온 남진우가 다짜고짜 물었다. 다정은 동료들의 눈길을 의식하며 조용히 말했다.

"여긴 어떻게 알고 오셨어요?"

"장례식장에서 말했잖아요, 일하는 은행에서 화환 보냈다고."

남진우는 의미심장한 표정으로 다정을 훑다가 그녀의 사원증에서 눈길이 멈췄다.

"고다정?"

남진우의 얼굴에 경계의 셔터가 내려졌다. 다정은 뒷머리가 서늘했다.

"진우 씨, 우리 잠깐 나가요."

다정은 쿵쾅대는 심장을 누르며 생긋 웃었다. 그녀는 일부러 경쾌한 걸음으로 앞장서서 은행을 나갔고 남진우는 입을 꾹 다문 채 그녀를 따랐다. 두 사람은 은행 옆 골목에 마주 섰다. 다정은 지금 이 순간 자신이 할 수 있는 최대치의 명랑함을 짜내 먼저 말을 꺼냈다.

"표정이 왜 그래요, 나 만나러 여기까지 왔으면서. 아, 내 이름 땜에 그래요? 속인 걸까 봐? 어릴 때 이름이 다은이였어요. 지금도 다은이란 이름이 더 친근해서 가족이나 친구들은 다은이라고 불러요."

다정은 걸어오는 동안 짜맞춘 거짓말을 둘러댔다. 두려움에 심장이 터질 것 같았다.

"어릴 때 이름을 조의금 봉투에 쓴다고? 말도 안 돼."

"민준 씨는 그 이름으로 날 불렀어요. 다은이로."

다정은 스스로 놀랐다. 생각보다 말이 먼저 튀어나오다니.

"민준 씨?"

남진우의 눈썹이 치켜 올라갔다.

"일부러 속일 생각은 없었어요. 사실 민준 씨랑 저……. 진지하진 않았지만 호감을 주고받은 사이였어요. 그 사람이 약혼한 건 알았지만 왠지 마음이 끌렸어요. 아무튼 민준 씨가 은행에서 저를 처음 봤을 때 그러더라고요. 제가 누구를 좀 닮았다고. 하나하나 뜯어보면 다른데 내 얼굴에서 얼핏 누군가의 잔상이 보인다고. 이름도 비슷하다고 했어요. 고다은. 저도 놀랐죠. 어릴 때 집에서 부르던 이름이었으니까요."

줄줄 튀어나오는 거짓말의 속도에 다정 자신도 어지러울 지경이었다.

"그러다 민준 씨가 갑자기 떠나니까 마음이 이상했어요. 어쨌건 우린 아무 사이 아니었지만 괜히 허전하더라고요. 그래서 조의금 봉투에도 일부러 민준 씨가 기억하는 이름을 쓴 건데, 그걸 진우 씨가 알아본 거예요. 너무 궁금했어요. 대체 다은이란 사람은 누굴까. 두 사람이 말하는 고다은……. 같은 사람 맞죠?"

다정은 남진우의 목에 칼을 겨누는 기분으로 물었다.

"알지도 못하면서 함부로 말하지 마."

남진우는 다정을 무섭게 노려보며 덧붙였다.

"그리고 민준이 그 자식 운운하지 마. 다은이에 대해 묻지도 말고, 다은이랑 비슷한 표정도 짓지 마. 아냐, 됐고. 다시는 내 눈에 띄지 마."

묘했다. 그 말을 하는 남진우의 표정은 협박하는 게 아니라 슬퍼하는 걸로 보였다. 다정은 마음이 흔들렸다. 혹시 이 사람은 전혀 관계없는 거 아닐까.

하지만 금세 마음을 고쳐먹었다. 이런 반응을 보이는 건 확실한 증거야. 세 명 중에 한 명이라는 증거. 뭔가 걸리는 게 있기 때문에 과민 반응하는 거라고.

다정은 온몸이 싸늘하게 식으면서 차분해지는 걸 느꼈다. 남진우 역시 훅 올라왔던 화가 가라앉는 듯했다.

"민준이 이 개자식."

맥이 풀린 듯 돌아서서 중얼대더니 가버렸다.

그 일이 있고 나서 하루, 이틀 그리고 며칠 더.

다정은 남진우의 생각을 떨칠 수 없었다. 그에게 전화를 걸까? 말까? 걸까? 말까? 하루에도 수십 번씩 소원성취 앱을 열었다가 닫았다.

"고다정 씨, 요즘 왜 그래? 정신을 어디다 두고 다니는 거야?"

지난 며칠간 다정이 제일 많이 들었던 얘기다. 사람들이랑 친근하게 어울리는 건 잘 못해도, 일 하나는 빈틈없이 한다는 평을 듣던 그녀인데 계속 실수 연발이었다. 보고서는 별다른 설명도 없이 밍기적댔고 미팅에서도 멍하게 앉아있곤 했다. 윗사람과 동료들의 미간이 자꾸 찌푸려지는 걸 보니 정신이 들었다. 이대론 안 돼. 정신 차리자.

마음을 다잡는 의미로 흐트러진 집 청소부터 시작했다. 던져뒀던 빨랫감을 세탁기에 집어넣고, 미뤄둔 설거지를 했다. 뒤죽박죽인 옷장을 정리하던 다정은 문득 동작을 멈췄다. 옷장 한구석에 구겨져있던 티셔츠 끄트머리에 뭔가 붙어있는 걸 발견했기 때문이다. 다은이 그린 스마일 인조 손톱이었다. 남진우와 함께 찍은 사진 속에서도 보였던 바로 그것. 인조 손톱 안쪽에 남아있던 접착제 때문에 옷장 한쪽에 붙어있었던 모양이었다.

그걸 붙인 엄지손가락을 들어 엄지 척 울 언니라며 웃어주던 어여쁜 내 동생. 가슴 한복판이 북 찢기며 무엇인가 울컥 올라왔다. 옷장 먼지가 덕지덕지 붙은 인조 손톱도 이렇게 살아남았는데 내 동생은 왜 떠나버린 걸까.

다정은 온 집 안에 어둠이 깃들때까지 옷장 앞에 주저앉아있었다.

✦

박 차장이 돌아왔다. 병가를 받아 얼마간 쉬었지만 표정은 여전히 침울했다. 다정과 눈이 마주치는 것도 피했다. 자신이 모욕받는 순간을 목격한 다정이 어지간히 불편한 기색이었다. 다정도 마찬가지였다. 두 사람은 어쩔 수 없이 마주치면 서로 가벼운 묵례를 주고받을 뿐 사사로운 얘기를 주고받는 법이 없었다.

다정의 일상은 더 무겁고 우울해지기만 했다.

퇴근 시간. 은행을 빠져나온 다정은 크게 한숨부터 쉬었다. 캄캄한 서랍 속에 갇혀버린 듯한 시간이 언제까지 계속될까 싶다. 그녀는 왼손을 올려 손가락을 펼쳤다. 엄지에는 옷장에서 찾은 인조 손톱이 붙어있다. 다정의 울적함을 달래려는 듯 웃고 있는 스마일이 애처롭기만 했다.

'우습지. 널 보내고 단 한순간도 복수를 생각하지 않은 적이 없는데 난 왜 이렇게 헤매는 거니?'

휴대폰을 켜 소원성취 앱을 여니 여전히 같은 안내문이 떠있다. 두 번의 기회가 남아있다는 말. 읽고 또 읽었던 그 문구를 또다시 곱씹는데 누군가 그녀의 팔을 세게 잡아끌었다. 남진우였다.

"따라 와."

말투는 낮고 조용했지만 발음 하나하나에 얼음이 박혀있었다. 다정은 공포에 짓눌려 한마디도 못 하고 끌려갔다. 그는 시동을 끄지 않은 자신의 차 조수석에 다정을 거칠게 밀어 넣은 다음 운전석에 올랐다. 다정은 경악했다. 차 안에는 시큼한 술 냄새가 가득했다. 남진우는 술기운에 충혈된 눈으로 거침없이 차를 몰았다.

차창 밖으로 풍경이 빠르게 스쳤다. 다정은 아무런 소리도 낼 수 없고, 숨을 쉬기도 힘겨웠다. 그저 공포로 범벅이 된 눈물을 흘릴 뿐이었다.

그렇게 얼마나 달렸을까. 대로를 질주하던 차를 급히 꺾어 어느 골목에서 멈췄다.

'나쁜 자식! 이젠 나까지!'

운전석에 앉은 남진우는 그녀를 거들떠보지도 않고 앞만 바라보았다. 무시무시한 침묵 위로 덫에 걸린 짐승처럼 꺽꺽대는 다정의 숨결만이 얹혀있었다. 한참을 굳어있던 남진우가 드디어 입을 열었다.

"무슨 수작이야. 왜 나한테 접근했어?"

너무 놀란 다정은 숨이 더 막혀 턱을 자꾸 위로 들어올렸다. 마치 물에 빠져 허우적대는 사람 같다.

"네가 누군지 모를 거 같아? 너 그 애 언니잖아, 다은이 언니."

남자의 눈이 칼날처럼 번쩍였고, 다정의 눈에서는 눈물이 주르륵 넘친다.

"무슨 꿍꿍이냐니까!"

남진우가 버럭 소리를 지르는 바람에 뒤로 주춤하던 다정의 손끝에 뭔가 닿았다. 자동차 문고리다.

"왜 네 동생 이름을 팔아서 나한테 접근했냐고!"

번들대는 눈빛으로 남진우가 다가온 순간, 다정은 문고리를 힘껏 당겼다. 다정은 등부터 차 밖으로 떨어졌다. 통증을 생각할 틈은 없었다. 떨어짐과 동시에 벌떡 일어나 달리기 시작했다.

　남진우가 뭐라고 소리를 지르는 걸 들었지만 돌아보지 않았다. 시동 거는 소리가 나고 전조등이 비춰지자 다정은 더욱 속도를 높였다. 골목 끝에 빛이 보였다. 편의점이다. 다정은 이를 악물고 달렸다. 차 소리가 가까워지자 더 힘을 냈다. 조금만 더, 조금만! 차 소리와 함께 남진우가 악쓰는 소리가 들린다고 생각한 순간, 다정은 편의점으로 뛰어들었다.

　"어서 오세요!"

　편의점을 지키고 있던 남자가 인사했다. 다정은 단숨에 계산대까지 달려갔지만 목소리가 나오지 않았다.

　"왜 그러세요?"

　편의점 남자는 뭔가 이상하다는 걸 감지했다. 여자의 머리카락과 옷이 마구 헝클어졌고 허옇게 질린 얼굴은 눈물범벅이었다. 다정은 뭐라고 말을 하려는 것처럼 입을 뻥긋댔지만 여전히 소리는 내지 못했다. 공포가 그녀의 목을 짓누른 탓이다.

　"무슨 일이세요?"

　편의점 남자가 걱정스럽게 다시 물었다. 대답 대신 뒤를 돌아보는 여자의 시선을 따라가니 유리창 밖으로 차가 보인다. 차는 잠시 멈춰있다가 이내 가버렸다.

　"괜찮으세요?"

다정은 여전히 아무 말도 할 수 없었다. 남진우가 정말 포기하고 가버린 건지 확신할 수 없었기 때문이다.

"혹시…… 경찰에 신고해드릴까요?"

'경찰'이란 말에 다정은 정신이 확 돌아왔다. 정신 줄을 놓아선 안 된다. 마음 같아서는 당장 경찰서로 달려가고 싶기도 하지만 김민준의 죽음에 얽혀있는 자신의 처지를 생각하니 그게 현명한 선택일지 알 수 없었다.

다정은 손으로 눈물을 쓱쓱 닦아냈다. 그나마 다행인 건 손에 핸드백을 계속 쥐고 있었던 거다.

"괜찮아요. 고맙습니다."

그녀는 인사를 건네고 생수 한 병을 샀다. 계산을 하고 편의점 한구석으로 가서 그걸 마셨다. 단숨에 반병을 비운 다정은 조금은 진정이 된 걸 느꼈다. 그 상태로 꽤 오래 있었지만 남진우의 차가 돌아오진 않았다. 이제는 나가도 되겠다 싶어 신중하게 주변을 살피며 편의점을 나왔다. 그러곤 어느 골목 어둠 속에 몸을 숨기고 핸드백에서 휴대폰을 꺼냈다.

소원성취 앱을 열고 남진우 번호를 검색한 그녀는 망설임 없이 그에게 전화를 걸었다. 몇 번의 신호음 후에 "여보세요?"라는 목소리가 들리고 이상한 기계음이 흘러나오더니 이내 통화가 끝났다. 휴대폰 화면엔 붉은 글씨가 떴다.

[두 번째 통화가 끝났습니다.]

다정은 숨을 낮게 내쉬었다. 휴대폰에서 나오는 푸르스름한 빛을 받으며 남아있던 생수 반병을 단숨에 마셨다. 병을 비우자 휴대폰 화면이 꺼졌다. 다정의 얼굴은 어둠에 묻혀 더 이상 보이지 않았다.

✦

이상했다. 아무리 뒤져봐도 남진우의 사고 소식을 찾을 수 없었다. 뉴스뿐 아니라 SNS를 뒤져봐도 마찬가지였다.

'어떻게 된 거지?'

다정은 불안하고 답답했지만 남진우의 행방을 알아볼 방법이 없었다. 남진우의 소식을 쑤시고 다니다가 의심이라도 받으면 곤란했다. 상황 파악이 안 됐으니 당분간 조용히 지내는 게 좋을 것 같았다.

김민준, 남진우 그리고 한 명이 더 있지만 지금 움직이는 건 위험했다. 첫 번째는 엉겁결에 일을 저질렀고, 두 번째는 위협을 받은 끝에 저질렀지만, 한 번 더는 쉬운 일이 아니었다. 소원성취 앱에서 증오의 대가는 자신에 대한 혐오라고 했던가. 다정은 이제 자기 자신이 두려워졌다. 남진우에게 전화를 걸고 나서 느꼈던 홀가분함은 곱씹을수록 섬뜩했다.

'아냐. 그놈들이 다은이한테 한 짓을 생각해봐. 그놈들은 이제

야 정당한 대가를 치른 거라고. 하지만 그래도…….'

인조 손톱은 여전히 귀엽게 웃고 있지만 그녀의 마음은 지옥이었다. 편안한 잠도, 즐거운 식사도, 그녀에겐 모두 불경스러웠다.

다정은 사람들과 어울리지 않았고 성의 없이 차린 거친 밥을 먹었다. 집을 환하게 밝히지 않았고 밤에는 침대 대신 바닥에 얇은 이불을 깔고 누웠다. TV를 틀거나 음악도 듣지 않았다. 자기 혐오가 들어 견디기 힘들 땐 책을 꺼내 펼칠 뿐이었다. 하루 24시간 매 순간 자신이 저지른 일을 잊지 않으려 애썼다.

쓸쓸한 시간이 이어지던 어느 날 밤, 불을 끄고 딱딱한 바닥에 누운 다정은 습관처럼 휴대폰을 열었다. 남진우의 소식을 알 수 있을까 해서다. 뉴스를 다시 한번 샅샅이 뒤지고 SNS로 넘어갔다. 남진우의 인스타그램은 새로운 업데이트 없이 멈춰진 상태였다. 멍하니 사진들을 보던 다정은 뭔가 떠오른 듯 터치하는 손이 빨라졌다. 터치에 따라 남진우의 시간이 거꾸로 흘러갔다. 그러다 어떤 사진에서 멈췄다.

어느 바닷가에서 활짝 웃고 있는 남진우가 보였다. 선글라스를 써서 눈을 가렸지만 햇살을 한껏 받으며 행복해하는 것 같았다. 다정은 사진을 올린 날짜를 봤다. 순간, 그녀의 얼굴이 심하게 일그러졌다.

남진우가 해변 사진을 올린 날짜는 김민준이 다은에게 몹쓸 짓을 했던 바로 그날이었다. 사진이 찍힌 곳은 샌프란시스코 베이커 비치. 남진우 뒤쪽으로 금문교가 보여 금방 알 수 있었다. 바닷가 사진 앞뒤로 뒤져봐도 그 무렵 남진우는 미국에 있었던 게 틀림없었다. 유학 중인 듯했다. 당연하게도 다은이 끔찍한 일을 당하던 사건 현장에도 없었다는 얘기다.

다정은 자리에서 벌떡 일어나 앉았다. 덫에 걸린 짐승처럼 눈빛이 불안하게 번쩍였다. 숨을 헐떡이던 그녀는 주먹으로 가슴을 쾅쾅 쳤다. 피가 빠져나가는 듯 몸이 차가워졌다. 몸이 떨려왔다. 눈물보다 신음이 먼저 터졌다. 무릎을 꿇고 엎드려 이불 속에서 소리를 질렀다. 저주 받은 짐승의 울음소리 같았다. 성대를 긁어내는 듯한 건조한 소리가 한참 이어지다가 잦아들며 마침내 눈물을 쏟기 시작했다. 엉뚱한 사람의 생명을 꺾었다는 자책감이 그녀를 덮쳤다.

조금만 침착했더라면. 이걸 진작 확인했더라면.

그녀는 더 이상 자기 자신으로 살아낼 자신이 없었다.

✦

잠이 들었던 걸까, 정신을 잃었던 걸까.

몇 시간 동안 엎드려 웅크려있던 다정이 몸을 돌려 천장을 향해 누웠다. 새벽의 푸른빛이 그녀의 작은 집을 비추었다.

벽에 걸린 작은 시계. 낮고 초라한 장식장. 장식장 아래쪽엔 책이 몇 권 꽂혀있고 제일 위 칸에는 바닷가에서 주운 조개껍데기와 둥글게 마모된 초록 유리 조각이 담긴 접시가 있다. 그 옆에 놓인 흰색 액자 속 사진에는 다은이 웃고 있다.

그녀의 장례식을 치르고 혼자 집에 돌아왔을 때에도, 은행에서 김민준을 보고 분노로 범벅된 눈물을 흘릴 때에도, 남진우에게 전화를 걸고 돌아온 밤에도, 사진 속 동생은 활짝 웃으며 언니를 맞아줬다. 날이 밝지 않아 액자가 잘 보이진 않지만 다정은 사진 속 동생의 세세한 부분까지 그려낼 수 있다. 머리가 기울어진 각도, 풍성한 머릿결이 드리워진 어깨, 양쪽 끝이 살짝 접힌 것처럼 웃는 독특한 입 모양까지. 그걸 차례로 되새겨본 다정은 머리가 맑아졌다. 퉁퉁 부은 눈이 욱신댔지만 마음은 차분하게 가라앉았다. 뭘 해야 할지 감을 잡았기 때문이다.

다정은 부스스 일어나 휴대폰을 찾아 소원성취 앱을 열었다.

[고객님이 앱을 사용할 수 있는 기회는 한 번입니다.]

다정은 자신의 전화번호를 누르기 시작했다. 부디 전화가 걸리길. 눈물이 솟구쳐 시야가 흐려지고 손이 떨려 휴대폰을 떨어뜨릴 것 같았다. 그럴수록 휴대폰을 더 세게 움켜쥐었다.

'김민준은 전화를 받았을 때 어떤 일을 당한 걸까? 남진우는? 그들에게 생긴 일이 나한테도 생길까?'

다정은 두려움을 외면하며 마지막 숫자를 누른 다음 통화 버튼을 터치했다.

놀랍게도 신호음이 들리더니 아주 작게 삐 하는 소리가 이어졌다. 다정은 눈을 질끈 감았다. 이 순간이 빨리 지나길 바라며 떨고 있을 때였다.

-다은아, 괜찮아. 언니가 있는데 뭐가 걱정이야.

다정의 눈이 번쩍 뜨였다. 놀랍게도 휴대폰에선 자신의 목소리가 들려왔다. 그 당시 다은은 통화하는 것조차 힘들어해서 모든 통화를 음성사서함으로 돌려놨었다. 다정은 우울해하는 동생이 걱정돼 집을 비울 땐 음성 메세지를 자주 남겼다.

-너한테 무슨 일이 있었건, 넌 내 동생이고 내가 네 언니란 건 절대 변하지 않아. 그러니까 다은아, 힘든 건 언니한테 다 맡겨. 죄다 일러바쳐. 널 힘들게 하는 일은 언니가 다 해치워줄게.

이 음성을 남길 때만 해도 다정은 김민준이 찍은 영상에 대해선 몰랐다. 씩씩하던 동생이 눈에 띄게 침울해지더니 급기야 우울증에 시달리자 간절한 마음으로 남긴 음성 메시지였다. 자신의 마음을 동생이 알아줬으면 해서 단어 하나하나를 힘주어 말했던 기억이 선명했다.

-지금까진 내가 너한테 신세 많이 졌지. 네 덕에 공부도 하고 취직도 하고. 언니가 그거 이자까지 확실히 쳐서 다 갚을게. 진짜야. 언니 은행 취직했잖아. 계산은 확실하지. 그러니까 다은아.

다음 말은 또렷하게 기억한다. 그래서 휴대폰에서 흘러나오는 자신의 목소리와 함께 중얼댔다.

"힘들면 노래 불러. 한숨 쉬지 말고. 우리 다은이 노래 잘하잖아."

그러곤 노래를 불렀다. 노래 부르는 건 질색이었지만 동생을 위해 뭐라도 하고 싶었었다.

-내가 믿어야 할 것은 my eyes not their eyes

세상 가장 소중한 건 my mind not their mind

악당이 나타나 날 비웃어도

쉽게 무릎 꿇지 않으리

Cause I'm the hero of my life

내가 믿은 선택이 항상 옳지 않다고 해도

절대 날 미워하지 않으리♦

자매가 함께 즐겨 듣고 부르던 노래다.

휴대폰 속 목소리도, 지금의 다정도 울먹이며 노래를 불렀다. 전화 속 다정은 동생이 안쓰러워 울고, 지금의 다정은 동생이 그리워서 운다.

한바탕 울음을 게워낸 다정은 벽에 기대 철퍼덕 앉았다. 휴대폰이 부르르 울렸다.

[마지막 통화가 끝났습니다.]

♦ 선우정아, 「주인공의 노래」

메시지를 보자 문득 이상해졌다.

이게 전부라면 김민준은 왜 죽었을까. 남진우는 어째서 행방불명이 된 거지. 그들에겐 다른 소리가 들렸나. 아니면 아예 다른 방식으로 작동한 걸까.

머릿속이 마구 헝클어졌다. 그렇다고 고객센터에 있는 한소원에게 연락을 해볼 기력도 없었다. 다정은 너무 지쳤다. 지금은 일단 그냥 이대로 있자. 아무 생각도 하지 말고 몸의 세포들이 알아서 제 할 일을 하는 것만 내버려두기로 했다.

이제 완전히 아침이 온 듯했다. 노크도 안 하고 당당하게 들어온 햇살이 다정의 집에 가득했다.

생명력을 품은 빛은 주저하거나 망설이지 않는다. 시들어가는 작은 꽃의 턱을 들어 에너지를 나눠주고, 작거나 느리거나 연약한 동물의 어깨 위에도 따스함을 내려준다.

햇살을 받으니 자신이 얼마나 형편없는지 여지없이 드러났다. 김민준을 만나고부터 지금까지 한 일이라곤 온통 징징댄 기억뿐이다. 겁이 나서 징징대고, 후회돼서 징징대고. 이대로라면 다은에게 실망스러운 언니로 남을 것 같았다.

뭘 해야 하지. 다정의 눈이 희미하게 빛나기 시작할 때였다. 전화벨이 울렸다. 발신자 이름을 본 다정의 입이 벌어진다. 휴대폰에는 남진우라는 세 글자가 떠있었다.

✦

　다정은 남진우를 몰라볼 뻔했다. 술에 취해 자신을 협박하던 모습을 떠올리며 나갔는데, 공원에서 만난 그는 뺨이 움푹 파이고 두 눈은 지쳐 보였다. 다정은 심장이 얼어붙는 것 같았다.

　김민준과 같은 일을 당한 줄 알았는데 아니네. 그는 어떤 전화를 받았던 걸까.

　두렵고 혼란스러웠지만 한 가지는 분명했다. 그는 죽지 않았다. 그를 죽였다는 죄책감을 벗어던질 수 있다는 사실에 다정은 눈물이 날 뻔했다.

　"나한테 원하는 게 뭐야?"

　남진우는 건조한 목소리로 간신히 입을 열었다.

　"분명히 말하지만 난 민준이를 죽이지 않았어. 절대 아니라고."

　이게 갑자기 무슨 얘기지? 남진우가 김민준을 죽이다니. 다정은 혼란스러웠다.

　"민준이를 죽이겠다고 한 건 그냥 홧김에 한 말이야. 말뿐이었지 절대로 진짜 죽일 생각은 없었어. 경찰도 그랬잖아. 원인을 알 수 없는 심정지로 인한 사고 같다고. 근데 왜 날 협박하는 건데?"

　다정은 여전히 무슨 말인지 알아들을 수가 없었다. 홧김에 한 말은 뭐고, 협박은 무슨 뜻이지? 머리가 뒤엉켰지만 그녀는 최대한 침착하고 부드럽게 남진우를 진정시켰다.

"잠깐. 좀 천천히 설명해봐. 무슨 말인지 하나도 모르겠어."

"모르긴 뭘 몰라! 내가 다은이한테 민준이를 죽이겠다고 음성 메시지 남긴 걸 갖고 당신이 날 협박했잖아!"

"내가? 언제?"

"당신이 다은이 언니란 걸 알고 따지러 간 날 밤에, 당신이 전화 걸었잖아. 내가 다은이한테 남겼던 음성 메시지를 들려준 게 당신 맞지? 내가 모를 줄 알았어?"

다정은 실마리가 풀리는 걸 느꼈다.

소원성취 앱으로 전화를 걸면 상대방은 바로 자신의 목소리를 듣는 게 틀림없었다. 각자 다은에게 마지막으로 남겼던 음성 메시지를. 남진우는 다은에게 김민준을 죽이겠다고 말했었나 보았다.

"다은이한테 왜 그런 말을 했었어? 김민준은 당신 친구잖아."

다정은 그의 혼란을 파고들어야 한다는 생각으로 최대한 침착하게 물었다.

"혹시 내 동생…… 좋아했었어?"

남자의 표정이 순식간에 무너졌다. 거대한 건물이 폭파되어 꺼지듯, 그의 얼굴도 단숨에 변했다.

남진우는 고개도 들지 않고 대답했다.

"친구 여친인데 그러면 안 된다고 생각했지만 어쩔 수 없었어. 그 자식한텐 과분한 사람이었지. 제대로 고백도 못 했지만 다은이도 내 마음을 눈치챘던 것 같아. 그렇다고 뭐가 달라졌던 건 아냐. 처음 만났을 때랑 똑같이 대해줬어. 친절하고 다정하게."

모두에게 따스한 사람. 다은이는 원래 그랬다.

"아무래도 안 되겠다 싶어서 마음을 정리하려고 미국으로 유학을 갔어. 안 보니까 그래도 마음이 좀 편해지더라. 근데 거기서 소식을 들었어. 민준이 그 자식이 더러운 일을 벌였다고. 다은이가 얼마나 힘들어하는지는 좀 늦게 알게 됐어. 그래서 그 말을 했던 거야. 민준이를 죽여버리겠다고."

남진우의 목소리가 가늘게 떨렸다.

"정말 그러고 싶었어. 하지만 그뿐이야. 난 겁쟁이니까 친구고 뭐고 연 끊고 살면 된다고 생각했는데 민준이가 어이없이 죽어버렸어. 기막히기도 하고 속 시원하기도 하고……. 근데 그 전화가 온 거야. 내가 민준이 죽인다고 말하는 음성 메시지. 발신 번호 표시 제한이 떴지만 당연히 네 전화라고 생각했지."

"왜 나라고 생각했어? 내가 다은이 언니라서?"

"죽은 사람 음성 사서함에 접근하는 건 가족부터 생각해보게 되잖아. 더구나 넌 동생 이름으로 날 속였으니 너부터 의심할 수밖에."

"그럼 하나만 확인할게. 다은이가 그 일을 당할 때 너…… 김민준이랑 같이 있었던 거 아냐?"

"그럴 리가 없잖아. 내가 얼마나 다은이를 소중하게……."

남진우는 말을 맺지 못하고 소리 없이 흐느꼈다. 그 울음은 겹이 많았다. 말하지 못한 사랑에 대한 안타까움, 그 사람을 잃은 상실감, 끔찍한 일을 저지른 놈에 대한 분노, 이 모든 일에도 불구하고 할 수 있는 게 아무것도 없다는 무력감 등등. 거기엔 누구한테서도 위로받을 수 없는 슬픔이 담겨있었다. 고다정도 잘 아는 울음이었다. 드문드문 새소리만 들려오는 한적한 공원은 낮은 울음소리를 은은하게 품어주고 있었다.

다정은 고개를 들어 주변을 둘러보았다. 다은의 장례식을 치르고 난 어느 날 오후처럼 오늘도 세상은, 그녀 혹은 그녀 옆의 남자와는 무관하게 돌아가고 있다. 도로에는 차들이 달리고 있고 사람들은 저마다 흐르듯 스쳐간다. 뻔한 햇살이 닿는 곳엔 뻔한 간판이 보이고, 판에 박힌 공기가 흐르는 곳엔 판에 박힌 건물들이 자리 잡고 있다. 그런 풍경이 다정에겐 비정하고 야속하게만 느껴졌던 때도 있었다. 하지만 지금은 다르다. 무심하게 흘러가는 풍경 속에 자신들이 있다는 게 오히려 다행이었다. 이 시간이 지나면 그들도 남들처럼 살아갈 수 있을 테니까. 비슷한 지점에서 웃고, 비슷한 지점에서 울면서 그렇게 뻔하고 판에 박힌 듯이.

다정은 남진우의 곁에서 울음이 그치길 조용히 기다렸다.

다정과 남진우는 나란히 벤치에 앉아있었다. 말 없는 두 사람 사이에는 어떤 물결도 일지 않았다. 고요한 시간이 흐를 뿐이다.

먼저 입을 연 건 남진우다.

"겁나고 괴로웠어. 다은이한테 죄책감은 더 커지고. 그래서 연락 다 끊고 숨어 지냈는데……. 이건 아니다 싶더라고. 그래서 연락한 거야. 따질 건 따지고 해명할 건 해명하려고."

"나도 대충 비슷했어. 다은이를 잃고 생각하니까 내가 걔한테 해준 게 없더라고. 다은이는 나한테 준 게 정말 많았거든. 뒤늦게 복수라도 하고 싶었지만……. 걔가 과연 진짜 그걸 원할까. 잘 모르겠어."

다정은 말을 잇지 못하고 고개를 숙였다가 다시 들어 먼 곳으로 시선을 던지며 얘기했다.

"뭐부터 해야 할지는 잘 모르겠는데 한 가지는 알아. 내 자신을 미워하는 일은 이제 그만둬야 한다는 거. 자책하고 괴로워하면서 나 자신을 괴롭히는 거 말이야. 당신도 그러지마. 다은이가 떠난 건 당신이나 내 잘못이 아냐."

남진우는 물끄러미 다정을 쳐다봤다. 그의 눈에서 경계심이 사라졌다.

"김민준을 무작정 용서하자는 건 아냐. 그럴 수도 없고. 근데 복수는 이다음에 생각하려고. 지금은 일단 나 자신을 지옥에서 꺼내야 할 것 같아. 날 아낄 거야. 왜 그런 줄 알아? 난…… 다은이가 무척 아끼던 사람이거든. 걔가 날 위해 해준 걸 생각하면, 함부로 나를 팽개치는 짓을 하면 안 되지. 그리고 다은이를 힘껏 그리워할 거야. 온 마음을 다해서. 상처를 지우려고 발버둥 치다가 자칫 다은이까지 지워지지 않도록 신경 쓰면서 말이야."

그 후 두 사람은 아무 얘기도 나누지 않고 한참을 더 앉아있었다.

하늘에서는 어느새 노을이 지고 새소리도 잦아들었지만 둘은 그 자리를 한참 동안 지켰다.

✦

다정의 복수는 실패했다. 하지만 그녀는 실패가 다행스러웠다. 자신이 복수를 감당할 만큼 단단하지 못하다는 걸 깨달았기 때문이다. 어설픈 칼잡이는 상대를 찔렀을 때 자신의 손을 벤다고 하지 않던가. 다은이 자기 손을 벨 뻔한 언니를 막아준 건지 모른다.

'넌 살아있을 때에도 내 보호자 노릇을 하더니 먼 곳에서도 그러는구나.'

소원성취 앱도 지웠다.

시간이 흐른 어느 날 다정은 조금은 기묘한 영상을 보게 됐다. 짧은 길이의 쇼츠였는데 눈에 띄는 건 영상의 제목이었다.

[의문의 사고로 사망한 재력가 집안 아들 ㄱ ㅁ ㅈ의 마지막 통

화 녹음]

클릭을 해보니 화면은, 검은 바탕에 무작위로 움직이는 색색의 빛 번짐으로 채워져있었다. 조회 수가 껑충껑충 뛰는 건, 화면 위로 들리는 남자 목소리 때문이었다.

─너 요즘 왜 그래? 사람들한테 내가 널 도촬했다고 떠든다며? 하하, 너도 참…….

영상을 튼 순간부터 다정은 숨을 멈췄다. 영상 속 목소리는 김민준이었다. 비아냥대는 말투는 그대로였다.

─넌 사람 심리를 몰라도 너무 몰라. 생각해봐. 사람들이 네가 약에 취해 나대는 영상에 더 솔깃하겠니 아니면 그거 땜에 징징 대는 얘기에 더 솔깃하겠니? 내가 영상 보내주면 다들 신나서 열어보더라고. 세상 안 그럴 거 같던 녀석들이 더 난리더라. 딴 거 또 없냐고 아주 그냥……. 자, 이제 알았지? 그게 사람 심리야. 다들 구리다고. 너도 괜히 징징대지 말고 네가 주연한 첫 작품을 보고 싶으면 말만 해. 보내줄게. 가수 지망생 드디어 영상으로 데뷔하다! 어때? 아하하하…….

이게 정말 그의 마지막 통화 녹취라면, 김민준도 자신이 남긴 음성 메시지를 들은 거란 얘기다. 그는 자신이 저지른 범죄의 증거를 듣고 당황했고 그게 사고로 이어진 것 같았다.

영상 밑에는 목소리의 주인공을 처벌해야 한다는 댓글들로 시끄러웠다. 꼬리에 꼬리를 문 댓글을 읽던 다정은 멈췄던 숨을 단숨에 내뱉었다. 그리고 자리에서 일어나 창문을 열었다. 오랫동안 환기를 시키지 못한 게 떠올랐기 때문이다.

✦

좌르륵. 경쾌한 소리와 함께 커튼을 열자 상쾌한 공기가 성큼 방 안으로 들어왔다. 창문을 연 소원은 크게 숨을 들이마셨다. 하루 일과가 저물어가는 시간, 그녀가 사는 동네의 공기는 느긋이 긴장을 풀고 있었다. 소원은 오랜만에 동네 산책을 나가보려 한다.

집을 나서서 골목을 천천히 돌아나가면 어느 집에서는 TV 소리가 들리고, 다른 집에서는 밥 먹기 전에 씻으라는 엄마의 잔소리가 들리겠지. 누구 집에서는 밥 냄새가 풍겨오고, 음식 배달 라이더가 지나간 골목에선 치킨 냄새가 진동할 거다. 특별할 거 하나 없는 친숙한 냄새와 소리는 소원을 기분 좋게 한다.

언젠가는 그녀도 그런 소리와 냄새 속에서, 누군가와 함께 살아갈 것이다. 당장 이뤄지지 않아도 좋다. 함께하는 이가 친구건 연인이건 아니면 지금은 알지 못하는 누군가이건, 중요하지 않다. 평범한 집안 풍경을, 일상을 상상하고 그 안의 제 모습을 그려보는 게 즐거울 뿐이다.

예전엔 달랐다. 소소한 일상의 즐거움 같은 건 자신의 몫이 아니라고 여겼다. 그런 건 다 욕심이고 자신은 외로움과 어둠 속에 혼자 남아있는 것이 어울린다고 생각했다. 그 생각에서 조금씩 빠져나오기 시작한 건 소원성취 앱을 시작하면서부터다. 어떤 일이 그녀를 변화시켰고 누가 그녀를 바꿔놨는지는 알 수 없다. 다만 만났던 모두가, 그들과 함께했던 모든 일이 천천히 그리고 조금씩 소원을 움직였다.

소원은 작은 가방에 지갑과 휴대폰 등을 챙겨 넣었다. 그 길로 집을 나서려다 퍼뜩 돌아섰다. 데스크톱을 커놓은 게 생각이 났다. 소원은 빠른 걸음으로 책상으로 갔다.

화면에는 영상 편집 프로그램이 떠있었다. 작업을 하다가 멈춰놓은 영상은 검은 바탕에 색색의 빛번짐으로 채워져있다. 자막을 입히다가 멈춘 작업이다. 전원을 끄려던 소원은 모니터를 보더니, 타이틀에 적혀있던 'ㄱㅁㅈ'을 지우고 '김민준'을 넣어봤다. 몇 번이나 그걸 읽는 소원의 머릿속은 한 가지 생각뿐이다. 이렇게 하면 다정의 상처가 아무는 데 조금이라도 도움이 될까? 입으로 김민준을 웅얼대던 소원은 결국 다시 'ㄱㅁㅈ'으로 고쳐 넣었다. 작업을 저장한 소원은 전원을 끄고 산책에 나섰다.

CASE 61 불행은 그를 움직이게 한다

500여 명의 관객이 들어찬 공연장. 무대에는 깔때기 모양의 핀 조명이 빛을 쏘아대고 있고, 그 빛 가운데 선 남자가 객석을 향해 톤을 높여 말한다.

"우리가 어릴 때부터 듣던 말이 하나 있습니다. 아껴 쓰라는 말이죠. 부모님들이 입버릇처럼 말했죠? 돈 아껴 써라, 시간 아껴 써라, 물 아껴라, 전기 아껴라. 하다못해 과자 한 봉지 주면서도 한꺼번에 다 먹지 말고 아껴 먹어라. 이게 말이 되나요? 돌아서면 배고픈 나이인데 그 쬐끄만 과자 한 봉지를 어떻게 아껴 먹습니까, 한 방에 털어 넣어도 성이 안 차는데!"

남자는 싱긋 웃으며 관객을 쳐다봤고, 객석에선 옅은 웃음이 일렁였다.

"아껴라, 아껴야 잘산다! 우리들의 귀에는 그 말이 딱지처럼 철썩 붙어있지만! 전 오늘 그 딱지를 과감하게 떼어버리라고 말하고 싶습니다. 아끼지 말고 낭비하세요! 망치를 든 철학자 니체는 말했습니다. 영혼을 마음껏 탕진하라!"

연설은 점점 고조된다.

"지금 이 순간부터 여러분은 마구 낭비하는 겁니다! 꿈을 낭비하고, 사랑을 낭비하고, 가슴 뛰는 설렘을 낭비하세요! 아끼지 말고, 눈치 보지 말고, 쫄지 말고 영혼을 100퍼센트 쓰는 겁니다! 먼 훗날 우리가 승리감에 찬 죽음을 맞이할 때까지!"

남자는 두 팔을 번쩍 들어올렸고 객석에선 박수가 터져나왔다. 힘찬 음악이 무대를 채우자 남자는 무대를 마구 휘젓고 다니면서 관객들의 호응을 이끌어낸다. 무대 뒤쪽에는 그의 커다란 사진이 프린트된 현수막이 걸려있다.

[용기 내서 대차게 살자! '행복 검투사' 최용대 특별 강연]

이마에 땀이 송골송골 맺힌 최용대는 관객의 호응이 감격스럽다는 제스처를 하더니 허리를 깊게 숙여 인사했다. 분위기는 다시 한번 고조되고 용대는 박수의 파도를 헤치며 힘차게 뛰어 무대 뒤로 내려왔다.

"많이 늦었나?"

그는 건네받은 수건으로 얼굴을 닦으며 비서에게 물었다.

"부지런히 밟으면 됩니다. 교수님이 기다려주시겠다고 했어요."

"오케이."

용대는 생수병째로 물을 들이마시며 앞장섰다.

✦

대학병원 진료실. 희끗희끗한 곱슬머리의 교수가 모니터 세 대와 서류로 둘러싸인 책상에 앉아있었고, 책상 옆 스툴에 용대가 앉았다. 공기는 젤처럼 묵직하게 가라앉아있었다.

교수는 입꼬리를 내리고 움찔대다가 말을 꺼냈다.

"이제 마음을 달리 먹어야 할 거 같네요. 좀 느긋하게. 그동안 정신없이 달려왔죠?"

의사는 친절한 말투로 말했지만 용대의 표정은 차갑게 식은 돌덩이 같았다.

"초조하게 생각하지 말고 찬찬히 합시다. 요즘은 치료법이 하루가 다르게 좋아져요."

"저한테 찬찬히 할 시간이 있기는 합니까?"

용대의 말투가 묘하게 공격적이다.

"물론 쉽진 않지. 하지만……."

"위로해주지 않으셔도 됩니다. 아시잖습니까, 저요……. 용기 내서 대차게 사는 사람, 최용대입니다."

소리 없이 일어난 그는 의사에게 짧게 묵례를 하고 진료실 문을 열었다. 대기하던 비서가 그를 맞았다. 말없이 앞장서는 용대 뒤에 비서가 따라붙자 그는 씹어 뱉듯 말했다.

"3기란다. 췌장암."

비서는 멍한 표정으로 걸음을 멈췄지만 용대의 속도는 그대로 다. 그는 컨베이어 벨트 위로 실려 가는 플라스틱 통처럼, 아무 느낌 없이, 엘리베이터를 향해 걸어갔다.

✦

어둠에 잠긴 널찍한 아파트의 도어록 열리는 소리가 나더니 용 대가 들어섰다. 그가 집 안으로 발을 들여놓자 그의 움직임을 따 라 자동으로 조명이 켜졌다. 집 안은 깔끔하지만 생활감이 느껴 지는 구석이라곤 없었다. 대신 고급 호텔 스위트룸처럼 무표정한 쾌적함만이 자리하고 있었다.

병원에서와는 달리 느린 걸음으로 들어온 용대는 주방으로 가 서 정수기에 유리컵을 댔다. 컵이 채워지자 단숨에 마시고 한 잔 더 채웠다. 또다시 꿀꺽대며 마시다가 켁 소리를 냈다. 사레 걸렸 다. 처음에는 대수롭지 않게 콜록대다가 기침 소리가 점차 거칠 어지며 얼굴이 달아올랐다. 낡은 기계의 파열음 같은 기침이 한 동안 이어졌다. 눈은 벌게지고 이마엔 땀방울이 맺혔다. 긴 기침

끝에 간신히 숨을 들이마셨다가 내뿜은 그는, 팔을 크게 휘둘러 쥐고 있던 컵을 내던졌다.

쨍그랑!

물과 유리가 사방으로 튀고 용대는 제자리에 못 박힌 듯 서있었다. 그의 얼굴이 분노로 꿈틀댔다.

"왜……. 왜 하필 난데?"

핏발이 선 용대의 눈이 쏟아져 내릴 듯 이글댔다.

"내가 뭘 어쨌다고? 대체 왜!"

그는 구겨진 종이처럼 주저앉았다. 달아오른 눈에는 눈물이 맺혔지만 흐르진 않았다. 그는 눈물을 흘릴 수 없다. 너무 오랫동안 눈물 흘리는 걸 거부해온 탓이다.

✦

최용대. 서른일곱 살. 미혼. 자칭 '행복 검투사'라 부르는 행복학 강사.

그는 최근 몇 년간 내일 뭐 할지 걱정해본 적이 없다. 오히려 그 반대다. 그의 1년 강연 스케줄이 이미 꽉 찼을 정도다. 용대가 마흔이 되지 않은 나이에 인기 강연자로 부와 명성을 얻은 건 비슷한 부류의 강사들과 달리 터프하고 직설적인 강연 스타일 때문이기도 하지만, 극적인 그의 사연이 알려진 것도 한몫했다.

그가 태어나고 자란 곳은 아직도 서울에 이런 곳이 있나 싶을 정도로 가난하고 오래된 동네였다. 아무 준비 없이 용대의 누나를 임신하고 살림을 차렸던 부모는 누나와 용대에게 가혹하게 굴었다. 엄마와 아빠가 각자 집을 나가 술에 절어있거나 경마장이나 PC방에 가있으면, 어린 용대와 누나는 라면을 생으로 쪼개 먹고 온기 없는 방에서 부둥켜안고 잠들곤 했다. 엄마와 아빠가 들어와도 반가울 건 없었다. 소리를 지르지 않으면 때렸고, 때리지 않으면 각자 쓰러져 잠들거나 또다시 술을 마시다가 또다시 소리를 질렀다.

용대가 지옥 같은 시절을 견딜 수 있었던 건 누나 덕이었다. 누나는 작은 손으로 용대를 씻기고 끼니를 챙겨줬으며 공부를 봐주고 도서관에서 책을 빌려다 주었다. 네 살 위의 누나는 어린 용대가 유일하게 마음을 붙일 수 있는 한 뼘짜리 천국이었다.

그러다가 더욱 끔찍한 악몽이 시작된 건 용대가 초등학교 3학년 때다. 중학교 1학년이었던 누나가 어느 날 집을 나가버렸다. 쪽지 한 장 남기지 않았고, 막연한 약속조차 없었다. 그야말로 순식간에 사라져버렸다.

"미워! 난 이 세상에서 누나가 제일 밉다고!"

누나가 가출했다는 걸 알던 날, 용대는 아무도 없는 공터로 달려가 악을 쓰며 울었다. 엄마 아빠에 대한 기대는 애초에 없었다. 하지만 누나는 달랐다. 이 세상에 유일하게 기댈 수 있는 사람이자 안식처였는데 날 팽개치고 도망가버리다니. 도저히 용서할 수 없었다. 매일 누나와 함께 하던 다이아몬드 게임판♦은 마을 공동 화장실에 갖다 버렸다. 용대가 가진 하나뿐인 장난감이었지만 누나의 흔적을 견딜 수 없었다. 그때부터 용대는 오직 한 가지에 매달렸다. 술 냄새 풍기는 아빠도 악을 써대는 엄마도 견딜 수 없었던 그는, 귀를 막은 채 좌식 책상에 고개를 처박고 공부에 몰두했다.

초등학교를 졸업하고 단숨에 검정고시를 쳐 열여섯 살에 명문대 장학생으로 입학했다. 그의 성장 배경이 언론의 주목을 받자 이런저런 도움을 받아 열여덟 살에는 미국으로 유학을 떠나 세계적인 명문 대학교에 들어갔다. 하지만 용대는 얼마 안 돼 번아웃 돼버렸다. 낯선 땅에서 또다시 시작해야 하는 삶의 투쟁이 그를 공황 상태로 몰아넣었다. 결국 술에 손을 대면서 그는 나락으로 떨어졌고, 학교에서 쫓겨난 후 수면제 없이는 잠들 수 없을 정도로 피폐해졌다.

그다음 용대의 인생에는 여러 가지 추측이 무성했다. 누구는 용대가 알코올중독 재활 시설에 들어갔을 때 만난 의사 덕에 새 삶을 시작했다고도 하고, 또 다른 누구는 그가 자신의 손목을 그으려고 칼을 숨겨뒀던 책에서 감동을 받아 새 출발 한 거라고도 했다. 어떤 연유에서건 그는 술을 끊고 몇 년 동안 미국 공공 도

♦ 둥근 판 위에 별 모양이 그려진 보드게임.

서관에 틀어박혀 책만 읽더니, 자신의 인생 스토리를 담은 책을 한국에서 출판해 단숨에 베스트셀러 작가로 등극했다. 금의환향한 그는 강연과 책으로 승승장구 행보를 이어왔는데, 또다시 심술궂은 태클에 걸리고 말았다.

췌장암 3기.

용대는 자기 몸속에 웅크리고 있는 췌장을 꺼내 잘근잘근 씹어 버리고 싶었다. 암 덩어리를 짓이기고 침을 뱉고 싶었다. 하지만 그럴 수가 없다. 완전한 기습이다. 암이란 녀석은 그가 모르는 사이에 살금살금 다가와 그의 목숨을 틀어쥐었다.

용대는 주방 바닥에 털썩 주저앉아 긴 한숨을 쉬었다.

"내가 왜……. 대체 뭘 더 어쩌라고."

답을 구할 수 없는 질문이 그의 머릿속을 헤집었다.

✦

용대는 모든 일정을 취소했다. 강연은 위약금을 물어줬고 방송 출연이나 청탁받은 원고도 미뤘다. 암 소식은 철저히 숨겼다. 일방적으로 약속을 어기는 뻔뻔한 사람이 될지언정 무성의한 동정의 말을 듣거나 의례적인 연민의 시선을 받고 싶지 않아서였다.

일정을 취소한 그가 집에 틀어박혀 한 일은 한 가지다. TV 고민 상담 프로그램, 커뮤니티 게시판, 뉴스를 뒤져서 가난하거나 몸이 아프거나 버림받거나 외로운 사람들의 이야기를 찾아 헤맸다. 불행한 사람들의 이야기를 엿보는 게 유일한 위로가 되었다. 그에겐 '나만 당한 게 아니라는 믿음'이 필요했다.

그러나 그가 원하는 불행담은 쉽게 발견할 수 없었다. 실연담을 보면 코웃음이 나왔고, 가족을 잃었다는 사연이 나오면 신경질이 났다. 어쨌건 그들은 살아있지 않은가. 짜증이 치밀었다. 웬만한 일은 다 철부지 아이의 징징거림 같았다. 세상에서 제일 억울하고 분한 사람은 오로지 용대 자신뿐이었다. 깊은 상처를 스스로 핥으며 버텨왔건만 이렇게 어이없이 꺾인다고? 생각할수록 이가 갈렸다.

그러다 우연히 소원성취 앱을 발견했다. 용대는 '소원성취'라는 말을 곱씹어봤다. 남들의 소원은 주로 뭔가를 이루고 싶어 하는 거겠지만, 그의 소원은 남들이 무너지는 걸 보는 거였다. 무너지고 짓밟히고 상처받아 다시 고개를 들지 못하는 모습을 보고 싶었다. 그 정도 불행을 목격하면, 자신의 불행도 수긍할 수 있을 것 같았다.

신나고 짜릿하지 않을 뿐 아니라 남들에게 얘기하기도 어려운 소원. 여기서는 가능할지 모른다.

철저한 계산과 데이터가 없으면 움직이지 않는 용대에게는 의외의 선택이었다. 시간이 모자란 탓이다. 치밀하게 따지고 검토

하는 건 다 한가할 때 얘기다.

그는 단숨에 소원성취 앱을 내려받고 상담 날짜까지 잡았다.

✦

'어쩌면.'

소원성취 앱 고객센터에 와서 한소원과 마주 앉은 용대는 상대
방을 뜯어보며 생각했다.

'믿을 수 있는 사람일지도.'

용대는 사람을 쉽게 믿지 않았다. 지금의 성공도 그랬기에 가
능했다. 믿음을 주는 데 인색한 그가 소원을 보며 신뢰의 스위치
를 끄지 않은 건 단순한 이유였다. 그녀는 표정 변화가 거의 없다
는 점.

사람들은 흔히 반대로 얘기한다. 표정 변화가 없으면 속을 알
수 없고 믿음이 가지 않는다고. 하지만 용대는 달랐다. 그는 기분
이 찰랑거리는 사람을 신뢰하지 않는다. 표정 변화가 많다는 것
은 그만큼 기분파이거나 혹은 자신의 기분을 드러내는 데 서슴없
는 사람이란 뜻이니 탈락이다. 반면 자신의 기분을 얼굴에 드러
내지 않는 사람은 그만큼 자기 통제가 강하다는 뜻이다. 용대는
그런 사람이 맘에 들었다. 기분 따라 일을 망치는 사람은 신물이
났다. 그의 부모가 그랬었다.

사람들의 불행을 엿보고 싶다는 말을 들은 소원이 되물었다.

"……다른 사람의 불행을 보는 게 소원이라고요?"

"그게 문제입니까? 광고를 보니까 어떤 소원은 되고 어떤 소원은 안 된다는 말은 없던데."

용대는 날카롭게 덧붙인다.

"제가 딴 사람을 불행하게 만들고 싶다는 것도 아니고, 이미 불행해진 사람들의 얘기를 알고 싶어 하는 게 잘못입니까?"

소원은 아무 말도 하지 않았다. 그녀는 자신이 아직 사람의 마음을 잘 모른다는 걸 실감하는 중이다. 용대는 흐트러짐 없는 말투로 이야기를 이어갔다.

"일본 속담 중에 그런 게 있습니다. '남의 불행은 꿀맛이다'. 일종의 쌤통 심리라고나 할까요? 샤덴프로이데(Schadenfreude)라는 심리학 용어도 있죠. 독일어로 '피해'를 뜻하는 '샤덴'과 기쁨을 뜻하는 '프로이데'가 합쳐진 단어예요. 여러 나라에 이런 말이 있는 걸 보면, 남의 불행을 보면서 위로받는 건 인류 보편의 감정이란 얘기 아니겠습니까? 제가 이상할 순 있지만 저 혼자만 이상한 건 아니라는 얘깁니다."

소원은 말없이 시선을 떨어뜨렸다.

"샤덴프로이데를 맛보고 싶은 저의 소원…… 불가능합니까?"

"그게 가능하면 고객님이 행복해질까요?"

"그건 그쪽이 염려할 사항은 아닌 것 같은데요."

용대의 말투에 은근한 짜증이 묻어나기 시작했다. 소원도 그걸 감지했다. 그녀는 더 이상 묻지 않고 용대가 원하는 기능을 만들어주겠다고 했다.

소원이 작업하는 동안 용대는 졸거나 잠들지 않았다. 그는 일분일초가 아까웠다. 남아있는 시간이 짧다는 사실은 용대를 초조하게 만들었기에 단 한 순간도 허투루 흘려보낼 순 없었다.

✦

"헉! 헉!'

소원은 숨이 차올랐다. 차가운 공기가 옆구리를 스쳤고 허벅지는 터져나갈 듯 힘겨웠다. 그녀 앞엔 짙은 회색 돌이 깔린 가파른 산길이 펼쳐져있다. 회색과 선명하게 대비되는 초록 풀들이 눈에 들어온다. 소원은 잠시 멈춰 숨을 몰아쉬었다.

"운동 좀 할걸."

가파른 길은 구름 속으로 이어졌고 구름 사이로 건물의 실루엣이 보인다. 십자가가 솟아있는 뾰족한 지붕과 그 밑으로 육중한 윤곽이 보이는 이곳은, 캅카스산맥 해발 2,170미터 카즈베기 산에 자리 잡은 츠민다사메바성당이다. 거기에선 인간에게 불을 가져다준 일로 제우스의 분노를 산 프로메테우스가 쇠사슬로 몸이 묶인 채 독수리에게 간을 쪼였다는 봉우리가 보인다. 빠르게 흘러가는 구름과 높은 봉우리, 하얗게 빛나는 만년설이 어우러진 풍경은, 굳이 설명을 덧붙이지 않아도 성스러움이 느껴진다. 소원은 구름에 가려 실루엣만 보이는 성당을 향해 다시 움직이기 시작했다. 걸음은 무겁고 숨은 거칠어졌지만 어느새 구름이 조금씩 사라지고 성당이 선명하게 보이기 시작하니 마음이 급해져 걸음이 빨라졌다.

성당에 도착하자 하늘은 오늘 태어난 듯 새파란데, 돌덩이 성당은 태초부터 거기에 있던 것처럼 늙어 보였다. 700년을 버텨온 벽돌들은 낮고 느린 음성으로 성경의 한 구절을 읊조리고 있는 듯하다. '주 앞에서 낮추라, 그리하면 주께서 너희를 높이시리라(야고보서 4:10)'. 소원은 거친 숨결을 진정시켜 가늘고 긴 숨을 내쉬며 아래쪽을 내려다봤다.

발아래 구름이 서쪽으로 흘러 시야가 넓어지자 멀리 있는 마을이 보인다. 산과 산이 겹쳐져 만들어낸 푸른 분지에 있는 마을은 동화 속 풍경처럼 작고 소박하다. 소원이 서있는 벼랑의 아찔함이나 축축한 공기와는 아무 상관 없이 평온하기만 하다.

문득 저 마을 사람들이 궁금해졌다. 멀리서 보면 더할 수 없이 평화롭지만 가까이 가서 보면 사정이 다를 거다. 지금 이 순간 어느 집 지붕 아래에선 절망을 씹어 삼키는 사람이 있을지 모른다. 어느 골목에선 주먹다짐을 하며 미움을 주고받는 사람이 있고, 대낮부터 문을 연 술집에는 분노를 잊으려 술을 마신 사람들이

퀴퀴한 냄새를 풍길지 모른다.

소원은 오른팔을 앞으로 들어올렸다. 그러자 마을 풍경 위쪽 하늘에 빛의 점이 나타났다. 소원이 그 점을 바라보며 엄지와 검지를 마주 오므렸다 펼치자 마을 풍경이 순식간에 줌인되었다. 건물과 도로가 훨씬 크게 보였고, 건물 사이를 오가는 사람들과 도로를 달리는 자동차도 보였다. 차종을 구별할 수 있을 만큼 가깝다. 소원은 지금 카즈베기산 일대를 VR 가상 체험 중이다.

그녀가 착용한 장비는 SF 영화에 나오는 전투복과 비슷하다. 고글은 물론 조끼와 장갑을 끼고, 다리에는 포수가 쓰는 정강이 보호대 비슷한 걸 착용했다. 조끼에서는 체험해볼 장소와 비슷한 온도와 습도로 세팅된 바람이 나오고, 다리에 붙인 장비는 실제 그곳에 갔을 때 경험할 수 있는 근육의 움직임과 피로를 맛보게 해줬다.

사두기만 하고 잊고 지내던 VR 키트를 꺼낸 건 최용대와의 상담 다음이다. 그가 가고 나서 소원은 집 안을 하릴없이 서성댔다. 정체불명의 훼방꾼이 그녀를 점령해버린 탓이다. 알 수 없는 불안감이 밀려와 일이 손에 잡히지 않았다. 이 책 저 책 펼쳐보기도 하고, 안 해도 될 청소를 하던 소원은 결국 가상 여행을 생각해냈다.

실제 등산 못지않은 피로를 맛본 그녀는 멍하니 마을을 보고 있다가 불현듯 불안감의 정체를 깨달았다. 세차게 고개를 가로젓고 싶지만 받아들여야 했다.

최용대와 자신은 놀랍도록 닮았다. 불행을 만났을 때 에너지를 발휘하는 사람. 최용대는 그런 부류다. 사람들은 용대가 불행을 극복하기 위해 열심히 사는 걸로 보지만 사실은 다르다. 그는 불행을 동력 삼아 앞으로 나아간다. 불행이 닥치면 괴로워할지언정 겁을 먹진 않는다. 그리고 분노가 최대로 폭발할 때 비로소 삶의 모든 순간이 생기를 얻고 싱싱해진다. 불행은 고통스럽지만 익숙하고 행복은 그립지만 낯설다.

소원이 용대를 알아본 건 비슷한 연료를 쓰는 사람이기 때문이었다. 물론 용대와 소원의 연료는 닮은 듯 다르다. 소원이 불행을 선택하는 건 자책감이 원인이다. 사람들 사이에서 어울리며 행복을 예감할 때면 소원은 세차게 고개를 흔들곤 했다. 난 딴사람을 불행하게 만들어. 나의 불행은 내 속에만 가둬야 해. 전염시켜선 안 돼. 그녀는 햇살이 닿으면 살점이 녹아내리는 뱀파이어처럼 행복이라는 햇살을 피해 어둠으로 파고들며 살아왔다.

반면 용대에겐 자책감이 없다. 그는 누구보다 강한 사람으로 살아남기 위한 도구로 기꺼이 불행을 맞아들였다. 최용대가 만약 행복을 꿈꾸며 사는 사람이라면 그의 소원은 암을 이겨내거나 마음의 평화였을 거다. 하지만 그의 선택은 달랐다. 자신이 빠진 구렁텅이에서 나가길 바라기보다는 같이 허우적대는 동료를 알고 싶어 했다. 그들의 비명을 들으며 자신의 불행을 음미하길 원한 거다.

샤덴프로이데.

소원은 최용대가 던진 단어를 곱씹어보았다.

'혹시…… 나도?'

사람들의 소원을 들어준다는 핑계로 그들의 상처를 엿보는 일이 샤덴프로이데가 아니라고 단언할 수 있을까. 불행의 공동체라는 위안을 얻고 싶었던 건가. 소원은 혼란스러웠다. 만약 그런 마음이라면 다른 이의 불행을 즐기는 악취미가 분명했다. 그녀가 오후 내내 서성댄 건 그런 의심이 스며들기 시작했기 때문이고, 그걸 외면하려 가상의 세계로 도망친 것이다.

'난 대체 언제쯤 진짜 세상과 사람들을 만나려는 건지.'

소원은 자신이 한심하고 초라했다.

잠시 후 모든 것이 사라졌다. 푸르던 초록도, 캅카스산맥의 차가운 공기도, 프로메테우스의 봉우리도. 소원은 첨단 공학이 만들어낸 허상의 전원을 끄고 그대로 멈춰 섰다.

✦

거실 소파에 앉은 용대는 손에 쥔 휴대폰을 뚫어져라 보았다.

'이 앱은 고객님만을 위한 맞춤은 아닙니다. 이미 사용되고 있는 앱이거든요. 비공개 절차를 통해 제한된 사용자만 가입되는 앱이라 들어보신 적은 없을 거예요. 이게 최용대 고객님이 원하

는 바에 어느 정도 부합할 걸로 보여서 깔아드렸습니다.'

한소원의 설명이었다. 앱의 기능이 완전히 보정됐다는 알림을 본 용대는 당장 열어보고 싶었으나 그럴 수가 없었다.

위잉. 가사 도우미 아주머니가 블렌더를 돌리는 소리가 시끄러웠다. 그녀는 일주일에 두 번 용대가 집을 비운 사이에 와서 일을 하는데, 용대가 일정을 취소하고 집에 있다 보니 어쩔 수 없이 그녀와 마주치게 됐다. 언제 끝나지. 용대는 초조했다.

"사장님, 이거 좀 드셔봐요."

도우미 아주머니가 녹색 음료가 담긴 유리잔을 가지고 와서 내밀었다.

"오랜만에 사장님 만나서 너무 반가운데 안색이 왜 이렇게 안 좋아요? 어디 아픈 건 아니죠? 근데 뭐, 사실 아프게도 생겼지. 사장님이 좀 바빠야 말이지. 아무리 젊어도 과로에는 장사 없다니까. 참, 그리고 사장님, 오랜만에 만나서 하는 말인데⋯⋯. 내가 여기 올 때마다 깜짝깜짝 놀라. 여기가 사람 사는 집이 맞나 싶어서요. 먹는 것도 없어, 어지르는 것도 없어, 쓰레기도 안 나와. 사장님은 집에서 잠만 자나 본데, 그러면 안 돼. 요즘 남자들은 살림도 잘하고 요리도 척척 하던데 사장님도 끼니 정도는 챙겨 먹을 줄 알아야지!"

Shit! 용대는 속으로 뇌까렸다. 그가 원하는 고요를 아주머니가 마구 깨부수고 있었다.

"거기다가, 맨날 옷이랑 수건이랑 이불 빨래는 산더미야. 이 집 오면 내가 빨래만 들입다 하다 가는 거 알아요? 사장님, 그렇게 깔끔 떨면 여자들이 싫어해요. 사장님은 훌륭한 말은 그렇게 많이 하면서 여자 맘은 왜 몰라? 그러니 여태 장가를 못 가지."

용대가 아주머니를 쏘아보자 아차 싶었던 그녀는 얼른 화제를 바꾸었다.

"뭐 해요, 얼른 쭉 마셔요. 내가 텔레비전에서 보고 배운 건데, 한마디로 몸에 좋다는 건 다 때려 넣은 야채즙이야. 이것만 열심히 먹으면 노화 방지랑 피로 회복에 그렇게 좋고, 암 환자들도 많이 먹는대요."

"암이요?"

"거기에 들어있는 그 뭐라더라, 항산화……. 아무튼 뭐 그런 게 암세포를 아주 그냥 죄다 때려잡는대요."

용대가 관심을 보이자 아주머니는 단박에 의기양양해졌다. 그 의기양양함이 어이없긴 했지만 용대는 야채즙을 벌컥 마셨다.

"아이고, 우리 사장님이 모처럼 잘 드시네! 앞으로 이거 맨날 해줄게요!"

"아주머니."

"왜요? 더 줘?"

"저요……. 사장님 아닙니다."

"에?"

"사장님 아니니까 자꾸 사장님이라고 부르지 마세요."

"아······."

아주머니는 떨떠름한 얼굴로 돌아섰다. 정 없이 군다고 투덜대는 게 역력했지만 용대는 모른 척했다. 상대방 입을 틀어막아서 개운할 뿐이었다. 마음이 상한 아주머니가 입을 삐죽 내민 채 후딱 일을 끝내고 돌아가자 그제야 용대는 느긋하게 소원성취 앱을 열었다.

앱은 화면이 켜지기 전에 음악부터 흘렀다. 음산하고 무거운 분위기의 음악이었다. 멜로디보다는 리듬과 비트 위주의 금속성 사운드. 음악이 고조되면서 화면이 서서히 밝아왔다. 차가운 회색빛 하늘을 배경으로 버려진 덤불숲의 실루엣이 보이는가 싶더니, 화면 중앙에 찌그러진 둥근 표지판이 등장한다. 진입 금지 표지판처럼 생긴 원판에는 네 글자가 적혀있다.

공감 금지.

그 상태에서 화면은 멈췄지만 음악은 점차 고조되다가 화면이 검게 변하고 안내문이 떴다.

세상의 SNS가 행복을 전시하는 곳이라면 이곳은 불행을 전시하는 곳입니다.

당신이 겪는 불행을 타인에게 인정받을 필요는 없습니다.

좋아요 금지, 댓글 금지, 구독 금지.

이곳은 모든 종류의 공감 금지 구역입니다.

금지된 것은 공감만이 아니었다. 자신이 누구인지 밝히는 것 역시 금지였다. 설명은 그게 다였다. 용대는 불길한 지하실로 내려가는 기분으로 시작 버튼을 터치했다.

화면은 인스타그램과 비슷했다. 사진 위주의 SNS다. 다만 다른 점은 명확했다. 인스타그램이 행복한 순간, 자랑하고 싶은 순간, 즐거운 순간을 포착해서 올린다면 여기는 불행의 순간과 흔적들이 올라와있었다. 필터를 쓴 사진 따위는 보이지 않았다. 어둡거나 초점이 안 맞거나 날것 그대로 번들대는 사진들뿐. 얼굴을 알아볼 수 있는 사진도 없었다.

'자신이 누구인지 밝히는 걸 금지했으니 식별 가능한 얼굴 사진을 올리진 않겠지.'

정체를 알 수 없는 쓰레기가 가득한 방, 멍들거나 긁힌 신체 어느 부위, 깨져버린 액자, 잘게 찢긴 서류 등등 자세히 보지 않아도 사연이 짐작되는 사진들이었다.

그 가운데 눈에 띄는 게 있었다. 빨간색 브래지어와 팬티 사진이었다.

포장을 뜯은 상자 위에 속옷 세트가 걸쳐져있는데, 다른 사진들에 비해 제법 그럴듯하게 연출돼있었다. 상자에 프린트된 라벨을 보니 명품 브랜드 제품이 틀림없었다. 핏빛처럼 붉은 실크 원단에, 브래지어의 가슴 윗부분 라인과 팬티의 허리 라인을 따라 검은색 레이스가 화려하게 수놓여있었다. 위생과 보정 기능이 뛰어난지는 의심스러웠으나 하나는 확실했다. 침대 위에서는 강력한 힘을 발휘할 것이란 사실.

용대는 궁금증 반, 성적 호기심 반으로 사진을 터치했다.

속옷은 더할 수 없이 고급스러웠지만 그것이 놓인 집 안은 초라하기 그지없었다. 속옷을 담은 상자와 포장지는 그 물건의 가격이 예사롭지 않다는 걸 보여주었지만, 사진 귀퉁이에 보이는 싸구려 소파의 나무 다리는 잔뜩 긁혀 더러웠다. 사진을 찍은 각도를 상상해보면 초라함은 더욱 또렷해졌다. 멋진 물건을 구질구질한 소파 바로 옆에 놓고 찍었다는 건, 란제리의 고급스런 관능미를 돋보이게 할 만한 장소가 마땅치 않다는 뜻이었다. 싸구려 소파 하나 겨우 들어가는 좁아터진 집인 게 분명했다.

어느 가난뱅이가 연인을 위해 큰맘 먹고 지른 걸까. 아니면 아찔한 욕망을 품은 여자가 산 걸까. 근데 이게 왜 불행의 흔적이지? 용대는 사진 밑에 붙어있는 짧은 글로 시선을 돌렸다.

[나의 전투복은 싸움터에 나가본 적이 한 번도 없다.]

그 밑에는 해시태그가 붙어있다.

[#나의순장조 #발없는새의착륙 #아비정전]

용대는 싸늘하게 웃었다. 이런 종류의 자기 연민이라면 신물이 났다. 사연은 뻔할 터였다. 이 사치스럽고 요란한 속옷의 주인공은 연인도 없이 오랫동안 외로운 밤을 보냈을 것이다. 「아비정전」이라는 장국영 주연의 오래된 영화를 보고 괜히 울적해서 여기에 끄적댔겠지.

이런 거나 보자고 고객센터라는 곳까지 가서, 알지도 못하는 사람한테 속 얘기를 하고 왔단 말인가. 짜증 난 용대는 소파 구석에 휴대폰을 던지고 벌렁 누워 눈을 감았다.

그에겐 화려한 속옷에 관한 기억이 한 조각 있다.

그가 열일곱 살 봄을 막 통과할 무렵이었다.

열여섯 살에 대학에 입학해서 세간의 스포트라이트를 받았지만 그 순간이 지나자 용대의 학교 생활은 하루하루가 전투였다. 세상은 전부 적군이었다.

학비는 장학금으로 어떻게든 해결했지만 문제는 생활비였다. 할 수 있는 최대치의 알바를 하면서도 공부에 뒤처지지 않으려다 보니 동기들과 어울리는 건 꿈도 못 꿨다. 단지 나이 차이 때문은 아니었다. 그들 대부분은 부모가 제시한 청사진에 따라 지원을 받고 편히 공부했지만 용대는 그러지 못했다. 피로와 부실한 식사가 겹쳐 입술과 잇몸이 붓고 부르튼 채로 간신히 전장을 지켰다.

공부와 알바에 파묻혀 지내던 대학교 2학년 봄, 용대는 혜진을 처음 봤다. 혜진은 같은 과 한 학번 아래 후배지만 삼수를 한 탓에 용대보다 몇 살 위였다. 처음 그녀를 발견한 건 신입생 환영회 자리였다. 그 자리에 있던 남자 중에 절반은, 화려한 얼굴에 높은 목소리를 자랑하는 그녀에게서 눈을 떼지 못했는데, 용대도 그중하나였다. 콜라를 홀짝대며 그녀를 훔쳐보고 있으니 마시지도 않은 알코올 기운이 도는 듯했다. 선배와 동기들의 술잔을 척척 받아마시던 그녀의 자세는 조금씩 허물어지기 시작했고, 대수롭지도 않은 농담에도 몸을 흔들며 웃던 혜진의 셔츠 앞섶 사이로 선명한 라임색이 보였다. 브래지어였다. 희고 탄탄한 가슴을 움켜쥐듯 받쳐주고 있는 라임빛은 용대를 뒤흔들어놨다. 그는 혜진을 쳐다볼 수도, 쳐다보지 않을 수도 없었다. 쳐다보자니 죄책감이 밀려왔고, 외면하자니 그녀의 높은 웃음소리가 용대를 끌어당겼다.

그녀의 모든 것이 빛났다. 풍성한 머리카락, 가운데가 폭 파이고 양쪽으로 부풀어있는 아랫입술, 손가락마다 끼고 있는 반지들 그리고 한 조각의 라임까지 황홀하게 반짝였다. 그날부터 용대는 혜진 생각에서 한시도 벗어날 수 없었다. 혜진이 뿜어낸 빛의 저주에 사로잡혔다. 책장을 넘기는 모든 순간, 컴퓨터 자판을 두드리는 모든 순간, 알바 땜에 오토바이를 타는 모든 순간. 오로지 혜진 생각뿐이었다. 그녀는 용대가 보내는 하루의 목적지였다. 처음엔 1년, 조금 지나서는 10년 뒤까지 그녀와 함께하는 날

을 꿈꿨고, 급기야 자신의 인생이 송두리째 그녀를 향해 질주하
길 바랐다. 하지만 질주는 엉뚱하게 펼쳐졌다. 그녀 생각으로 집
중력이 흐트러진 어느 날 배달용 오토바이 핸들이 휘청하면서 사
고를 당해 여기저기 다치고 말았다. 용대는 알바도 관두고 앓아
누웠다가 다시 학교에 나가 처음 혜진과 마주쳤을 때, 교통사고
처럼 느닷없이 자신의 마음을 고백했다. 얼굴엔 반창고, 팔에는
붕대, 다리에는 깁스를 감은 모습으로 더듬대며 말하는 모습에
혜진은 빙긋 웃었다.

"선배님, 후배 사랑이 상당히 격렬하시네요. 아, 무서워라."

그러곤 차가운 미소로 용대의 다친 손을 꽉 쥐었다가 놓고 가
버렸다. 혜진이 쥐었던 상처에선 피가 배어났고 용대의 눈에선
눈물이 툭 떨어졌다. 모욕스러웠다. 그의 순정에 대한 모욕일 뿐
아니라 자신의 가난에 대한 모욕, 처절한 생존 투쟁에 관한 비웃
음으로 느껴졌다.

나쁜 X! 그때 느꼈던 절망의 쓴맛이 생생하게 되살아났다. 화
려한 속옷을 놓고 징징대는 글이 잊고 살던 절망을 자극했나 보
았다. 이래서 약해빠진 존재들은 구역질 난다. 감정의 찌꺼기를
세균처럼 퍼뜨린다.

짜증이 난 용대는 자신을 억지로 잠에 밀어 넣었다. 간신히 잠
이 들 때쯤 어디선가 희미하게 사이렌 소리가 들려왔다.

✦

"사장님, 엊그제 집에 있을 때 앰뷸런스 소리 들었죠?"

이틀 뒤에 온 가사 도우미 아주머니는 오자마자 야채즙부터 갈아주며 말을 걸었다. 용대가 대꾸하지 않아도 그녀는 멈추지 않았다.

"엊그제 내가 여기 왔다 가고 좀 있다가 그랬을 텐데……. 기억 안 나요?"

그가 아무 말 없이 야채즙만 마시자 아주머니는 용대의 무심함이 기가 막히는 눈치다.

"내가 그날 사장님네 일 끝나고 집에 가는데 갑자기 앰뷸런스가 길 건너 아파트 단지로 삐용삐용 들어가는 거예요. 교통사고가 났나 했는데, 사람들한테 들어보니까 어떤 총각이 자기 집에서 뛰어내렸대요."

용대는 아주머니의 오지랖이 피곤하다. 죽은 건 딱하지만 모르는 사람 일 아닌가.

"근데 그 총각이 좀 희한했대요. 원래 얼굴도 하얗고 몸은 여자처럼 호리호리한 데다가 말이 없고 얌전했었는데, 뛰어내릴 때글쎄, 새빨간 여자 빤스랑 브라자를 입고 있었다지 뭐예요? 아휴, 망측해라. 그 동네 편의점 아줌마가 그러더라고. 그 사람 원래 여자가 되고 싶었던 거 같다고. 텔레비전에 가끔 나오잖아요, 여자

314 ✦

가 남자 되고 남자가 여자 되는 수술받는 사람들. 그 총각도 그런 쪽이었나 봐. 웃을 때도 호호호 이렇게 웃고, 화장도 이쁘게 하고 다녔다나……. 에휴, 근데 왜 그랬을까? 여자로 사는 게 얼마나 피곤한데! 아무리 세상이 바뀌었네, 시대가 변했네 해도 여자는 속 끓이고 살 일이 얼마나 많은데요. 날 봐요. 이날 입때까지 시어머니 수발에다가 평생 술만 끼고 산 서방 약값 대느라 허리가 휘는 거. 우리 동네엔 나 같은 아줌마투성이야. 사장님은 남자라서 이런 거 모르죠?"

순간 용대의 머릿속을 스치는 생각이 있었다. 설마 하면서도 묻지 않을 수 없다.

"그 여자…… 아니, 그 남자 속옷이 무슨 색이었다고요?"

"에?"

"속옷 색깔이요, 빤스 브라자만 입고 뛰어내렸다면서요?"

"아, 그거! 새빨간 색에 까만 레이스까지 있어서 눈에 확 띄고 아주 야했대요. 여자인 나도 여태 그런 건 구경도 못 해봤는데, 그 총각은 웬일이야?"

용대는 아무 소리도 내지 못했다. 예상 못 한 우연에 머리가 띵해진 탓이다.

"사장님……. 혹시 아는 사람이었어요?"

그녀는 뭔가 수상쩍다는 기색이었지만 용대는 딴생각에 빠져 있었다.

'나의순장조', '발없는새의착륙'은 그런 뜻이었나. 앱에서 본 사진의 진정성을 의심했는데……. 아니었나. 도우미 아주머니는 용대에게 먹고 싶은 거 없냐고 몇 번이나 물었지만 아무 대답도 들을 수 없었다.

✦

용대는 며칠 동안 소원성취 앱을 열지 않았다. 원하던 대로 불행을 목격했지만 어쩐지 뒷맛이 개운치 않아 그랬다. 그러길 며칠, 그의 앞으로 메일 하나가 도착했다. 메일 제목은 [선배님 안녕하세요, 혜진입니다.]

어리둥절했다. 따로 연락한 적 없던 사이였는데 갑자기 무슨 일이지.

갑작스러운 연락에 놀라셨나요? 한 학번 아래 혜진입니다. 유명한 책의 저자가 선배님과 이름이 같아 설마설마했는데 정말로 제가 아는 사람이었네요. 반가웠어요. 선배님 강연도 정말 인기던데요. 한 번쯤 가보고 싶었지만 왠지 쑥스러워서 못 갔어요. 아쉬운 마음에 용기를 내봅니다. 혹시 한번 만날 수 있을까요? 제 전화번호를 남길게요.

오래전 그날처럼 도도한 모습은 간데없고 공손하기 이를 데 없는 전화번호가 얌전히 손을 내밀고 있었다. 그가 한창 의욕에 불탈 때 연락이 왔다면 그녀를 만나 자신의 성공을 으스댔을 수도 있다. 혜진이 자신의 품에 뛰어드는 걸 상상하기도 했을 것 같다. 하지만 지금은? 잠깐 고민한 용대는 알려준 번호로 문자를 보냈다.

[반갑습니다, 후배님. 저도 만나고 싶군요.]

용대는 너무 반가워하거나 홀대한다는 느낌이 들지 않는 날짜를 골라 답을 보냈다. 그리고 기다렸다. 혜진의 답장만 기다린 건 아니다. 그의 심장이 예전처럼 빨리 뛰는지 지켜봤다.

✦

"선배님!"

용대가 약속 장소에 도착하니 먼저 온 혜진이 그를 반겼다. 그녀는 예전과 별로 달라 보이지 않았다. 여전히 화려했고 변함없이 날씬했다. 값비싼 PT와 멤버십으로 운영되는 피부관리숍 에스테틱이 지금의 그녀를 완성했으리란 건 쉽게 짐작할 수 있었다. 그녀는 생긋 웃으며 인사했다.

"고마워요, 나와줘서."

지금 보니 달라진 게 있다. 그녀에게선 더 이상 빛을 느낄 수 없었다.

"검색해보니까 용대 선배는 아직 결혼을 안 한 것 같아서 용기를 냈어요. 여자 만나러 간다고 하면 와이프 입장에선 좀 그렇잖아요. 근데 다행히 미혼이라기에 맘 편히 메일 쓴 거예요. 알죠, 무슨 말인지?"

달라진 점 하나 더. 주절주절 자신을 설명했다. 예전엔 그러지 않았다. 그녀가 굳이 설명하지 않아도 수많은 남자들은 이미 그녀에게 고개를 끄덕일 준비를 하고 있었다. 그 시절 숱한 남자들 중 한 명이었던 용대는 씁쓸한 기억을 잘근거리며 되물었다.

"그럼 혜진 씨는?"

혜진은 대답 대신 고개를 살짝 끄덕였다. 그녀 얼굴 위로 씁쓸한 웃음이 짧게 스쳤다. 결혼 생활이 그다지 행복하지 않은 게 틀림없었다. 예전에 그랬듯 혜진은 반지를 여러 개 끼고 있었지만 그중에 결혼반지로 보이는 건 없었다. 멋을 위해 낀 패션 반지들은 요란하고 공허해 보였다. 그녀의 짙은 화장과 마찬가지로.

와인을 곁들인 둘의 대화는 순조롭게 이어졌다. 다른 동창들 소식, 혜진이 들었던 용대의 명성, 예전 대학 생활과 다른 요즘 젊은이들 이야기 등등. 용대는 때론 웃고 때론 맞장구도 쳤지만 한편으론 후회가 밀려왔다. 껍데기뿐인 대화가 견딜 수 없이 지루한 탓이었다. 혜진은 용대에게 어떤 스파크도 일으키지 못했다. 용대의 낌새를 눈치챈 걸까. 혜진은 톤을 바꿔 말했다.

"궁금한 게 있어요. 혹시 옛날에 나한테 했던 말…… 기억해요?"

그녀가 조금 더 앞으로 다가와 앉는다.

"용대 선배가 날 어떻게 생각하는지 말했던 거. 그때는 너무 갑작스러워서 대답을 제대로 못 했는데 데 지금 대답해도 되나요?"

굳이 대답을 안 들어도 될 것 같았다. 그녀는 이미 표정과 시선으로 끈적한 답을 보냈다. 용대의 다리에 뭔가 와닿았다. 스타킹을 신은 매끈한 다리가 용대의 종아리에 닿는가 싶더니 천천히 아래위로 움직였다.

"답이 좀 많이 늦긴 했지만 내 대답은 예스예요."

관능적인 미소를 보내는 혜진을 향해 용대가 손을 내밀었다. 혜진은 그 위에 손을 얹었다. 그러자 용대가 혜진의 손을 꽉 잡아 비틀며 앞으로 다가가 속삭였다.

"후배님, 선배 사랑이 상당히 격렬하시네요. 어이쿠, 겁나라."

혜진의 얼굴이 순식간에 일그러졌고 용대는 여자의 손을 휙 던져버렸다. 그리고 그녀가 뭐라고 하기 전에 벌떡 일어나 밖으로 나와버렸다.

저녁 공기는 말할 수 없이 상쾌했다. 용대는 맘껏 들이마셨다.

혜진의 수작은 뻔했다. 그렇고 그런 결혼 생활의 공허를 다른 남자로 채워 넣고 싶었겠지. 예전처럼 비쩍 마르고 살기 바빴던 용대였다면 거들떠보지도 않았겠지만, 지금 용대가 이룬 성과는 그녀가 눈길을 줄 만하다. 잘나가는 남자를 품에 안고, 마음이 돌아선 남편을 향해 콧방귀를 뀌고 싶어 수작을 부린 모양인데, 용대는 그녀의 공허를 채워줄 만큼 시간이 남아돌지 않았다. 남은 시간은 오직 자신을 위해 쓰리라.

집에 온 용대는 묘하게 들뜬 기분이었다. 오랜만에 웃고 싶어졌다. 다른 사람의 불행을 보며 낄낄대길 원했다. 그는 휴대폰을 열어 소원성취 앱에 들어가 올라온 사진들을 한 장 한 장 들여다보기 시작했다.

휴지가 잔뜩 쌓인 사진과 함께 회사에서 잘리고 밤새 울었다는 글을 봤을 때, 벽지가 너덜너덜 찢겨나간 좁은 방 안 한구석에 웅크린 노인의 뒷모습 사진을 봤을 때, 갚지 못한 은행 대출 내역을 캡처한 걸 봤을 때, '좋아요' 버튼이 없다는 게 안타깝기만 했다. 있었다면 신나게 눌렀을 텐데. 같이 마음 아파하는 척하면서 낄낄댔을 텐데.

그는 자신의 췌장에 자리 잡은 게 암세포가 아니라 음험한 괴물이 아닐까 생각하며 사진에서 사진으로 시선을 옮겼다. 그러다가 어느 순간 그의 손가락이 멈췄다. 다이아몬드 게임판 사진이었다.

어린 시절 갖고 놀던 유일한 장난감. 누나가 떠난 뒤 마을 공동화장실에 갖다 버렸던 바로 그 물건이었다. 이런 것에도 시큼한 사연이 묻어있나.

이걸 발견하고 얼마나 기뻤는지 모른다. 예전과 똑같은 모양이다. 아이 거라는 핑계로 샀지만 아이는 한두 번 만지작대다 관뒀다. 휴대폰 게임을 좋아하는 요즘 애들한텐 너무 시시하겠지. 아이가 버려둔 덕에 나는 가끔 혼자 게임을 한다. 어린 시절 나는 늘 빨간 말, 동생은 초록 말을 잡았다. 그 시절을 생각하면서 나 혼자 말을 옮긴다. 동생은 지기 싫어하는 성격이라 자기가 질 것 같으면 판을 엎어버리고 다시 하자고 우겼다. 그런 동생이 밉거나 귀찮지 않았다. 동생의 응석을 받아줄 사람은 나뿐인 걸 알고 있었으니까. 동생을 달래가며 열심히 했던 게임인데 지금은 나 혼자 한다. 아무도 나를 상대해주지 않는다.

용대는 피가 쭈욱 빠져나가는 기분이었다. 자신과 똑같은 시절을 보낸 사람이 또 있다니. 잘 있으라는 말 한마디 없이 집을 나간 후 연락이 끊긴 누나가 설마?

'아니야. 아닐 거야. 다이아몬드 게임판 있던 게 한두 집인가.'

용대는 그 계정의 피드를 하나씩 훑어보기 시작했다. 싸구려 풍경화를 담은 액자 사진이 눈에 띄었다.

화가 난 남편이 액자를 집어던졌을 때 가슴이 철렁했다. 액자 뒤에 있는 사진이 튀어나올까 봐 그랬다. 하마터면 액자를 치울 때 사진을 떨어뜨릴 뻔했다. 재빨리 집어넣어서 남편이 못 본 거 같지만 한참이나 가슴이 떨렸다. 하나밖에 없는 용대의 사진인데 뺏길 순 없다. 가족에 대해 했던 말이 모두 거짓인 걸 알면 남편이 어떻게 나올지. 액자를 볼 때마다 동생이 그립기도 하고 남편이 무섭기도 해서 속이 울렁댄다.

용대는 감전된 듯 휴대폰을 내던졌다. 머리가 터질 것 같다. 가슴이 마구 떨린다. 그는 살아남기 위해 누나의 기억을 지워버렸다. 누나를 떠올렸다간 마음이 약해질 것 같아서였다. 근데 이렇게 아무런 준비 없이 그녀를 발견하게 되다니. 그는 휴대폰을 다시 집어 앱을 보려다가 세차게 고개를 흔들었다.

'안 돼. 누나가 보고 싶어지기라도 하면 곤란해.'

그는 그리움이 자신의 분노를 흐물거리게 할까 봐 겁이 나 다시 휴대폰을 열지 않았다. 내일 아침 일찍 병원 진료가 예약돼있으니 일찍 자는 게 좋을 것 같았다.

✦

대학병원이라고 해도 진료실은 무척 협소했다. 벽에는 책장과 더불어 이런저런 차트와 일정표, 거기에 환자들에게 알리는 온갖 주의사항 등이 붙어있고, 책상에는 데스크톱 키보드 두 대, 모니터 세 대와 각종 서류와 책이 꽉 들어차서 옹색하고 정신없었다.

'이런 데서 내 목숨을 좌지우지하는 일을 한다고?'

한껏 예민해진 용대는 비좁은 진료실이 거슬리기만 했다.

"지금은 종양 크기가 커서 수술은 힘들어요. 그렇다고 희망이 없는 건 아니고. 일단 항암제로 종양 크기를 줄이면 수술도 가능하니까 항암 일정부터 잡읍시다."

의사는 모니터에서 눈을 떼지 않고 말했다. 용대는 의사가 자신을 온전한 사람으로 보는 게 아니라 검사 결과에 나타나는 숫자로 보는 게 못마땅했다.

"항암은 좀 더 생각해보겠습니다."

그제야 의사는 모니터에서 눈을 떼고 용대를 바라보았다.

"최용대 씨, 솔직히 말하면 지금 그럴 여유는 없어요. 얼른 시작하지 않으면 그나마 있는 기회를 놓칠 수도 있고."

"선생님한테 저는 염증 수치가 나쁜 환자 중 하나겠지만 저에겐 이 병든 몸뚱이가 유일합니다. 이걸로 끝까지 제 인생을 살아야 하니까요. 치료 효과가 확실하다면 저도 주저 없이 시작하고 싶지만, 온갖 약의 부작용으로 저답게 살 수 있는 시간을 낭비한다면 그걸 선생님이 책임질 수 있습니까?"

의사는 잠시 주춤했으나 경험 많은 전문가답게 차분하게 설명했다. 췌장암이 예후가 좋지 않은 병인 건 틀림없지만 최근엔 희망적인 치료법이 많이 등장했다고 힘주어 말했다. 용대는 더 이상 뾰족하게 굴진 않았지만 그래도 항암 치료에 대해선 입을 다

문 채 진료실에서 나왔다.

집으로 향하는 차 안에서 문득 누나를 떠올렸다. 애써 외면하고 치워버리고 싶은 존재였으나 생각이 누수되는 건 어쩔 수 없었다.

집에 도착한 그는 결국 소원성취 앱을 열었다. 구독 기능이 없으니 모든 사진을 뒤져서 누나가 올린 사진을 찾아내야 했다. 조금 헤맨 끝에 누나의 SNS를 발견한 용대는 차곡차곡 쌓아둔 신문지 사진을 터치했다.

> 남편이 종이 신문을 끊겠다고 한다. 곤란하다. 대놓고 반대는 못 했지만 신문은 더 할 수 없이 요긴한 물건이라서 그렇다. 하루 종일 쓸고 닦아도 남편이 퇴근해서 집에 오면 집 안 꼴이 이게 뭐냐고 트집을 잡곤 한다. 남편이 집에 오기 직전, 저녁밥을 하는 동안 아이를 신문지 위에서 놀게 하면 편하다. 거기서 아이가 뭘 먹거나 놀아도 신문지만 싹 걷어서 치우면 그만이다. 제발 남편이 마음을 바꿔 먹고 신문을 끊지 않길 기도한다.

누나는 성질 더러운 자식을 만난 게 틀림없다. 그렇게 폭압적이고 무책임한 부모 밑에서 살다가 도망쳤으면서 또다시 이런 놈을 만나다니. 누나의 선택이 한심했다. 이번엔 낡은 컴퓨터 사진이 보였다.

앞으로 5년, 아니 1년 후에 우리 집엔 과연 뭐가 남을까. 남편이 던지거나 부수기 힘든 소파나 냉장고 정도? 또다시 컴퓨터를 던지려 해서 겨우 말렸다. 그러느라 그이의 주먹에 맞았지만 그래도 컴퓨터는 구했다. 하드에는 용대의 책을 필사한 게 저장돼있는데 하마터면 그걸 날릴 뻔했다. 자랑스러운 동생의 글을 옮겨 적었을 때 뿌듯함은 이루 말할 수 없었다. 남편이 컴퓨터를 부수거나 갑자기 고장 날까 봐 겁난다.

용대는 머리가 띵했다.

'내 사진을 간직하고 내 책을 필사하고. 이럴 거면 누나는 왜 날 버린 거지? 왜 혼자 도망갔냐고?'

그때 부르르 휴대폰이 울려댔다. 비서였다.

―선생님, 기자들이 자꾸 전화를 합니다. 강연을 줄줄이 취소한 이유가 뭐냐고요.

"요즘 연예인들이 잠잠한가 보지? 나 같은 사람을 들쑤시는 걸 보면."

―TV 스케줄을 취소한 게 큰 것 같습니다. 어떻게 할까요?

비서의 말투는 심각했지만 용대는 심드렁했다. 전화는 스피커폰으로 켜놨을 뿐 액정 화면엔 여전히 누나가 올린 사진이 떠있다. 이번에는 빨래 건조대 사진이다.

가끔 생각한다. 옷을 그냥 사각형 모양으로 만들면 안 되나? 수건처럼 말이다. 빨래를 널 때 수건은 줄을 맞추기도 쉽고 반듯하게 걸리지만 옷은 그게 어려울 때가 있다. 소매도 있고 모자 달린 옷도 있으니까. 남편은 빨래가 반듯하지 않으면 화를 낸다. 내가 게으르고 바보 같아서 집에 와도 눈에 거슬리는 것투성이라고 한다. 그래서 난 빨래를 할 때마다 기도한다. 어디서 경품으로 건조기를 받거나 날씨가 1년 365일 햇볕 쨍쨍하길 빈다. 그러면 남편 퇴근 전에 빨래를 모두 치워놓을 텐데.

화가 치밀었다. 말도 안 되는 트집을 잡는 남편이란 놈 때문에 화가 났고, 그런 놈한테 맞서지도 못하는 누나 때문에 기가 막혔다.

"바보같이."

─네? 선생님, 뭐라고 하셨어요?

전화기 너머에 있던 비서가 용대의 혼잣말을 듣고 되물었다.

"너한테 말한 거 아냐."

─아무튼 선생님, 지금 이런 식으론 안 될 것 같습니다. 투병 사실을 밝히고 정식으로 양해를 구하는 게 평판에도 도움되고, 이다음에 건강을 되찾아 다시 활동하실 때에도 유리할 것 같은데요.

"누가 그래? 췌장암 3기에 수술도 못하는 내가 괜찮아진다고? 나 그 사람 좀 만나게 해주라."

용대는 애꿎은 비서에게 성질을 부렸다.

─선생님, 그래도 아직은 희망을 버리지 말고…….

"희망?"

용대의 말끝이 비틀려 올라갔다.

"히야, 정말 기가 막힌다. 너 한번 생각해봐라. 지금 이 시점에서 내가 제일 듣기 싫은 말이 뭔지. 바로 희망이란 말이야. 그놈의 희망, 잘못 품었다간 배신당하고 좌절할 일뿐이야. 나랑 일한 게 몇 년인데 이 타이밍에 눈치도 없이 희망 운운이냐."

비서는 아무 말이 없었다. 짜증이 난 용대가 이제 그만 전화 끊자고 말하려는 순간, 그의 목소리가 들렸다.

─제가 처음 선생님을 찾아왔던 건 바로 희망 때문이었습니다. 선생님이 책에서 언급한 희망 때문에 용기를 얻었거든요. 근데 지금 그렇게 말씀하시니까 혼란스럽습니다. 과연 제가 선생님을 도울 수 있을지.

"그래서 뭐? 관두고 싶다고? 그 얘기야?"

비서는 아무 말이 없었다. 용대의 마음 한편에선, 자신의 곁을 한결같이 지켜준 사람한테 왜 이러냐고 자책하면서도, 또 다른 한편으론 분노의 감정이 끓어올라 그의 몸 세포 하나하나가 으르렁대기 시작했다. 결국 그는 분노의 용암에 꿀꺽 삼켜졌다.

"좋아. 관두고 싶으면 관둬. 대신 마무리 삼아 일 하나만 해. 강연 취소했다고 징징댔던 곳 중에 강연장이 제일 큰 데가 어디야?

거기에 당장 연락해. 강연한다고. 하늘이 두 쪽 나도 강연은 꼭 할 테니까 사람 미어터지게 모아두라고. 알았지?"

비서는 짧게 알겠다고 답하고 전화를 끊었다.

신경이 너무 곤두섰던 탓일까. 배가 뒤틀리며 아파왔다. 별 증상 없던 암이 이제부턴 기습해올 수도 있다더니 정말 그런가 보았다. 병원에서 처방해준 약을 찾아 급히 털어 넣었다. 그래도 통증은 쉽게 가라앉지 않았다. 겨우 걸음을 떼어 소파로 가서 누웠다. 고통 때문에 몸이 저절로 움츠러들었다. 용대는 진땀이 나는 걸 느끼며 억지로 잠 속으로 뛰어들었다.

✦

무대 위, 핀 조명 하나만 들어와있고, 그 빛 속에 용대가 서있다. 그는 객석에 등을 돌린 채 얼이 빠진 듯 위를 올려다보고 있다. 그의 시선이 머무는 곳에 현수막이 걸려있다.

[그가 돌아왔다! '행복 검투사' 최용대]

팔을 축 늘어뜨린 채 아무 말 없는 용대의 모습에 객석은 조금씩 술렁이기 시작한다.

왜 저래? 왜 시작도 안 하고 저러고 서있는 거야? 멘트를 까먹었나?

객석 곳곳에서 작은 목소리가 웅성거렸다. 그제야 용대는 천천히 그들을 향해 몸을 돌렸다.

"행복 검투사. 이 말은 제가 지은 겁니다. 검투사, 멋있잖아요. 영화에서 많이 보셨죠?"

용대가 낮은 목소리로 얘기를 꺼내자 객석엔 기대가 차올랐다.

"오로지 싸움을 위해 던져진 존재. 세상을 향해 시퍼런 칼날을 휘두르는 사람. 전 검투사가 되고 싶었습니다. 보란 듯이 편견을 박살 내고 날 짓밟던 사람들을 겁먹게 하고 싶었어요. 그래서 미친 듯이 칼을 휘둘렀습니다. 칼춤을 추듯이 덩실덩실."

그는 칼춤을 흉내 내며 허우적댔다.

"그런데 말입니다. 제가 한 가지를 깜박했습니다. 어이쿠, 이 중요한 걸 깜박하다니. 제 자신이 너무 한심했지요. 큭큭."

사람들은 의외의 얘깃거리로 시작해서 그날의 주제를 풀어가는 용대의 화술을 알기에 다음 말을 기다렸다.

"경기장의 검투사는 나라를 구하거나 시민을 보호하는 명분을 위해 칼을 휘두르는 게 아니라, 오락을 위해 싸우는 존재라는 거! 자기는 목숨 걸고 싸우지만 사실 그건 어디까지나 관객을 위한 오락일 뿐이고 숭고한 전투는 절대 아니라는 거. 제가 그걸 깜박한 겁니다!"

단숨에 무대 가장자리로 달려온 용대가 객석을 노려봤다.

"나 최용대! 당신들의 오락거리일 뿐이란 거 알아. 날 보면서 위로받잖아. 저렇게 가난하고 버림받았는데도 잘 사는 사람이 있으니 나도 기운 내자, 난 최소한 저 인간보단 낫지. 이러면서 낄낄대는 거 나도 안다고!"

삽시간에 객석이 얼어붙었다.

"맞아! 난 정말 불행해! 불행 올림픽이 열리면 국가대표는 따논 당상일걸? 아, 맞다! 내가 중요한 걸 깜박했네. 이거야말로 불행 스펙의 하이라이트인데."

용대는 과장된 몸짓으로 귓속말하는 시늉을 한다.

"난 말이지……. 암이야. 췌장암. 수술도 할 수 없대. 암 덩어리가 여기 꽈악 들어찼거든. 정말 끝내주지? 하하……. 어때? 당신들은 행복해서 미칠 지경이지? 그렇게 살려고 발버둥치더니 이제는 죽는 날 받아놓은 인간을 보니까 마음이 막 평온해지지 않아? 휴, 다행이다, 이러면서 가슴을 쓸어내리게 되지? 아하하하, 하하하하!"

용대는 미친 듯이 웃으며 고꾸라졌다. 바닥을 구르며 웃었다. 마이크를 타고 나온 웃음소리가 강연장을 가득 채우자 사람들은 진저리를 쳤다. 불쾌하고 소름 끼쳤다. 데굴데굴 무대에서 구르는 용대를 보며 어찌해야 할 바를 모르던 관객이 하나둘 강연장을 박차고 나갔다. 마이크가 꺼졌지만 용대의 끅끅대는 웃음은 계속 이어졌다. 기괴한 웃음을 멈추지 않는 용대가 객석을 지켜봤다.

몹쓸 세균 덩어리를 피하려는 듯 용대를 힐끔대며 자리를 뜨는 사람들의 모습에 용대는 더욱 소리 높여 웃었다. 너무 웃어 눈물이 날 지경인데 흐릿한 시야에 어떤 여자가 담겼다. 허겁지겁 떠나는 사람들과 달리 그녀는 조용히 용대를 바라보고 있었다. 사람 얼굴을 잘 기억하는 용대지만 누군지 기억이 날 듯 말 듯하다. 어디서 본 적 있는데. 용대가 자리에서 몸을 일으켰다. 그때 단박에 사방이 어두워졌다. 무대 조명이 꺼진 거다. 그 순간 어디서 봤던 여자인지 기억났다.

한소원. 소원성취 앱 고객센터에서 만났던 그 여자.

무표정한 데다가 뚜렷한 특징도 없는 얼굴이라 얼른 떠오르지 않았다. 저 여자도 내 팬이었나.

어두운 강연장에는 용대의 거친 숨소리만이 유령처럼 떠돌았다.

✦

강연장 대기실에선 날카로운 고성이 터져나왔다.

"당신들 미친 거 아냐? 무슨 일이 있어도 오늘 일은 손해배상 청구할 테니까 각오해!"

양복을 입은 중년의 사내가 핏대를 세우더니 휙 돌아서 거칠게 문을 열고 나갔다.

용대는 소파에 널브러졌고, 용대의 비서는 사내가 빠져나간 문을 멍하니 바라보았다. 악을 쓰던 남자는 강연회 주최 측 사람이다. 망연자실 두 팔을 늘어뜨리고 있던 비서가 용대를 돌아보았다. 용대는 그의 시선을 느꼈지만 모른 척했다. 오래전 그를 처음 만났을 때가 생각났다.

용대가 첫 번째 책으로 주목을 받고 강연을 다니기 시작할 무렵이었다. 의욕은 넘쳤지만 관객을 사로잡는 화법은 부족하고 강연 요령은 모자라서 겨우 강연을 마치고 무대에서 내려오면 기진맥진하던 시절이었다. 땀범벅이 된 셔츠 위에 재킷을 걸치며 강연장을 나오는데 웬 청년이 다가왔다. 체격이 유난히 왜소하고 지쳐 보이는 인상이었다.

"선생님은 제 은인입니다. 어떻게 해서든 보답하고 싶으니 허락해주세요!"

그는 용대의 책을 읽고 태어나서 처음으로 살고 싶단 생각을 했다고 고백했다. 청년의 절실한 눈빛을 본 용대는 그를 비서로 고용했다. 비서는 최선을 다해 용대를 도왔고, 지금 용대의 성공 뒤에는 분명 그의 몫도 컸다.

"선생님이 책에서 그러셨죠. 희망은 뽀얀 흰 쌀밥이 아니라 거친 잡곡밥이다. 흰 밥은 보기 좋고 맛있지만 정작 영양가 높은 건 잡곡밥이다. 거칠고 푸석해서 꼭꼭 씹어 삼키는 수고를 해야 건강해진다. 입에 달고 보기 좋은 건 가짜 희망이기 쉽다……. 전 이

말 읽은 다음부터 단 거는 딱 끊었습니다. 밥은 잡곡밥만 먹고요. 우리 집은 저 땜에 명절이나 생일에도 잡곡밥만 먹는다니까요."

용대는 오래전 비서가 이 말을 할 때의 눈빛을 떠올렸다. 빛나는 눈빛에 용대가 민망해질 지경이었다. 실망과 당황스러움이 뒤범벅된, 용대를 바라보는 지금 눈빛과는 완전 달랐다.

"선생님."

"아무 말 하지 마. 나도 내가 미쳤던 거 아니까."

"힘들면 말씀하세요. 혼자 끌어안고 그러지 마시고."

"……너 그만두겠다고 하지 않았냐? 사표는 언제 낼 거야?"

말문이 막힌 비서가 대기실을 나가려는데 문가에서 누군가와 마주쳤다.

"선생님."

"입 다물라고 했지."

"그게 아니고……. 손님 오셨는데요."

문가에 서있던 사람이 대기실로 들어왔다.

"용대야."

소파에 기댄 용대는 눈을 감고 반응하지 않았다.

"용대야."

한 번 더 부르자 용대가 눈을 떠 천천히 고개를 돌렸다. 그대로 용대의 몸이 굳어버렸다.

"……누나?"

✦

27년이란 시간은 누나의 윤기 넘치는 머리카락을 빼앗았다. 동그란 두 뺨도 빼앗았고 작고 통통하던 손도 훔쳐갔다. 하지만 빼앗지 못한 것도 있었다. 웃으면 반달 모양이 되는 눈과 폭신한 말투는 열네 살 그때와 똑같았다.

"갑자기 찾아와서 놀랐지? 연락을 미리 하고 싶었지만 번호를 몰라서."

누나는 예전과 똑같은 눈웃음을 짓고 예전과 달리 푸석한 머리카락을 쓸어 넘기며 말했다.

용대와 누나는 대기실 소파에 마주 앉았다. 누나는 내리깐 시선을 좀처럼 올리지 못했다. 말없이 누나를 노려보던 용대가 입을 열었다.

"어때? 홀라당 망한 꼴을 보니까 좋아?"

"응?"

"아까 봤잖아, 내가 오늘 어떻게 말아먹었는지."

"……"

"들었지? 나 암인 거."

누나는 용대를 바라보았다. 어릴 적 그를 달래던 눈빛 그대로.

"그래서 대기실까지 왔어. 원래는 강연만 보고 가려고 했었는데."

"왜? 내 유산이라도 챙겨보려고?"

누나의 눈에 경악스러움이 일렁였지만 이내 아까와 같은 눈빛으로 돌아갔다.

"어떡하지? 난 누나 몫을 챙겨줄 생각이 별로 없는데. 아, 잠깐!"

용대는 재킷 주머니에서 지갑을 꺼내 지폐를 몇 장 집어 들었다.

"그래도 유일한 내 핏줄을 오랜만에 상봉했는데 빈손으로 보낼 순 없지. 이거면 되나? 에이, 민망해하지 말고 넣어둬. 철부지 동생의 성의니까."

한껏 비아냥대는 투로 쏘아붙인 용대는 누나에게 돈을 휙 뿌렸다. 누나는 몸이 굳은 듯 흩뿌려진 돈을 멍하게 바라보다가 조심스레 그중 만 원짜리 한 장을 집어 들었다.

"고마워. 네가 준 거니까 소중히 간직할게."

누나는 만 원짜리를 두 손으로 잡고 반듯하게 펴더니 가방에 넣었다. 딸깍. 가방 잠기는 소리가 들리고 그녀가 일어섰다.

"용대야, 난…… 네가 너라서 참 고맙고 자랑스러워. 근데 그렇게 아픈 것도 모르고……. 미안하다. 정말이야."

고개를 숙인 누나가 조용히 뒤돌아서자 하마터면 용대가 누나를 부를 뻔했다. 돈을 집는 누나의 손을 봤기 때문이다. 그녀의 오른손 네 번째 손가락과 새끼손가락 끝마디가 앞으로 휘어있었다. 용대는 어린 시절 그런 손을 본 적 있었다. 싸움에 휘말렸던 아빠가 손을 다쳤는데 제대로 치료하지 않아 손가락이 그렇게 굽었었다. 누나도 손을 다쳤었나. 혹시 제정신이 아닌 남편한테 맞아서? 용대가 혼자 궁리하는 동안 누나는 대기실을 빠져나가고 없었다.

'붙들고 물어봤어야 하나? 아냐. 지금 와서 내가 뭘……. 그렇지만 그놈이랑 계속 같이 사는 건 위험해 보여. 애도 있는데.'

잠깐 머뭇거리던 용대는 이내 생각의 타래를 끊어버렸다. 누나가 어떻게 살건 말건.

그의 머리가 다시 싸늘해졌을 때 비서가 돌아왔다. 용대한테 들었던 말들을 담배 연기로 태워버리고 온 모양이다.

"선생님, 이제 그만 집에 가시죠."

소파에서 일어서던 용대의 눈에 뭔가 들어왔다. 누나가 앉았던 자리에 남아있는 메모지 한 장. 누나의 이름과 전화번호가 적혀 있었다. 그걸 집어 들고 들여다보던 용대는 비서에게 말했다.

"집 아니고 다른 데 좀 가자. 종로."

✦

한소원이 소원성취 앱 고객센터 겸 자신의 집 앞에 도착했을 때였다.

"여기가 직장이자 집인 거 같아서 왔는데 맞았군요."

돌아보니 용대였다. 그는 지치고 피곤해 보였다. 강연장 무대에서 뒹굴었던 모습 그대로라 행색도 엉망이었다.

"늦었는데 집에 들어가는 건 실례인 거 같고 어디 가서 차나 한 잔합시다."

용대는 대답을 듣지 않고 앞장섰다. 소원은 조용히 뒤를 따랐다.

커피숍에 마주 앉자 용대는 망설임 없이 얘기를 꺼냈다.

"그쪽이 깔아준 앱……. 우리 누나 땜에 나한테도 깔아준 거죠? 우리 누나를 나보다 먼저 만난 것 같던데."

"무슨 말씀이신지."

용대는 눈을 가늘게 떴다. 한소원이 거짓말을 하는 것 같지는 않지만 속을 알 순 없었다.

"그쪽이 깔아준 앱에서 소식을 끊고 살던 누나가 올린 사진을 봤어요. 처음엔 그냥 어리둥절했는데 곰곰 생각해보니 감이 왔어요. 이 일을 당신이 계획적으로 꾸몄을 수 있다는 거."

"전 모르는 일이에요. 거기서 누님을 만났다니…… 놀라운 우연이네요."

용대는 그 말을 믿으라는 거냐고 따지려다 관두었다. 거짓이 보이지 않는, 지극히 담담한 소원의 말투 때문이었다. 그녀는 눈을 내리깐 채로 조심스레 입을 열었다.

"오늘 강연장에서…… 힘드셨나요?"

역시 거기 왔었군. 용대 얼굴이 삽시간에 굳었다.

"그 모습을 보면서…… 이런저런 생각이 들었어요."

소원이 머뭇대다가 말을 이었다.

"저는 스키를 탈 줄 모르지만, 스키를 탈 땐 잘 넘어질 줄 알아야 한다는 얘기를 들은 적 있어요. 안 넘어지려고 버티지 말고, 크게 다치지 않게 넘어지라고. 그래서 초보자 강습에선 넘어지는 법을 먼저 가르친다면서요. 바로 제가 놓쳤던 거예요. 잘 넘어지는 법이요. 근데 오늘 강연장에서 고객님을 보면서, 저게 바로 나한테 필요한 넘어지는 법인가 생각했어요."

용대는 박제된 사람처럼 부자연스러운 표정을 짓고 있을 뿐이다.

"전 제 자신을 가둬놓고 살았어요. 난 불행한 사람이란 생각 땜에 어쩔 수가 없었거든요. 조용히, 눈에 안 띄게, 겹겹이 보호막을 두르고 흐트러트리지 않으려 애쓰면서 지냈어요. 근데 더 이상은 안 되겠더라고요. 너무 갑갑하고…… 외로워서요."

용대는 듣고만 있었다.

"근데 오늘 고객님이 폭발하는 걸 보면서…… 나도 한번은 저렇게 해야 하는 거 아닐까 생각했어요. 엉엉 울거나 소리 지르거나, 그렇게요."

용대는 말없이 테이블 얼룩을 내려다보았다. 얼룩은 얼룩일 뿐인데, 어떤 사람 눈에는 코끼리처럼 보이고 또 다른 사람 눈에는 자동차처럼 보이겠지. 이 사람은 오늘 코를 쳐들고 빼액 큰 소리로 우는 코끼리를 본 모양이다. 하지만 용대는, 급발진으로 날 뛰어 망가진 자동차 같은 자신을 봤다.

"난 제대로 넘어지는 법을 보여준 게 아녜요. 다리가 부러질 정도로 크게 넘어진 거지. 다치지 않게 넘어지고 싶으면 제대로 된 방법을 찾아봐요. 나처럼 넘어지면…… 후회할 거예요."

말을 마친 용대는 벌떡 일어났다. 그럴 뜻이 전혀 없었는데 눈물이라도 날 것 같은 기분이었다. 지난 10여 년 동안 용대는 후회라는 말을 떠올려본 적이 없다. 후회란 감정은 미세하지만 치명적인 균열 같은 거라서, 괜히 염두에 뒀다간 어렵게 버티던 자신이 무너져 내릴 거란 두려움이 컸었다. 근데 오늘 갑자기 그토록 외면하던 금기어를 입에 담을 줄이야.

차를 세워둔 곳으로 걸어가는 용대의 발걸음이 자꾸만 느려졌다.

✦

강연장의 소동이 있고 난 후 용대의 컨디션은 눈에 띄게 나빠졌다. 혈색은 탁해졌고 쉽게 피로감을 느꼈다. 병원에선 다시 한번 항암 치료를 권했지만 그는 의사의 제안을 거부했다. 대신 취소된 강연과 행사에 관련된 문제를 처리하느라 정신없었다. 제멋대로 구는 용대 때문에 속앓이를 하면서도 묵묵히 일하는 비서의 고충을 마냥 모른 척할 순 없었다.

이미 바닥난 추진력을 쥐어짜내 말썽을 마무리하고 집에 들어온 어느 저녁, 소파에 앉아 물을 마신 기억까진 나는데 눈을 뜨니 창문 밖이 환히 밝은 아침이었다. 그는 셔츠 차림으로 소파에서 힘겹게 몸을 일으켰다.

"아이고, 이제 일어나셨네. 사장님, 왜 침대에서 안 자고 여기서 잤어요? 잠을 잘 자야 몸이 축나지 않지."

도우미 아주머니였다. 그녀는 야채즙을 담은 컵을 내밀었다.

"내가 여태 사장님 집에 드나들면서 이것저것 음식 많이 했었는데, 이 야채즙이 제일 잘 팔리네. 비싼 고기에, 장어에…… 다 필요 없어! 우리 사장님은 건강 야채즙이 최곤가 봐. 아하하!"

무겁게 가라앉았던 집의 공기가 그녀의 웃음소리로 흐트러졌다. 컵을 받아든 용대의 눈에 아주머니의 발이 눈에 들어왔다. 아주머니는 갑갑하다면서 잘 안 신던 실내용 슬리퍼를 신고 있었다. 아주머니의 요란한 발걸음 소리가 거슬려서 용대가 갖다놓은 것을 본체만체 했었는데 웬일인가 싶었다. 아주머니가 그의 눈길을 느꼈나 보았다.

"사장님이 자고 있길래 신었어요. 내가 성질이 급해서 막 돌아다니면 쿵쿵댈까 봐."

도우미 아주머니는 히죽 웃어 보였다.

"사장님 깼으니까 이제 벗을까……. 아니지. 우리 사장님은 그래도 계속 신는 게 좋죠?"

실내화를 슬그머니 벗으려던 그녀는 용대의 눈치를 보면서 다시 발에 꿰었다.

"안 신으셔도 돼요. 그냥 편한 대로 하세요."

용대가 말하자 아주머니가 얼굴을 활짝 편다.

"그럼 난 너무 좋지!"

냉큼 슬리퍼를 벗은 아주머니는 신이 나서 뭐 먹고 싶냐고 물었다. 겨우 슬리퍼 하나로 저렇게 좋아하다니. 반대로 말하면, 용대는 그 작은 일조차 자신의 눈치를 보게 굴었었다. 그는 자신의 인색함이 새삼 한심스러웠다.

"뭐 하나 여쭤봐도 돼요?"

"뭔데요?"

"아주머니는 왜 사람들한테 잘해줘요? 아니, 구체적으로 나한테, 왜요? 내가 그렇게 무뚝뚝하게 구는데."

아주머니는 뜨악한 표정을 짓다가 곧이어 유쾌하게 웃었다.

"아이고, 사장님은 뭐 그런 걸 물어봐요?"

그러곤 대답 대신 또 마냥 웃는다. 용대는 조금 머쓱해서 웅얼댔다.

"난 정말 궁금해서 여쭤본 건데."

웃음이 잦아든 아주머니는 밝은 표정으로 말했다.

"사장님, 숨 쉬는 데 이유가 있어요? 그냥 쉬어야 하니까 쉬는 거잖아요. 내가 사장님만 특별히 이뻐서 잘해주는 건 아녜요.

난 그냥 사람들한테 다 그렇게 해요. 웃을 일 있으면 되도록 많이 웃어주고, 챙겨줄 게 있으면 챙겨주고. 왜? 난 그렇게 생겨먹었으니까. 생겨먹은 대로 사는 게 속 편하고 좋으니까. 아하하!"

용대는 멍해졌다. 친절이 생겨 먹은 것의 결과란 얘기는 처음 듣는다. 내 속 편하기 위해서 친절하게 군다는 말도 낯설다. 그가 베풀었던 친절은 꼼꼼한 계산의 결과였고, 신중한 저울질의 반영이었을 뿐이다. 용대는 의도 없는 호의는 상상해본 적도 없는데, 아주머니는 그걸 단숨에 뒤집어버렸다. 그녀의 시원한 웃음 앞에서 용대는 부끄러워졌다.

"사장님, 그럼 잠깐만 기다려요, 얼른 밥 차릴게."

아주머니는 유치원 선생님처럼 손동작을 크게 하며 말했다. 표정은 밝고 목소리는 경쾌했지만 용대의 시선을 끈 건 그녀의 손이었다. 아주머니의 손은 마디가 굵고 끝이 조금씩 휘어있었다. 평생 일에서 벗어나지 못했음을 보여주는 손이다. 그리고 용대의 누나를 생각나게 하는 손이다.

누나도 일을 많이 해서 손이 휘었을까. 아니다. 아직 그럴 나이는 아닌 것 같다. 앞뒤 정황상 역시 마음에 걸리는 건 난폭한 그녀의 남편이다. 괜찮을까. 용대는 불안해졌다.

그날 저녁 무렵 도우미 아주머니를 보내고 난 후 용대는 휴대폰을 꺼내 들어 소원성취 앱을 눌렀다. 뭔가 확인해봐야 할 것 같은 느낌 때문이었다. 익숙하게 누나의 게시물을 찾아가보니 새로운 사진이 한 장 올라와있었다. 엉망으로 어질러진 거실 사진. 누나의 집이다.

회사에서 스트레스를 많이 받은 남편이 집에 오더니 갑자기 그림이 눈에 거슬린다며 액자를 벽에서 떼서 던졌다. 말릴 틈이 없었다. 결국 용대의 사진을 들켰다. 남편은 사진 속 아이가 누구냐고 닦달했다. 어쩔 수 없이 가족 얘기를 털어놔야만 했다. 남편을 처음 만났을 때 나는 가족 얼굴도 모른 채 보육 시설에서 자랐다고 말했었는데, 사실은 부모님과 남동생과 살았던 걸 고백했고, 그건 딱 한 장 있는 동생 사진이라고 설명했다. 일부러 속이려던 건 아니었다고 했지만 남편은 펄펄 뛰었다. 내 사정 따위는 생각하지 않고 나를 거짓말쟁이라고 몰아세웠다. 또 다른 거짓말은 뭐가 있는지 말하라고 윽박질렀다. 용대의 사진은 갈기갈기 찢겼다. 그러고도 분이 안 풀린 남편은 온 집 안을 박살 냈다. 내 가슴도 박살 났다. 얼마나 더 버틸 수 있을지 아득하다.

이런, 미친! 용대의 미간이 깊게 파였다. 거친 숨을 연거푸 몰아쉬며 서성댔다. 그러다가 뭔가 떠올라 옷방으로 달려가 양복 주머니를 뒤지기 시작했다. 급하게 여기저기 쑤시다가 바지 주머니에서 작은 종이 한 장을 꺼냈다. 누나의 전화번호가 적힌 메모지였다. 그는 누나에게 문자를 보냈다.

[나야, 용대. 집 주소 보내. 내가 그쪽으로 갈 테니 문자 하면 나와.]

잠시 후 주소와 함께 무슨 일이냐는 문자가 왔다. 그는 다시 문자를 보냈다.

[나올 때 다이아몬드 게임판 들고 와. 아이도 꼭 데리고.]

용대는 서둘러 나갈 준비를 했다. 바삐 움직이다가 문득 냉장고를 열어 지퍼백에 담긴 액체를 마셨다. 도우미 아주머니가 만들어두고 간 야채즙이다. 아침에 한 번 마셨지만, 한 번 더 먹어두면 좋을 것 같았다. 비릿한 채소향에 비위가 상했지만 재빨리 물을 마셔 뒷맛을 없앤 후 집을 나섰다.

누나가 보내준 주소로 차를 몰고 가는 동안, 뒤죽박죽 엉킨 생각이 결국 하나의 점으로 모아졌다.

'일단 급한 불부터 끄는 거야.'

누나네 집 근처에 도착해서 문자를 보냈다. 잠시 후 누나와 아이가 나타났다. 대여섯 살쯤 돼 보이는 사내아이였다. 용대가 경적을 울리자 누나가 아이를 데리고 허둥지둥 차 있는 곳으로 왔다.

"인사드려. 외삼촌이야."

아이는 용대한테서 눈을 떼지 않고 고개만 까딱했다. 누나 뒤쪽으로 숨으며 낯설어했다. 겁먹고 수줍은 눈빛이 누나를 닮았다. 어린 시절 용대와도 비슷했다. 지금 용대에게선 찾기 어려운 눈빛이었다.

"일단 타. 갈 데가 있어."

"저기, 용대야. 조금 있으면 그이가 올 시간이라······."

어리둥절해하는 누나의 얼굴이 형편없었다. 남편이라는 작자에게 시달려서 눈은 푹 꺼지고 입술은 까칠했다. 용대의 시선이 시커멓게 멍든 손목으로 향하자 누나는 소매를 길게 잡아당겨 내렸다.

"오른쪽 손가락 두 개······ 맞아서 그렇게 휜 거지?"

누나의 눈동자가 몹시 흔들렸다.

"됐고, 타."

용대의 단호한 태도에 누나가 차에 올랐다. 아이는 엄마 옆에 찰싹 붙어 앉았다. 용대는 오는 길에 미리 봐둔 곳으로 차를 몰았다. 누나 집과는 좀 떨어져있는 곳이었다. 차에서 내린 용대가 물길을 따라 만든 산책로로 앞장서자 누나와 조카도 뒤따랐다. 저녁 식사 시간이 가까워졌지만 산책로에는 사람이 제법 많았다. 강이라기엔 작고 냇물이라기엔 조금 큰 하천 주변은 소박한 들풀이며 나무가 오밀조밀 가꿔져있었다. 지금 보니 물 위를 게으르게 떠다니는 오리도 몇 마리 보였다. 조금씩 어둠이 내려앉기 시작한 그곳의 분위기는 커피에 적신 도넛처럼 부드럽고 느긋했다.

비어있는 벤치에 앉은 용대는 누나에게 물었다.

"다이아몬드 게임판 가져왔지?"

"응."

"꺼내. 여기서 나랑 한판 해."

"여기서?"

"그래, 여기서. 누나는 빨간 말, 난 초록 말. 내가 이기면 누나랑 쟤는 두말없이 날 따라가는 거야."

용대는 조카를 힐끔 봤다. 아이는 또다시 엄마 뒤로 얼른 몸을 숨겼다.

"널 따라가다니……. 무슨 말이야?"

"누나를 이 지경으로 만든 그 자식과 헤어지란 얘기야."

그는 턱짓으로 누나의 멍든 손목을 가리켰다.

"갑자기 무슨……. 더군다나 애까지 데리고……."

"그럼 얘도 나처럼 팽개치고 혼자 나올 거야?"

누나의 표정이 하얗게 질렸다. 용대는 누나의 가방에서 뺏듯이 다이아몬드 게임판을 꺼내 벤치에 내려놓고 빨간 말과 초록 말을 세팅했다.

"누나가 날 혼자 두고 나간 다음부터 이 게임은 생각하기도 싫었는데. 그래도 옛날엔 판에다 말을 꽂을 때마다 정말 신났었어. 열 판을 해도 열 판 전부. 이게 유일한 장난감이었으니까."

누나는 마지못해 용대 건너편에 앉긴 했지만 여전히 내키지 않는 것 같았다. 자꾸 휴대폰에 눈길을 주는 걸 보니 남편의 문자가 온 모양이었다.

"휴대폰 꺼서 가방에 넣어둬. 아니면 내가 부숴버릴 거니까. 나는 무조건 이길 거고 누나는 나랑 같이 간 다음에 그 작자랑 인연을 끊는 거야. 완전히."

크게 뜬 누나의 눈이 허공을 헤맸다. 갑작스런 동생의 행동에 놀랐지만, 동생이 자신의 사정을 꿰뚫고 있다는 것에 더 놀란 것 같다.

"용대야, 너 혹시…… 그이를 만났었니?"

용대는 대답 대신 조카를 바라봤다.

"쟨 이름이 뭐야?"

용대의 물음에 우물쭈물하던 누나는 아주 작은 목소리로 답했다.

"용대……. 박용대."

젠장. 뭐가 이렇게까지 신파야.

용대는 입을 삐죽댔지만 눈에선 하마터면 눈물이 날 뻔했다.

"21세기에 태어난 애 치고는 이름이 촌스럽잖아. 잘 좀 짓지. 뭐, 아무튼 게임은 나부터 시작할게. 어릴 때도 내가 먼저였잖아."

용대는 역삼각 대형으로 꽂힌 초록 말 중에 가운데 있던 말을 옮겼다. 누나는 잠깐 머뭇대다가 빨간 말을 움직였다. 다시 용대 차례였고 누나도 이번엔 좀 더 빨리 자신의 차례를 지켰다.

순식간에 세월을 가로질러 용대는 열 살, 누나는 열네 살이 되었다. 그리고 한 명이 더 있다. 유치원생 어린 조카. 낯설어하던 녀석도 엄마와 삼촌의 게임이 활발해지자 점점 앞으로 다가와 작은 머리를 들이민다. 호기심이 동한 모양이다.

용대는 머리카락이 찰랑대는 조카의 작은 정수리가 사랑스러웠다. 코끝이 뜨끈해지면서 다짐했다. 가엾은 누나와 이 아이를 지키겠다고.

"용대야, 뭐 해? 네 차례야."

누나의 눈이 반달 모양으로 웃고 있었다.

용대는 그때 알았다. 자신이 얼마나 오랫동안 그 웃음을 그리워했는지. 누나의 웃는 눈을 다시 보고 있다는 게 믿어지지 않았다. 그 순간 용대의 명치끝이 뜨거워지는가 싶더니, 순식간에 눈에서 불이 번쩍했다. 아니, 사실은 눈이 아니라 배였다. 무시무시한 통증 때문에 눈에서 불꽃이 튄 것 같았다. 숨을 쉬기도 힘들었다.

"너 왜 그래? 괜찮아?"

누나가 일어나 용대에게 다가왔다. 얼굴이 창백해진 용대는 앞으로 고꾸라졌다. 다이아몬드 게임판이 흩어지고, 초록색과 빨간색 말이 사방으로 떨어졌다. 아득히 먼 곳에서 누나의 비명이 들려왔다.

✦

"다행인 건 그래도 이번 발작이 절체절명의 위기는 아니었다는 거예요. 검사 결과는 그래요. 하지만 알죠? 결코 안심하면 안 되는 거. 한시라도 빨리 치료를 시작하는 게 좋아요."

용대의 주치의가 힘주어 말했다. 고집불통 환자의 마음을 돌리기 위해서인지 표정도 사뭇 진지하다.

쓰러진 용대를 병원에 데려온 건 누나였다. 다행히 용대가 정신을 완전히 잃지는 않았기에 자신의 병을 아는 의사가 있는 병원을 알려줬고, 응급실로 와서 이런저런 조치와 검사를 받았다. 그동안 누나와 조카는 보호자 대기실에서 불편한 밤을 보냈다. 잠에 취한 조카를 업은 누나가 용대는 안쓰러웠다.

"내가 큰소리쳐놓고 누나를 응급실로 데리고 와버렸네. 집으로 가려고 했었는데."

"네 집에? 왜 갑자기, 아무 준비도 없이⋯⋯."

"그렇게 나가야만 인연을 완전히 끊고 살 수 있는 거⋯⋯ 잘 알잖아."

용대는 농담조로 한 말이었는데 실수를 했나 보다. 누나의 얼굴이 일그러졌다.

"용대야, 그때 난⋯⋯."

"말실수였어. 미안."

"사실은 그날⋯⋯ 아빠 눈빛이 이상했어. 그날따라 더 취해서 그랬는지 몰라도 퀭한 눈으로 내 몸을 훑는데 그 위로 뱀이 지나가는 것 같더라고. 소름 끼쳤어. 도망가야 한다는 생각뿐이었지. 나중에 정신을 차리고서야 네 생각이 났어. 네 생각 땜에 얼마나 울었는지 몰라. 널 데려왔어야 했지만 그땐 나도 너무 어려서 널

책임질 자신이 없었거든. 미안, 정말 미안해."

용대는 울먹이는 누나에게 뭔가 말하고 싶었지만 입이 떨어지지 않았다. 미안해할 필요 없다고 할까. 누나를 원망했던 자신을 용서해달라고 할까. 하지만 정작 그런 말은 하나도 나오지 않았다. 대신 미처 준비하지 않았던 말이 툭 굴러떨어졌다.

"누나 내 책 봤지? 용감하고 대차게 살자, 행복 검투사 최용대. 말할 때마다 오글거렸는데 이젠 진짜로 그 말대로 할 거야. 용감하고 대차게 치료받을 거거든. 돌볼 가족이 생겼으니까. 누나도 마음 단단히 먹어. 난 한번 맘먹으면 독하게 하거든."

누나의 얼굴이 웃음과 울음으로 뒤범벅됐다. 어떻게 보면 웃는 것 같기도 하고 달리 보면 우는 것 같기도 했다. 그녀도 자기가 우는 건지 웃는 건지 알지 못하는 듯했다. 그저 쉼 없이 흐르는 눈물과 콧물을 닦으며 등에 업힌 아이를 자꾸만 추스를 뿐이었다.

"좀 있다가 비서가 올 거야. 전화했거든. 말이 비서지 가족처럼 믿을 만한 친구야. 그동안 나 땜에 고생 많았으니까 누나가 좀 챙겨줘."

누나가 고개를 끄덕이자 그가 한마디 덧붙였다.

"배고프다. 집에 가서 밥 먹자. 반찬은 다 있으니까 밥만 하면 돼. 이왕이면 잡곡밥으로."

종이 위에 떨어진 한 방울 물처럼, 까칠한 용대의 얼굴 위로 웃음이 번졌다.

CASE 00 술 마실 줄 알면 더 좋고

아스팔트 위 거대한 횡단보도 앞에 소원이 서있다. 이렇게 큰 횡단보도인데, 어찌된 일인지 아무도 없다. 새로 뚫린 도로에 새로 그린 횡단보도라 그런가. 소원은 주변을 두리번거린다. 길 건너 저쪽도 마찬가지다. 도로엔 차도 없다. 대신 어디선가 새소리가 들리는 것 같고, 매미 소리 같은 게 들리는 것 같기도 하다. 이거야말로 정말 이상하다. 여름이 아닌데 매미소리라니.

　허공을 헤매던 시선을 거두어 소원이 다시 앞을 보니 횡단보도 건너 저쪽에 사람이 한 명 보인다. 분명 처음 보는 얼굴인데, 꼭 아는 사람 같다. 심지어 소원이 큰 소리로 그 사람의 이름을 부른다. 부른 건 확실한데 뭐라고 부른 건지 알 순 없다. 상대방은 자신을 부르는 소리에 반응한다. 멀리 있는데도 그 사람의 표정이 보인다. 소원을 향해 활짝 웃고 있다. 그게 반가워 소원이 다시 상대를 부른다. 상대방도 다시 웃는다. 소원은 계속 그 사람을 부르고 상대방은 계속 웃는다. 소원은 행복한 기분마저 든다. 미소를 보내주던 상대가 이젠 팔을 번쩍 들어 힘차게 흔든다. 손가락까지 쫙 펴고 소원을 반긴다. 그러자 소원의 목에서 진짜 소리가 올라오기 시작했다. 그녀는 자신의 성대가 떨리는 걸 실감한다. 동그랗게 뭉쳐진 목소리가 성대를 지나 입 밖으로 터져 나오려는 순간, 갑자기 모든 게 사라졌다. 거대한 횡단보도와 새소리, 매미소리, 길 건너편 사람까지도. 대신 눈에 보이는 건 소원의 방 천장이다. 아무 무늬도 없는 흰색.

소원은 큰 숨을 내쉬었다. 꿈이라서 다행이라거나 꿈이라서 아쉽다는 감정은 아니었다. 그녀의 날숨엔 담담한 궁금증이 담겨있다. 누구였지. 소원은 상대방 얼굴을 열심히 떠올려보려 했으나 소용없었다. 그녀는 느리게 궁리하며 그대로 누워있었다.

✦

소원성취 고객센터이자 한소원의 집 마당.

햇살이 촘촘히 내려온 곳에 소원이 앉아있었다. 얼굴은 집 건물이 드리운 그늘에 두고, 다리는 햇살에 내밀고. 의자나 종이를 깔지도 않고 잔디에 그대로 앉은 소원은 휴대폰을 들여다보았다. 방금 그녀는 조지아행 비행기 표를 온라인 체크인했다. VR로만 가봤던 그곳에 실제로 갈 계획이다. 비행기 출발 48시간 전에 온라인 체크인이 가능하니까, 내일모레 이 시간이면 그녀는 비행기 안에 있을 것이다. 가상으로만 본 캅카스산맥을 직접 본다고 생각하니 가슴이 뛰었다.

니야옹.

소리가 나는 곳으로 소원이 눈을 돌리니 흰 바탕에 검은 무늬 길고양이가 마당 한편에 와있었다. 그동안 소원이 물과 사료를 열심히 줬지만 녀석은 거리에서 사는 고양이답게 경계심을 쉽게 풀지 않았다. 사료 그릇을 깨끗이 비우거나 물을 맛있게 마셔도, 소원에게 다가와 그녀의 다리에 몸을 부비는 일 따위는 하진 않았다. 소원은 고양이의 경계심이 섭섭하면서도 그 조심성이 작은 생명을 지키는 데 도움이 되리란 걸 잘 알기에 오히려 안심했다.

"오늘은 특식으로 준비했어. 입에 맞았으면 좋겠다."

고양이의 그릇에는 습식 사료가 담겨있다. 서춘호가 고양이 집사 수기 공모에 당선되어 받은 것과 같은 사료다. 집에 오는 고양이에게 줄 사료를 검색하던 소원은 춘호의 수기를 보고 주문했다.

옛날에 나온 소설 제목 중에 '발가락이 닮았다'라는 작품이 있습니다. 제 아들과 저는 발가락 대신 입 짧은 게 닮았죠. 입이 짧아서 깨작대는 우리 아들, 제 고양이를 보니 돌아가신 어머니 생각이 납니다. 밥 먹는 게 시원치 않아 숟가락만 건성으로 들었다 놨다 하는 제 모습을 보시던 어머니는 복 없게 왜 그러냐고 혀를 찼습니다. 근데 이제는 제가 고양이한테 그 말을 합니다. 쩝쩝대기만 하고 왜 입에 들어가는 건 없냐고. 부디 우리 고양이에겐 복이 수북하게 쌓였으면 좋겠는데, 혹시라도 그러지 않을까 봐 마음을 졸입니다. 언제부턴가 아들을 봐도 어머니 생각이 나고, 어머니 얘길 떠올려도 아들 걱정이 앞섭니다. 애달픈 게 많아진 나이입니다.

춘호의 글은 투박했지만 어딘가 애틋했다.

소원은 생각했다. 소원성취 앱을 운영하지 않았다면 어땠을까. 낯선 이들의 속마음을 자세히 들여다보는 일 같은 건 없었겠지. 소원성취 앱은 그녀의 시야를 조금씩 넓혀줬다.

특별히 준비한 메뉴가 손님 마음에 든 것 같다. 고양이는 작은 머리를 숙인 채 정신없이 사료를 먹었다. 잠시 후엔 스테인리스 사료 그릇을 혀로 싹싹 핥는 소리도 들려왔다. 두둑하게 배를 채운 고양이가 입맛을 다시며 그루밍하는 걸 보니 소원은 뿌듯해졌다. 다만 집을 비울 때가 걱정이 됐다. 사료나 물은 어쩌지. 원래 혼자 잘 지내던 녀석이니까 꿋꿋하지 않을까 생각하는데, 초인종이 울렸다.

예약된 고객도 없고 택배 올 것도 없는데 누구지? 자리에서 일어난 소원이 엉덩이를 툭툭 터는데 대문 밖에서 목소리가 들렸다.

"한소원 씨, 나예요. 정도순."

소원이 문을 열자 두 손에 커다란 쇼핑백을 든 도순이 서있었다.

✦

"종로 쪽에서 점주 모임이 있었거든요. 여기서 가까운 데라 소원 씨 생각 나서 들렀어요. 바쁜데 내가 눈치 없이 온 건 아니죠?"

거실 소파에 앉자마자 도순은 쇼핑백을 열고 테이블에 빵을 늘어놓기 시작했다. 겸사겸사 온 사람치곤 꽤 푸짐했다. 빵집을 나설 때부터 작정하고 이것저것 챙겨온 게 틀림없었다.

"소원 씨, 혹시 이 빵 먹어봤어요? 안 먹어봤을 거야, 양이 많아서."

도순이 꺼낸 건 다른 빵과 달리 포장이 컸다. 비닐 포장 안에는 하나씩 따로 포장된 빵이 차곡차곡 담겨있었다.

"이게 일종의 빵 종합 선물 세트예요. 빵집에서 제일 잘 나가는 빵만 골라 사이즈를 줄여서 한데 담은 거거든요. 근데 이거 이름이 뭔지 알아요? ……총무빵! 바로 내 아이디어야! 지난번 본사

아이디어 공모에 냈다가 뽑혔어요!"

도순의 목소리가 잔뜩 들떠있었다. 다시 생각해도 즐거운 모양이었다.

"축하드려요. 근데 왜 이름이 총무빵이에요?"

"아, 그거…… 하하, 내가 그랬잖아요, 나는 팔자가 총무 팔자라고. 총무는 사람들한테 먹을 거 나눠줄 때가 많거든. 총회, 체육대회, 야유회, 어떨 땐 비상 안건으로 긴급 회의를 할 때도 있고. 그럴 때 빵 하나씩 나눠주면 사람들이 참 좋아해요. 별거 아닌데도 그래. 케이크 같은 건 오히려 골치 아파. 나눠 먹으려면 포크에, 그릇에 챙길 게 많아 성가시고. 이렇게 자기 입맛대로 골라 먹는 개별 포장이라 좋고, 크기를 줄인 것도 포인트라니까. 먹다 남기면 그거 처리하느라 총무는 또 골치가 아프거든. 내가 기획서에다 썼어요. 전국 방방곡곡 총무님을 노리는 패키지라고. 어때, 괜찮죠? 하하! 본사에서 인증받은 야심작이라니까!"

단숨에 쏟아진 도순의 수다에 소원은 잠시 멍해졌다. 당황하거나 불편한 건 아니었다. 오히려 반대다. 소원이 좀처럼 맛보기 힘든 유쾌한 에너지가 한꺼번에 몰아쳐 잠시 멍했을 뿐이다.

소원은 차를 준비해서 도순과 함께 총무빵을 먹었다. 도순은 먹고 남은 빵은 어떻게 보관해야 맛있는지 설명하며 남은 빵을 야무지게 정리해줬다. 소원의 배웅을 받으며 집을 나서던 그녀는 문득 생각난 듯 소원을 돌아봤다.

"아, 그리고…… 언제 빵집에 한번 들러요. 날 잡아서 와도 좋고, 딴 일 보러 온 김에 겸사겸사 와도 되고."

예상 못 한 초대에 소원은 제자리에 멈춰 섰다.

"……저요?"

"그래, 오라니까."

"그래도 돼요?"

그제야 도순은 소원을 찬찬히 돌아보았다. 소원의 얼굴이 복잡했다. 당황스러움과 기쁨이 섞여있다. 뭘 어떻게 반응해야 할지 몰라 쩔쩔매는 걸 감지할 수 있었다. 도순은 그걸 풀어주는 방법을 안다.

"내가 아줌마라 뭣도 잘 모르고 갑갑하긴 하겠지만 그래도 뭐……. 알잖아, 내 스타일. 나처럼 본 투 비 총무는 아래위 20년 카바는 문제도 아니니까. 언제든 와요."

그 말에 소원의 얼굴에 미소가 가득 번졌다. 도순은 소원의 팔을 툭 친다.

"술 마실 줄 알면 더 좋고."

대문을 빠져나간 도순이 골목 저쪽으로 사라지자 소원은 자기도 모르게 웅얼댔다.

라바아둠케라 케라라바 붐.

마수리의 마법 주문이 통한 느낌이었다. 엄마가 말해준 '먼저 인사하기'가 드디어 통한 걸까. 다른 사람들의 소원을 도우면서 친구가 되고 싶다는 소원이 드디어 이뤄진 걸까. 소원이 꿈에 보았던 길 건너편 사람은 도순이었을까.

대문에 선 채로 소원은 한참을 생각했다.

꿈속에서 본, 길 건너 저편의 사람이 도순이었든 아니든, 그건 별로 중요한 게 아니었다. 이제는 그 자리에 누가 서있어도 소원은 그의 이름을 부를 수 있을 것 같다. 어쩌면 힘차게 손을 흔들 수도 있다.

들뜬 기분이 가라앉지 않은 소원은 한동안 집 안을 서성였다. 그러다가 문득 휴대폰을 들어 비행기 티켓을 산 사이트에 접속했다. 예매한 조지아행 비행기 티켓을 취소하기 위해서다. 위약금을 물어야 하지만 상관없다. 그녀는 지금 자신이 원하는 건, 높은 산꼭대기에서 마을을 내려다보거나 이방인의 시선으로 사람들을 구경하는 게 아니었다.

소원은 자신의 진짜 소원이 뭔지 이제야 확실히 알게 됐다. 그녀가 소망하는 건 특별한 사람이 아니다. 동네 배달 음식은 어디가 맛있는지 물어볼 수 있는 사람, 할 일 없고 심심할 때 거울도 안 보고 나가서 만날 수 있는 사람, 별거 아닌 물건을 사러 갈 때 같이 가자고 청할 수 있는 사람, 시시껄렁한 농담을 할 때도 긴장할 필요 없는 사람, 할 얘기를 미리 외워 가지 않아도 되는 사람, 별거 아닌 대화 속에 위안과 배려를 슬쩍 묻혀주는 사람. 그런 사람을 꿈꿔왔다. 엄마가 말한 친구도, 바로 그런 사람 아니었을까.

자신이 원하는 게 좀 더 선명해지자 소원의 마음이 가벼워졌다. 용기도 생겼다. 그녀는 휴대폰을 열어 일정표를 보았다. 언제쯤 도순의 빵집에 가는 게 좋을지 헤아려보기 시작했다. 뿐만 아니라 김은보의 작품 연재는 어떻게 돼가는지, 은지는 요즘 누구의 음악을 듣는지, 문자를 한번 해봐야겠다고 생각했다.

소원성취 고객센터

2024년 2월 28일 초판 1쇄 | 2024년 3월 4일 2쇄 발행

지은이 마론
펴낸이 박시형, 최세현

디자인 윤민지　**교정·교열** 조희진
마케팅 양근모, 권금숙, 양봉호, 이도경　**온라인홍보팀** 신하은, 현나래, 최혜빈
디지털콘텐츠 최은정　**해외기획** 우정민, 배혜림
경영지원 홍성택, 강신우, 이윤재　**제작** 이진영
펴낸곳 팩토리나인　**출판신고** 2006년 9월 25일 제406-2006-000210호
주소 서울시 마포구 월드컵북로 396 누리꿈스퀘어 비즈니스타워 18층
전화 02-6712-9800　**팩스** 02-6712-9810　**이메일** info@smpk.kr

쌤앤파커스(Sam&Parkers)는 독자 여러분의 책에 관한 아이디어와 원고 투고를 설레는 마음으로 기다리
고 있습니다. 책으로 엮기를 원하는 아이디어가 있으신 분은 이메일 book@smpk.kr로 간단한 개요와 취
지, 연락처 등을 보내주세요. 머뭇거리지 말고 문을 두드리세요. 길이 열립니다.